제3제국 ❷

제3제국 ❷

초판1쇄 인쇄 | 2017년 6월 10일
초판1쇄 발행 | 2017년 6월 15일

지은이 | 이원호
펴낸이 | 박경미
펴낸곳 | 도서출판 황금물고기

등록일자 2003년 12월 5일
등록번호 제2013-000213호
주소 서울시 마포구 모래내로 83(성산동 한올빌딩 6층)
전화 02-326-3336
팩스 02-325-3339
이메일 okpk@hanmail.net

ISBN 978-89-94154-67-1   978-89-94154-65-7(set)   04810

ⓒ황금물고기 2017

제3제국 ❷

새바람

이원호 지음

황금물고기

차례

1장 생존 경쟁

방안에 둘이 남았을 때 서동수가 이미연을 보았다.

"유라시아그룹과 계약이 무산됐다는 말을 듣고 조사했던 거요."

이미연은 시선을 내린 채 이제는 탁자만 보았다. 곧 연방 대통령 후보로 나설 서동수가 바로 옆쪽에 앉아 있는 것이다. 그것도 단둘이, 거기에다 둘만의 대화를 나누는 중이다. 물론 그 내용이 허접하긴 하다. 그때 서동수가 말을 이었다.

"그 내용을 듣고 극단 일을 우리 한랜드 정부에서 맡는 것이 낫겠다는 생각을 했지. 그래서 중도적인 위치에 있는 이미연 씨에 대해서 조사한 거요."

이미연은 탁자를 응시한 채 그것이 당연하다는 생각이 들었다. 머리 한쪽에서 은근한 기대감이 솟아나고 있다. 가능성이 있으니 불렀지 않겠는가? 내가 사채업자하고 경찰서까지 간 것도 다 아는 상황이다. 그때 서동수가 물었다.

"불쾌한가?"

"아, 아닙니다."

놀란 이미연이 머리를 들었다. 서동수와 시선이 마주쳤고 다음 순간 이미연의 얼굴이 불에 덴 것처럼 화끈거렸다. 이미연이 시선을 내렸을 때 서동수가 다시 물었다.

"우리가 조사한 바로는 사채업자 외에도 채무가 더 있던데. 만나는 남자들한테서도 돈을 빌렸더군. 맞지?"

서동수의 목소리는 낮았지만 거침이 없다. 어느덧 반말을 썼지만 거슬리지 않는다. 이미연이 머리를 끄덕였다.

"예, 그렇습니다."

"낭비벽 때문인가?"

"허영심, 무절제한 사생활, 스트레스 등으로 인한 것 같습니다."

"고치려고 노력은 해보았나?"

"1년쯤 전부터 포기했습니다."

"그래서 계속 그렇게 살려고 했나?"

"언젠가는 기회가 오리라는 생각은 했습니다. 제 능력을 인정받을 기회요."

"그렇군."

서동수가 의자에 등을 붙였다. 이미연의 솔직한 대답에 이해가 가면서도 환멸이 느껴진다. 바로 이런 유형을 구제불능이라고 하는 것이다. 결국은 뜻을 이루지 못하고 시궁창으로 가라앉는다. 그렇게 종말을 맞는다. 머리를 끄덕인 서동수가 물었다.

"그 가능성이 있다고 생각했나?"

그때 이미연이 머리를 들었다. 시선이 마주친 순간 서동수의 얼굴에 쓴웃음이 떠올랐다.

"지금이 바로 그런 경우가 될까? 지금까지의 현실을 바꿀 수 있는 기회 말이야."

"그건 아직 생각해보지 않았습니다."

"그럼 지금 생각해봐."

이미연의 얼굴이 다시 붉어졌다. 시선을 내린 이미연이 말을 이었다.

"제 행동에 대한 책임은 져야겠지요."

"······."

"극단 일은 자신이 있습니다. 기대에 어긋나지 않도록 열심히 하겠습니다."

"······."

"제 생활을 지켜보시면 알 수 있을 것입니다. 달라진다고 약속드릴 수 있습니다."

말을 그친 이미연이 숨을 골랐다. 진심이다. 그리고 지금까지 이렇게 자신을 드러내놓고 참회한 적이 없다. 이렇게 약속한 적도 없는 것이다. 그때 서동수가 옆에 있는 버튼을 누르자 곧 스피커에서 유병선의 목소리가 울렸다.

"예, 장관님."

"이미연 씨하고 극단 계약을 하도록."

"예, 알겠습니다."

"그리고 이미연 씨가 빌려 쓴 돈을 지급하도록."

서동수가 외면한 채 말을 이었다.

"이미연 씨가 아마 각서도 써줄 거야."

요시무라가 입을 열었다.

"지금까지 우리가 미국에 너무 의존해 왔습니다. 원인은 그것에 있습니다."

앞쪽에 앉은 아베와 고노는 표정 없는 얼굴로 대답하지 않는다. 오전 10시 반, 총리 관저의 회의실에 셋이 모였다. 이제는 자민당 평의원 신분이 된 전(前) 총리 아베와 재무상 고노가 요시무라를 찾아온 것이다. 요시무라가 불렀기 때문인데 셋은 자주 이렇게 극비 회동을 한다. 그것은 아직도 아베와 고노 파벌이 자민당을 장악하고 있기 때문이다. 총리 요시무라는 아베의 대리인 역할을 한다. 군국주의의 부활에 거부감을 느낀 한·중의 반발을 피하려고 아베는 오카다에 이어 요시무라를 총리로 밀었지만 성향은 같다. 단명 총리가 계속되고 있다. 요시무라가 말을 이었다.

"미국이 한국과 밀착하면서 경기가 침체되기 시작했는데 이대로 가만있을 수는 없지 않겠습니까?"

"아직 시간이 있어요."

경제에 민감한 고노가 먼저 입을 열었다. 셋 중 가장 연장자인 고노가 말을 이었다.

"일·미 동맹이 깨지는 것도 아니고 일본에 있는 미군 기지가 철수한다는 계획도 없어요. 총리는 의연하게 대처하세요."

그때 아베가 머리를 끄덕였다.

"한국에서 대세론(大勢論)이 유행하는 모양인데 지나가는 바람일 뿐이오. 그놈들은 곧 저희끼리 치고받다가 주저앉을 겁니다."

쓴웃음을 지은 아베가 찻잔을 들었다.

"그건 한국 역사가 증명하고 있어요. 한국이 깜짝 성장한 것은 군사

혁명 후의 30년간뿐이었지 않습니까? 그 후로 어떻게 되었나 보세요.”

요시무라는 자민당 내 온건파에 속한다. 그러나 아베의 대(對)한국관에는 공감하고 있었으므로 머리를 끄덕였다.

“압니다. 대한연방을 눈앞에 두고 있는데도 서로 사생결단식으로 싸우고 있지요. 이제 북한까지 두 패로 나뉜 것 같습니다.”

“이런 상황에 무슨 대세론이고 무슨 한로드란 말이오? 서동수가 백명이 있어도 한국은 분열됩니다.”

아베가 자신 있게 말했고 고노도 머리를 끄덕였다. 그들은 미국 정부에서 서동수와 은밀하게 연락을 취하고 있는 것도 아는 것이다. 비공식 라인이었지만 언제라도 공식화시킬 수 있는 전략이다. 그렇다고 미국은 일본을 포기하지 않는다. 일본은 일본대로 놔두고 대한연방으로 뻗어 나가는 한국과도 밀착하고 있는 것이다. 그것에 불안감을 느낀 요시무라가 둘을 불러 자문하고 있다. 그때 아베가 웃음 띤 얼굴로 말을 이었다.

“우리가 한국을 무시하고 있다고 일부 한국인들이 반발하고 있는데 왜 그러는지 그 사람들은 아직도 이유를 모르고 있는 것 같아요.”

“역사를 모르기 때문이지.”

고노가 나섰다가 곧 쓴웃음을 지었다.

“물론 우리가 그 친구들 역사를 많이 고쳤지만 말이오.”

고노와 마주보고 웃은 아베가 말을 이었다.

“천 년 전 한국의 고려 시대부터 한반도는 우리 일본의 창고 역할이었지요. 1년에도 수백 번 일본해를 건너가 식량을 가져오고 종을 잡아와 팔거나 부려 먹었지요.”

고노가 머리를 끄덕였다.

"아마 한국에 일본인 피가 절반은 섞여 있을 거요. 히데요시 공(公)의 대군이 7년간 조선을 유린할 때 성한 여자가 없었지."

다시 아베가 말을 받는다.

"천 년간 식민지나 마찬가지였던 한반도요. 그러니 우리 DNA에 한국인에 대한 인식이 어떻게 박혀 있겠습니까? 뻔하지요."

계약은 일사불란하게 진행되었다. 며칠 전 유라시아그룹과 가계약을 맺었을 때 이미연은 참관인이었을 뿐이지만 지금은 주체다. 아직 극단이 구성되지도 않았는데 극단 대표로 인정받고 계약을 했다. 극단 등록도 안 했는데도 그렇다. 그래서 극단 이름을 유병선의 제의에 따라 '이미연 극단'으로 했다. 이미연 극단 대표로 사인을 할 때 마침내 이미연은 눈물을 흘렸다. 세상에 이런 일이 일어나다니. 극단 단원은 25명, 한랜드에서 모두에게 아파트를 제공하고 배분한다. 한랜드 정부는 유라시아그룹과 달리 각자에게 이주비용까지 지급한다는 것이다. 보좌관 최영배와 계약을 마쳤을 때는 오전 11시 반, 머리를 든 최영배가 표정 없는 얼굴로 이미연을 보았다.

"실장님을 모셔오지요."

그러고는 일어서더니 곧 유병선과 함께 들어섰다. 계약서 작성은 최영배와 둘이 했던 것이다. 유병선이 자리에 앉더니 이미연에게 말했다.

"계약서는 됐고, 이미연 씨 사채 문제인데 2억3000만 원 정도지요?"

"네?"

되물었지만 이미연의 얼굴이 금방 붉어졌다. 그렇다. 만난 남자 넷한테서 빌린 돈까지 합쳐서 2억2700만 원이다. 그것까지 어떻게 알았는가? 하나씩 만나서 물어본 것 같다. 유병선이 시선을 준 채 말을 이었다. 이미연의 생각을 읽은 것 같다.

"그래요, 우리 정부는 치밀합니다. 조사를 했습니다. 다만 이 자금은 장관님 사재에서 나갑니다."

이미연이 숨을 죽였고 유병선의 말이 이어졌다.

"본래 이미연 씨 채용도 특혜성이 있는 터라 장관께선 채무 관계는 부담하시겠다고 했습니다. 이것이 우리 장관님의 성품이지요."

그러고는 이미연의 앞에 봉투 하나를 놓았다.

"3억 원입니다. 장관께서 이미연 씨에게 한랜드로 떠나기 전에 가족도 만나고 가는 것이 낫겠다고 하시더군요."

"……."

"한 달 기한이 있으니까 그동안 극단을 꾸리고 이곳저곳 정리할 여유가 있을 것입니다. 참, 사채업체 채무는 우리가 정리해 드릴까요?"

문득 유병선이 물었으므로 목이 멘 이미연이 머리만 끄덕였다.

"알겠습니다. 그럼 최 보좌관한테 맡기세요. 금방 처리해 드릴 테니까요."

이미연이 고맙다는 인사를 하려고 어깨를 몇 번 부풀리기만 했다. 입을 연다면 울음이 터질 것 같았기 때문이다. 눈을 크게 뜨고 있는 것도 눈물이 쏟아지려는 것을 막으려는 것이다. 그때 유병선이 몸을 일으키며 말했다.

"장관님이 곧 들어오실 테니까 인사나 하고 가세요."

그러고는 둘이 나갔으므로 이미연은 혼자 남았다. 이제 장관이 온다는 것이다. 정신이 없었지만 순서대로 시간 낭비 없이 진행되고 있다는 것은 알겠다. 그때 서동수가 들어섰다.

"다 끝났다면서?"

자리에서 일어선 이미연에게 서동수가 부드러운 표정으로 물었다. 서동수가 이미연과 세 발쯤 거리를 두고 섰다. 이제 둘은 마주보고 서 있다.

"감사합니다."

이미연이 기를 쓰고 그렇게 인사를 했을 때 서동수가 희미하게 웃었다.

"네 이야기를 듣고 네 나이 때의 내가 생각났어. 너처럼 그러지는 않았지만 말이야."

그러더니 머리를 끄덕이며 몸을 돌렸다.

"잘해, 내가 지켜볼 테니까."

인사동의 한정식 식당 안, 장판이 깔린 밀실에서 서동수가 점심을 먹는 중이다. 방안에는 다섯이 둘러앉았는데 서동수와 안종관, 국정원장 신기영과 1차장 박병우, 한국당 정책위원장 진기섭이다. 오늘은 국정원의 보고를 듣는 비공식 회합이다. 서동수가 한국당 당원이며 한국당의 연방 대통령 후보이기도 하기 때문에 대통령 조수만의 승인을 받고 이런 모임을 갖는 것이다. 격식을 거북해하는 서동수가 오늘은 인사동의 허름한 한식당으로 장소를 정했으므로 방 다섯 개짜리 한정식당의 손님은 그들뿐이다. 젓가락을 내려놓은 신기영이 먼저 입을 열었다.

"한국의 후보 선거가 8개월, 연방 대통령 선거가 1년 남았습니다. 대세는 장관님 쪽으로 기우는 중이지만 변수를 무시할 수 없지요."

신기영의 시선이 옆에 앉은 박병우에게로 옮아갔다. 52세인 박병우는 해외 정보 분야에서만 20년을 근무한 전문가다. 박병우가 똑바로 서동수를 보았다.

"아직 출처는 파악 못 했지만 소문이 돌고 있습니다. 장관님 암살 팀을 구성하고 있다는 것입니다."

박병우가 차분한 표정으로 말을 이었지만 방안 분위기는 순식간에 굳어졌다.

"그 주체가 중국인지, 일본인지, 또는 미국인지 불분명합니다. 파리에서 소문이 번져 브뤼셀, 취리히에서 떠돌고 있습니다."

서동수는 시선만 주었고 박병우가 목소리를 더 낮췄다.

"원체 큰일이라 용병을 구하는 단계에서 정보가 샜다고 봐도 되겠지요. 각국이 직접 손을 댔다가 발각되면 엄청난 후유증을 겪을 테니까요."

그때 신기영이 나섰다.

"역정보일 가능성은 거의 없습니다. 용의선상에 오른 국가는 중국, 일본, 미국……."

숨을 돌린 신기영의 얼굴에 쓴웃음이 번졌다.

"그리고 러시아에다 한국과 북한까지, 모두 가능성이 있습니다."

"지금 한국이라고 했습니까?"

안종관이 묻자 신기영은 머리를 끄덕였다.

"한국의 반대 세력은 아마 가장 강한 증오심을 품고 있을 것입니다."

방안에 잠깐 무거운 정적이 덮였다. 그렇다. 그들에게는 생존이 걸린 문제다. 서동수의 성향을 가장 잘 알고 있는 터라 생존의 위협을 그만큼 더 느끼는 부류다.

"그렇지요."

얼굴을 일그러뜨린 안종관이 머리를 끄덕였다.

"그들이 용병을 고용하는 단계에서 정보가 샜을 가능성이 많겠군요."

"얼마나 될까? 내 머릿값이 말입니다."

불쑥 서동수가 물었으므로 넷은 제각기 딴전을 피웠다. 누군가 숨들이켜는 소리를 냈다. 그때 신기영이 가볍게 헛기침을 했다.

"제가 대통령께 보고를 드렸고 장관님 주변 경호를 강화하겠습니다. 책임자는 여기 박 차장입니다."

서동수의 시선을 받은 박병우가 다시 말을 이었다.

"그 소문이 실행된다면 디데이는 한국의 선거 전후가 될 가능성이 많습니다."

"그렇군."

서동수가 머리를 끄덕였다.

"그래야 혼란이 더 커지겠지. 지금은 시기가 적당하지 않아. 혼란을 수습할 여유가 있거든."

마치 남의 일처럼 말한 서동수의 얼굴에 웃음이 떠올랐다.

"이건 생존이 걸린 문제야. 이것도 예상하고 있어야 해요."

그렇다. 국가의 생존이 걸려 있다.

오후 5시, 이제는 셋이 둘러앉았다. 장충동의 요정 '국선집' 방안에는 서동수와 국정원 1차장 박병우, 그리고 안병관까지 셋이다. 앞에 놓인 상에는 산해진미가 쌓였지만 셋은 아직 젓가락도 들지 않았다. 상석에 앉은 서동수가 박병우를 보았다. 이번 만남은 박병우가 요청했기 때문이다. 그때 박병우가 말했다.

"문제가 심각합니다."

순간 서동수와 안종관이 숨을 삼켰고 박병우의 말이 이어졌다.

"지금 여당인 한국당은 그야말로 웰빙 정당입니다. 집권 2기 10년에 이어서 다시 서 장관께서 남한의 연방 대통령 후보와 남북한연방 대통령으로 당선될 가능성이 커지자 벌써부터 권력 나눠 먹기 분위기가 조성되고 있습니다."

박병우의 얼굴에 쓴웃음이 번져갔다.

"장관께선 당 안팎 인사들과 거의 접촉하지 않으시지만, 이미 한국당 내부는 성서(聖徐), 진서(眞徐), 친서(親徐) 3개 조직이 구성됐고 나머지는 열심히 이 조직에 합류하려고 운동 중입니다."

"이런."

기가 막힌 서동수가 안종관을 보았다. 안종관한테서도 듣지 못했기 때문이다. 안종관이 시선을 내린 것은 본인도 모르는 일이라는 증거다. 다시 박병우가 말했다.

"계파끼리 벌써부터 이간질과 모략, 밀어내기가 은밀하게 진행 중인데 현재 한국당 하부 조직의 인사에 이 파벌들이 개입하고 있습니다."

"성골이 있어요?"

마침내 참지 못한 서동수가 물었다.

"진골은 또 뭡니까? 그 구분은 어떻게 되고 중심인물이 누굽니까?"

그러자 박병우가 어깨를 늘어뜨리며 긴 숨을 뱉었다.

"성골은 오늘 점심때 만나신 정책위의장 진기섭 의원과 원내총무 오성호 의원이죠. 이 두 분은 장관께서 특별히 신임하고 계시는 것을 모두 알고 있는 데다 후계자가 될 것이라는 언급까지 하셨지 않습니까?"

"……."

"진골은 원내부총무 강동인 의원과 장관님의 고등학교 1년 후배가 되는 백세준 의원이지요."

"백세준?"

"예, 지난 3월에 한랜드에서 만나셨을 때 헬기장 구석에서 두 분이 한참 이야기를 하신 적이 있지요?"

"그랬던가요?"

"그 장면이 TV에 나왔습니다."

"난 못 봤는데."

"한국 TV에 여러 번 재방됐지요."

"그래서요?"

"무슨 말씀을 나눴느냐고 기자들이 물었는데 백 의원은 웃기만 했습니다. 그것이 백 의원을 진골로 만들었지요."

"아, 기억난다."

눈을 크게 뜬 서동수가 박병우를 보았다.

"그때 갑자기 내 어머니에 대해서 말씀드릴 것이 있다더군. 그래서 구석으로 갔더니 관절염 치료를 받으시는 병원 원장을 잘 안다고 하더군. 자기도 거기 다닌다면서 각별히 부탁을 했다기에 고맙다고 했지."

그때 안종관이 외면하면서 입맛을 다셨다.

"꼭 사기꾼의 치고 빠지기 수법이군요."

"아아, 그 이야기가 다른 이야기로 둔갑했을 겁니다."

정색한 박병우가 말을 이었다.

"입 다물고 가만있어도 사람들은 온갖 추측을 할 것이고요. 그래서 백세준이 졸지에 진서가 된 것입니다."

"도대체 왜 이러는 거야?"

마침내 서동수가 눈을 치켜뜨자 박병우가 바로 말했다.

"권력 중독자가 되면 다른 건 안 보입니다."

"나라가 어떻게 되든 당장 보이는 건 제 눈앞의 권력이겠지."

쓴웃음을 지은 서동수가 한 모금에 소주를 삼켰다. 이곳은 성북동 안가. 박병우와 헤어진 서동수가 지금은 안가에서 술을 마시는 중이다. 앞에는 안종관과 비서실장 유병선이 앉아 있다. 머리를 든 서동수가 둘을 번갈아 보았다.

"그럼 당신들은 뭐야? 특성서(特聖徐)인가?"

"나 참."

입맛을 다신 유병선이 곧 길게 숨을 뱉었다.

"무슨, 성경책 특제도 아니고⋯⋯."

"성서보다는 우위지, 자네들이."

서동수가 말을 받았더니 안종관이 정색했다.

"장관님, 이대로 두시면 안 됩니다. 국민이 염증을 내고 그 표적은 장관님이 되십니다."

"아니, 장관님이 왜?"

유병선이 눈을 치켜뜨고 안종관을 보았다.

"장관님이 그, 성경책 들고 다니는 놈들한테 무슨 힌트라도 주셨단 말이오? 그놈들이 멋대로 호가호위하는 것 아뇨?"

"주민들은 그렇게 생각하지 않을 겁니다."

안종관도 정색하고 유병선을 보았다.

"오해의 소지를 여러 번 만들어 주셨어요."

"맞아."

서동수가 선선히 머리를 끄덕였으므로 둘은 입을 다물었다. 유병선이 말은 그렇게 했지만 대책이 있는 것도 아니었기 때문이다. 술잔을 든 서동수가 둘을 번갈아 보았다.

"내 책임이야. 그들이 나한테 충성을 바친다고 그렇게 했겠지만 이러다간 다 망해."

"맞습니다."

안종관이 크게 머리를 끄덕였을 때 유병선은 이맛살을 찌푸렸다.

"장관님, 국가를 경영하시려면 측근이 필요한 법입니다. 저희는 정치력도 부족하고 그들과 비교하면 하수(下手)입니다."

안종관이 숨을 들이켰지만 입을 열지는 않았다. 유병선의 말이 이어졌다.

"성서파, 진서파를 다 제지하시면 운용할 세력이 없습니다. 친서파 몇 명과 함께 대한연방을 경영하실 겁니까?"

유병선의 시선을 받은 서동수의 얼굴에 쓴웃음이 번졌다.

"이제 알겠다."

서동수가 길게 숨을 뱉었다.

"이래서 독재자, 불통 지도자가 만들어지는구나."

제 말에 머리를 끄덕이면서 서동수가 말을 이었다.

"유 실장의 말에 하자가 없어. 성서파, 진서파는 일단 나에게 충성을 바치는 최측근이 될 테니까. 내가 권력이 있는 한 말이지."

"같이 대한연방을 세운 동지가 되기도 할 테니까요. 당연히 지분을 받아야겠지요."

유병선이 맞장구를 쳤다.

다시 머리를 끄덕인 서동수가 안종관을 보았다.

"대한연방은 나, 또는 성서, 진서, 친서파의 습득물이 아냐. 주인은 남북한 주민이다."

제 말이 우스운지 서동수가 빙그레 웃었다.

"욕심이 독재자를 낳고 불통 지도자를 만든다. 난 다 버린다."

둘은 숨을 죽였고 서동수가 잔에 소주를 채우면서 말했다.

"난 소주 먹고 괜찮은 여자 만나서 오입하는 것으로 족해. 대한연방의 영광은 다 국민에게 뒤집어씌운다."

술잔을 든 서동수가 둘을 번갈아 보았다.

"내일 성명서를 발표하도록. 성서, 진서, 친서 대열에 낀 놈들은 파당주의자, 국가에 대한 반역 행위자로 간주한다고 하도록."

핸드폰이 진동하였으므로 유병선이 꺼내 보았다. 발신자 번호를 본 유병선의 시선이 벽시계로 옮겨졌다. 오후 8시 10분 전이다. 잠깐 망설이던 유병선은 핸드폰을 귀에 붙였다.

"예, 유병선입니다."

앞쪽 소파에 앉아 있던 안종관이 머리를 들었다. 그때 유병선이 핸드폰에 대고 몇 번 대답하더니 말했다.

"잠깐 기다려 보시겠습니까? 내 전화로 다시 연락드리지요."

핸드폰을 귀에서 뗀 유병선이 자리에서 일어섰다. 안종관이 다시 시선을 내렸으므로 머리꼭지에 대고 말했다.

"바꿔 드려야겠군."

"누구요?"

안종관이 묻자 유병선이 옷차림을 갖추면서 말했다.

"이미연 극단장."

"아아."

"장관께 인사를 드린다는 거요. 기분 전환으로 통화시켜 드려야지."

"괜찮을까요?"

"내 채홍사 행위를 물으신 거요?"

"글쎄, 그 여자가 좀……."

"난 연산군 시절의 채홍사들이 충신이었다고 생각합니다."

"나아, 참."

쓴웃음을 지은 안종관에게 유병선이 정색했다.

"장관께선 3억 원을 투자하셨어요. 보람을 느끼게 해드려야겠습니다."

"그러다 진짜 간신 되실라."

"임금한테 몇백억 받은 간신 보았어요?"

"아유, 내가 말을 말아야지."

안종관이 다시 내일 발표문을 펼쳤을 때 유병선은 응접실을 나갔다. 2층에 서동수가 있는 것이다. 성북동 안가의 아래층은 측근들의 숙소였고 서동수는 2층을 쓴다. 응접실에서 TV를 보던 서동수에게 유병선이 말했다.

"장관님, 이미연 극단장이 감사 인사를 드리고 싶다는데 받아 보시지요."

"이 시간에?"

서동수가 벽시계를 보는 시늉을 했지만 웃음 띤 얼굴이다.

"유 실장이 온 것을 보니까 받으라는 것 같군."

유병선이 주머니에서 핸드폰을 꺼내 들고 정색했다.

"장관께서 사비로 3억 원을 내신 것을 모른 척하고 넘긴다면 한마디로 막힌 여자지요."

"유 실장은 예상하고 있었나?"

"8시 5분 전입니다. 적당한 시간입니다."

"남자들한테 몸 주고 돈 뜯어간 여자야. 어떻게 생각했어?"

"아름다운 분이셨습니다."

"존댓말을 쓰는 걸 들으니 이미 내 여자로 점지했군그래."

"부담이 없으신 분입니다."

"매음하기에 말인가?"

"매음이 아닙니다. 빌렸습니다. 그런 분 성품이 오히려 단순하고 깨끗합니다."

"그런가?"

"안 부장은 제가 채홍사 노릇을 잘한다고 칭찬했습니다."

"정말인가?"

"물어보셔도 됩니다."

그때 서동수가 머리를 끄덕였다.

"이곳으로 부르지."

"경호원 시켜 모시고 오겠습니다."

머리를 숙여 보인 유병선이 몸을 돌렸을 때 서동수가 등에 대고 말했다.

"그래, 만나는 게 낫지. 나도 예상하고 있었어."

주춤했던 유병선이 다시 발을 떼었을 때 서동수의 말이 이어졌다.

"그래야 그쪽도 개운하겠지."

"응, 어서 와."

소파에서 일어선 서동수가 이미연을 맞았다. 오후 9시 20분. 이미연은 2층으로 혼자 올라왔다.

"안녕하셨어요?"

낮게 인사한 이미연의 얼굴이 붉어져 있다.

"앉아. 술 한 잔 줄까?"

자리를 권하면서 서동수가 묻자 이미연이 머리만 끄덕였다. 탁자 위에는 이미 술과 안주가 차려져 있는 것이다. 서동수가 잔에 술을 따르면서 말했다.

"나도 오늘 계속 술 마셨어. 낮부터 말이야. 소주 괜찮지?"

"네. 주세요."

잔을 건넨 서동수가 제 잔을 잡더니 같이 마시자는 듯이 들어 보였다.

"자, 마시자고."

서동수가 한입에 소주를 삼키고는 이미연을 보았다. 술을 삼키는 이미연의 목이 탱탱해졌다. 파마한 긴 머리가 어깨를 덮었고 옅게 화장을 한 얼굴이 긴장으로 굳어 있다. 빼어난 미인은 아니지만 흡인력이 느껴진다. 반짝이는 눈동자, 쌍꺼풀이 없지만 선명한 눈, 곧은 콧날은 크지도 작지도 않은 데다 입술은 얇고 다부지다.

"남자들은 다 정리했어?"

다시 잔에 술을 채우면서 서동수가 묻자 이미연이 또렷하게 대답했다.

"네. 다 끝냈어요."

"계산도?"

"네."

"잘 했다."

"고맙습니다."

그때 둘의 시선이 마주쳤다. 이미연의 얼굴이 더 빨개졌지만 시선은 금방 비껴지지 않는다.

"지난번에 말했지만 나도 무절제한 시절을 보낸 적이 있어."

다시 술잔을 든 서동수가 소파에 등을 붙이고는 이미연을 보았다. 이미연이 오늘은 투피스 정장 차림이다. 미끈한 다리가 무릎 위부터 드러나 있다.

"한때였지. 나 스스로 정리하고 다시 시작했지만 넌 그럴 형편이 못되는 것 같더구나."

"막다른 곳까지 갔었어요."

시선을 내린 이미연이 말을 이었다.

"자포자기할 것 같아서 겁이 났어요."

"절제력이 부족하나?"

"네. 인내심도 부족해요."

"다 잘할 수는 없지."

"열심히 하겠습니다."

이미연이 똑바로 서동수를 보았다.

"새 인생을 살게 해주신 은혜를 잊지 않겠습니다."

서동수가 머리를 끄덕이자 이미연이 자리에서 일어섰다.

"저, 옷 갈아입을 수 있을까요?"

"저기 왼쪽 방에 옷장이 있다. 아무것이나 입어도 돼."

"감사합니다."

발을 떼는 이미연이 옆을 지날 때 서동수가 손을 잡았다. 이미연의 시선을 받은 서동수가 웃음 띤 얼굴로 물었다.

"자고 가려고 왔니?"

"네."

바짝 다가선 이미연한테서 옅은 향내가 맡아졌다. 엉덩이가 얼굴 옆에 붙여진 것이다. 머리를 끄덕인 서동수가 손을 뻗쳐 이미연의 엉덩이를 쓸었다.

"하긴 그것이 자연스럽지."

그때 이미연의 손이 서동수의 어깨에 얹혔다.

"그럼요. 제가 드릴 것이 있다는 게 얼마나 다행인지 모르겠어요."

"그러지 마라. 내가 네 몸을 산 것처럼 들린다. 이제 네 연극 이야기를 하자."

서동수가 이미연의 엉덩이를 움켜쥐었다.

침대에 누운 서동수가 다가오는 이미연을 보았다. 욕실에서 나온 이미연은 서동수의 가운을 걸치고 있다. 캡을 썼던 머리를 다시 풀어 내렸는데 끝 부분이 물기에 젖어 있었고 얼굴은 윤기가 흐른다. 침대 앞에 선 이미연이 가운을 벗은 순간 서동수는 숨을 들이켰다. 예상하고는 있었지만 알몸이 드러난 것이다. 어깨는 각이 지지는 않았어도 말랐다. 그러나 날씬하게 뻗은 팔, 크지도 작지도 않은 가슴, 젖꼭지는 완두콩만 했는데 이미 솟아나 있다. 허리는 잘록했고 아랫배는 도톰했다. 둥근 엉덩이가 풍만한 편이었지만 건강한 허벅지와 균형이 맞는다. 아랫배 밑쪽 은밀한 부분에 시선을 주었을 때 이미연이 주춤했다. 막 침대에 오르려고 발 한쪽을 들려던 참이다. 방안의 불을 환하게 켜놓았으므로 이미연의 표정까지 다 드러났다.

"서 있을까요?"

이미연이 메마른 목소리로 물었다.

"그래, 네 몸을 보고 싶다."

이미연이 한쪽 발을 침대 위에 올리더니 비스듬히 섰다. 그러자 이

26

미연의 골짜기가 선명하게 드러났다. 검붉은 골짜기 윗부분과 선홍빛 안까지, 새의 부리 같은 입구와 윤기 흐르는 동굴 안도 보인다. 이미연은 숲이 무성하지 않은 편이었다. 홀린 듯이 바라보던 서동수가 마침내 고인 침을 삼키고는 말했다.

"들어와."

이미연이 웃음 띤 얼굴로 시트를 들치더니 서동수의 가슴에 안겼다. 두 팔로 서동수의 허리를 감고 다리까지 딱 붙인 것이다. 방금 씻고 온 피부가 차가웠으므로 서동수는 두 팔로 이미연을 빈틈없이 껴안았다. 이미연이 서동수의 가슴에 얼굴을 붙였다.

"아, 좋아."

이미연이 탄성을 뱉으며 볼을 비볐다.

"아, 행복해."

서동수의 얼굴에 저절로 웃음이 떠올랐다. 손을 뻗어 이미연의 젖가슴을 움켜쥐면서 서동수가 말했다.

"긴장을 풀면 안 돼."

"왜요?"

"한랜드에서는 얼어 죽는다."

그때 이미연이 서동수의 남성을 두 손으로 감싸 쥐었다.

"해드려요?"

"난 됐다."

"그럼 제 거 해주고 싶으세요?"

"넌 어떤 걸 좋아하는데?"

"당연히 제가 받는 게 좋죠."

밝아진 이미연의 얼굴을 보자 눈부신 느낌이 들었으므로 서동수가 입술을 붙였다. 그때 이미연이 입을 벌려 혀를 내밀었다. 달콤한 초콜릿 맛이 나면서 탄력이 강한 혀가 꿈틀거리며 서동수의 입안으로 들어왔다. 서동수는 이미연의 젖가슴에서 아랫배로, 다시 골짜기로 손을 뻗었다. 서동수의 손이 닿았을 때 이미연이 다리를 벌렸다. 이제 가쁜 숨소리가 방안을 울렸다. 서동수는 상체를 끌어내려 입술로 젖가슴을, 다시 아랫배를 훑고 내려왔다. 이미연은 가쁜 숨소리와 함께 탄성만 뱉을 뿐이다. 곧 서동수의 입술이 골짜기로 내려오자 이미연이 엉덩이를 추어올렸다가 떨어뜨리면서 신음했다. 서동수는 이미연의 골짜기가 터진 용암처럼 흘러넘치고 있는 것을 보았다.

"아, 아, 아."

서동수의 입술이 골짜기를 건드릴 때마다 이미연의 탄성은 높아졌다. 두 손으로 서동수의 머리칼을 감싸 안은 이미연이 두 다리를 활짝 벌렸다가 움츠리기를 반복하고 있다. 방안의 열기는 아직 가라앉지 않았다. 가쁜 숨소리, 이미연의 숨결에는 신음까지 섞여 있다. 끈적거리는 피부, 엉킨 몸은 뜨겁다. 서로 마주보고 안은 자세. 이미연의 헝클어진 머리칼이 땀에 밴 이마에 붙었고 콧등에는 작은 땀방울이 여러 개 돋아났다. 밤 12시 반, 이미연이 서동수를 보았다.

"저, 좋아요?"

그 순간 서동수가 풀썩 웃었다. 무엇을 물었는지 알았기 때문이다. 섹스를 물은 것이다.

"그래, 좋았다."

서동수가 손을 뻗어 이미연의 엉덩이를 움켜쥐었다. 이미연이 몸을 딱 붙이더니 서동수의 남성을 두 손으로 감쌌다. 움직임이 자연스럽다.

"전 세컨드 체질인 것 같아요."

"뭐?"

잘 못 알아들은 서동수가 이미연을 보았다. 시선이 마주치자 이미연이 눈웃음을 쳤다.

"이런 분위기가 좋거든요."

"……."

"날 가끔 만나주면서 여유를 주는 남자, 그런 남자가 필요했죠."

쓴웃음을 지은 서동수가 이미연의 탄력 있는 엉덩이를 주물렀다.

"이런 상황을 언제 예상한 거냐?"

"처음 뵈었을 때."

서동수의 남성을 정성 들여 애무하면서 이미연이 말을 이었다.

"꿈을 꿨죠. 장관님이 내 스폰서가 되어줬으면 좋겠다, 하고."

"나야 원체 소문난 놈이니까."

"요즘은 그게 힘이 아녜요?"

"아전인수(我田引水)."

"낭비 안 할게요."

정색한 이미연이 서동수를 보았다. 이미연이 쥔 남성은 이미 딱딱해져 있다.

"열심히 일할 거예요. 연극사에 남을 대작을 만들 자신이 있어요."

"만날 명품 가방을 사면서?"

"허기가 졌어요. 자포자기였죠."

이미연이 열띤 목소리로 말을 이었다.

"이젠 장관님만 뒤에 계시면 그런 것 필요 없어요."

"넌 항상 허기가 진 채 살아가는 것이 낫다."

그때 서동수가 상반신을 일으키자 이미연이 밑에 자리를 잡고는 받아들일 준비를 했다. 서동수가 남성을 골짜기에 붙이고는 말을 이었다.

"그래야 작품이 나와. 배가 부르고 여유가 있으면 게을러져. 머리 회전이 느려진단 말이야."

그때 이미연이 숨을 들이켰다가 입을 딱 벌렸다. 서동수의 남성이 거칠게 진입했기 때문이다. 이미 흠뻑 젖어 있던 동굴이 다시 남성을 반겼다.

"아아."

두 손으로 서동수의 허리를 감싸 안은 이미연이 마음껏 소리쳤다. 두 다리를 한껏 벌렸다가 다시 움츠리면서 이미연이 소리치듯 말했다.

"이제 방황은 끝났다고요!"

서동수는 이미연의 동굴이 잔뜩 좁혀지는 것을 느꼈다. 조금 전과는 다른 반응이다. 동굴은 뜨겁고 애액으로 가득 차 있었지만 강하게 수축하고 있다. 감동한 서동수가 상체를 굽혀 이미연의 입을 맞췄다.

"넌 변화무쌍하구나."

"언제든지요."

허리를 흔들면서 이미연이 소리쳤다.

"얼마든지요."

서동수는 숨을 들이켰다. 이미연의 분위기는 마치 화려한 무대가 자꾸 바뀌는 것 같다. 이 재능이 몸에도 이어진단 말인가? 그때 이미연이 긴 혀를 내밀었다.

다음 날 오전 11시가 됐을 때 한랜드 장관 비서실장이며 이른바 특성서(特聖徐)로 분류된 유병선이 TV 화면에 나타났다. 아침부터 계속해서 한랜드 장관을 대리해 특별성명을 발표한다는 예고가 있었기 때문에 시청자들이 모였다. 3개 공·민영 방송과 종편까지 모두 방영을 했는데 시청률은 높은 편이다. 이곳은 서울역 대합실, 유동인구가 많은 곳이지만 TV 앞에는 수백 명이 모여 있다. 이윽고 유병선이 똑바로 시청자들을 응시했다. 유병선의 지금 권위는 청와대 비서실장하고 엇비슷하다. 그때 유병선이 입을 열었다.

"친애하는 국민 여러분, 저는 한랜드 서동수 장관의 비서실장으로 서동수 장관을 대리하여 국민 여러분께 말씀드립니다."

호흡을 고른 유병선이 서류를 내려다보면서 말을 이었다. 서동수 대신 낭독하는 것이어서 굳이 얼굴을 보일 필요는 없는 것이다.

"국민 여러분, 서동수 장관은 세간에 떠도는 성서(聖徐), 진서(眞徐), 친서(親徐) 등의 조직이 구성돼 있다는 사실에 경악하셨습니다. 그리고 이는 새롭게 시작되는 대한연방을 내부에서 파괴하는 반역적 조직이라는 결론을 내리셨습니다."

머리를 든 유병선이 서울역 시청자들을 보았다. 시선이 마주친 시청자들은 숨을 삼켰다. 표현이 충격적이었기 때문이다. 유병선이 말을 이었다.

"따라서 서동수 장관은 앞으로 성서, 진서, 친서 그룹에 가담한 인사는 가차 없이 모든 공직 및 대한연방의 주요 업무에서 배제할 것임을 오늘 자로 천명하셨습니다."

"그렇지."

곧 열차를 타려고 몸을 반쯤 돌린 중년 사내 하나가 커다랗게 말했다.

"잘한다."

앉아 있던 시청자가 동의했다. 다시 유병선의 목소리가 울렸다.

"장관의 말씀을 전합니다. 기존 성서, 진서, 친서 그룹에 가담했던 인사는 곧 가담자 명단과 모임 내용을 각 언론사에 제출하여 지금까지의 행적을 반성하고 새롭게 출발하기를 바란다고 하셨습니다.”

“옳지.”

이제는 앉아 있던 서너 명이 한꺼번에 동의했다. 두어 명이 손뼉을 쳤다.

“대한연방에 서동수 세력이 존재하면 안 됩니다. 장관은 대한연방의 주권은 국민에게 있으며 국민의 대의로 통치할 것이라고 말씀하셨습니다.”

“그렇지.”

이번에는 십여 명이 소리쳤다. 박수도 십여 명이 했고 분위기가 떠들썩해졌다. 뻔한 이야기였고 거의 매일 듣는 말이었지만 이번에는 신선했다. 성서, 진서를 쳐낸다는 말에 영향을 받은 것 같다. 이윽고 유병선이 연단을 떠났을 때 앉아 있던 사내 하나가 옆에 앉은 사내에게 물었다. 40대쯤의 둘은 친구 같다.

“어떠냐? 믿어볼까?”

“쇼야.”

시큰둥한 표정으로 말했던 상대가 어깨를 들썩였다가 내렸다.

“하지만 신선하긴 해.”

“뭐가?”

“성서, 진서를 싹 없앤다는 선언이.”

“그렇지, 쉬운 것 같아도 어렵지.”

머리를 끄덕인 친구가 말을 이었다.

“지금까지 누구든 제 패거리를 몰고 다녔지 않아? 그것이 제 권력의 밑받침이 됐고 말이야.”

"어지간한 자신감이 없으면 못 하긴 해."

상대가 말했을 때 친구가 결론을 냈다.

"마음을 비워야 저런 선언이 나오는 거야. 서동수는 여자 욕심밖에 없어."

"어쩌자는 거야?"

김영화가 묻자 김동일은 쓴웃음만 지었다. 제8호 초대소의 별실 안, 베란다 쪽 유리창을 통해 대동강이 보인다. 김영화의 검은 눈동자가 김동일을 똑바로 응시했다. 갸름한 얼굴형에 오뚝 선 콧날, 야무지게 달린 입, 소파에 비스듬히 앉은 터라 늘씬한 다리 선이 드러났다. 28세, 김동일의 하나뿐인 여동생이다. 그리고 김동일에게 직언하는 유일한 인물이기도 하다. 김영화가 다시 묻는다.

"다 떼어놓고 같이 간다는 거야?"

김동일이 혼잣소리처럼 대답했다.

"그렇지, 국민."

"국민하고?"

"응, 남조선에서는 그래."

"뭐라고?"

"모든 주권은 국민에게 있다⋯⋯."

"그거야 우리도 마찬가지지."

어깨를 늘어뜨린 김영화가 김동일을 보았다. 방안에는 둘뿐이다. 둘은 방금 유병선의 성명 발표를 들은 것이다. 김영화가 입을 열었다.

"오빠도 어차피 북조선에서 후보로 뽑힐 것 아냐?"

"그야⋯⋯."

"오빠가 소극적, 수동적으로 지내는 바람에 민생당원 사기가 떨어져 있는 것도 알지?"

"적응해가는 과정이야."

소파에 등을 붙인 김동일이 얼굴을 펴고 웃었다.

"민생당은 새로운 당이지. 대한연방에서 북조선 인민의 입장을 대변하는 역할을 충분히 해낼 거다."

"본래 그런 의도는 아니었잖아?"

김영화의 눈빛이 다시 강해졌다.

"우리가 주도권을 잡고 연방을 이끌어 나가려고 만든 것 아냐? 오빠가 대통령이 되고 말이야."

"그야 그렇지."

"그런데 왜 물러나?"

전에도 이런 분위기는 여러 번 있었지만 김영화가 대놓고 묻기는 처음이다. 김영화의 시선을 받은 김동일이 빙그레 웃었다.

"너, 내가 요즘 얼마나 편하고 몸이 가벼운지 모를 거다."

"그건 알아."

김영화가 외면한 채 대답했다. 김동일은 근래에 체중이 20kg 가깝게 빠졌다. 그래서 그런지 자주 웃는다. 전에는 사진 찍을 때만 웃었다. 김동일이 김영화의 옆모습을 보았다.

"영화야."

"왜?"

"난 서 장관한테서 많이 배웠다."

"뭘? 여자 낚는 법?"

"장난하지 말고."

"서동수 씨 만나서 그것밖에 배운 게 더 있어?"

김영화의 시선을 받은 김동일이 정색했다.

"난 사업으로 우리 인민들을 배불리 먹게 할 거야. 그것이 내가 할 일이야."

"그 사이에 서동수는 연방 대통령이 되고 말이지?"

"5년이야."

김동일이 말을 이었다.

"5년 후에는 나하고 서 장관 둘이 같이 사업을 하는 것이지."

김동일의 얼굴에 웃음이 떠올랐다.

"솔직히 불안했어. 안 그러냐? 그런데 서 장관이 나한테 길을 만들어준 것이지."

"……."

"내가 죽을 때까지 주석궁에서 살 수 있을 것 같으냐? 너도 머리가 좋으니까 생각해봐라."

그때 김영화가 길게 숨을 뱉었다.

"오빠, 나도 회사 몇 개만 떼어줘."

"참 서운하네."

쓴웃음을 지은 진기섭이 오성호에게 말했다.

여의도 의사당의 진기섭 의원실 안, 둘뿐이었지만 진기섭이 목소리를 낮추고 말을 잇는다.

"물론 대국민 선전용이라는 걸 이해하지만 말이오, 꼭 그런 식으로 우리를 매도해야 하나?"

"쇼라니깐 그러네."

오성호가 머리를 저었다.

"서 장관의 쇼맨십은 정치인 이상이오. 그걸 모르고 계셨소?"

"그건 알고는 있었지만."

말을 꺼낸 터라 진기섭이 작심한 듯 말을 이었다.

"아무래도 우리는 토사구팽 당할 것 같은 느낌이 든단 말이오."

"뭐, 그러라고 하십시다."

소파에 등을 붙인 오성호가 이제는 정색하고 진기섭을 보았다.

"우리가 언제 자리 바라보고 일했습니까? 당장 당직부터 사임합시다."

"그럽시다."

오성호의 시선을 받은 진기섭의 얼굴에 웃음이 떠올랐다.

"백의종군하겠다고 합시다."

호흡을 맞춘 둘의 얼굴에 비장감이 떠올랐다. 진기섭과 오성호는 성서(聖徐)의 핵심이다. 특(特)성서로 유병선, 안종관이 분류되었지만 오성호, 진기섭은 현역 정치인으로 대선을 치러본 경험까지 갖춘 정예다. 주위를 둘러본 진기섭이 목소리를 낮췄다.

"정치가 때로는 오물 속에도 뛰어들어야 하고 원수하고도 어깨동무를 해야 한다는 사실을 알 만한데도 어쩌겠다는 수작인지 알 수가 없군."

"우리가 사임하면 진서(眞徐), 친서(親徐) 무리도 다 그만둘 거요."

"선거 치르기 힘들걸."

"특성서만으로는 웃음거리가 되지."

오성호가 길게 숨을 뱉고 나서 물었다.

"내가 원하는 보스가 어떤 스타일인지 아시오?"

진기섭의 시선을 받은 오성호가 말을 이었다.

"비서실장을 시켜서 성명을 발표하는 건 좋아. 이해는 해. 그렇지만 우리는 철저히 매도당했어. 명예를 잃었단 말이지. 우리가 이뤄놓은 모든 것에 대한 보상은커녕 배신을 당한 셈이니까."

오성호의 표정이 굳어졌다.

"내가 원하는 보스는 ……."

숨을 들이켜 오성호가 진기섭을 보았다.

"내가 아까 쇼라고 그랬지요?"

"그랬지."

"국민한테도 쇼를 했다면 당사자들한테도 립 서비스를 해야지."

"어휴, 그렇게까지."

쓴웃음을 지은 진기섭이 머리를 저었다.

"서장관이 그런 내공까지, 그건 입신(入神)의 경지이지."

그때 탁자 위에 놓인 진기섭의 핸드폰이 진동했으므로 둘의 시선이 모였다. 진기섭이 핸드폰을 들고 머리를 기울였다. 모르는 번호였기 때문이다. 이맛살을 찌푸린 진기섭이 핸드폰을 내려놓았다가 다시 들었다. 오성호의 시선을 받은 진기섭이 핸드폰을 귀에 붙였다.

"여보세요."

"아, 진기섭 의원이시죠?"

사내의 목소리에 진기섭이 이맛살을 찌푸렸다. 귀에 익은 목소리다.

"예, 그런데……"

"나 서동수입니다."

숨을 들이켠 진기섭의 귀에 서동수의 목소리가 이어졌다.

"립 서비스라고 생각하셔도 됩니다. 어떻게든 고생하신 분들의 명예는 보상해 드릴 테니까요. 내가 먼저 똥통에 들어갈 겁니다."

서동수는 똥통이라고 한다.

"이제 5개월 20일이 남았습니다."

그렇게 말한 사내는 민족당 원내총무 윤준호, 52세, 3선 의원으로 당 대표 고정규의 심복이다. 서울 출신, 평소에 두각을 나타내지 않는 언행으로 존재감이 약했지만 치밀함과 끈기를 겸비한 인물로 평가되고 있다. 지역구 관리가 뛰어나 지난번 총선 때 여당 후보를 압도적인 표차로 눌러 언론을 떠들썩하게 만들었다. 경제학 박사로 교수 출신, 약점이 있다면 타협을 싫어한다는 것. 이념적으로 좌측에 기울어진 성향이어서 우익으로부터 시대에 뒤처진 편협한 인간으로 매도당하지만 그와 비례해서 좌익의 지지가 열렬하다. 윤준호의 시선이 앞쪽에 앉은 고정규와 문기태를 번갈아 보았다. 오후 9시 반, 이곳은 서교동 성산호텔의 방안이다. 민족당 대표 고정규는 5개월 20일 후에 한국 연방 대통령 후보 선거에 나설 예정이다. 그리고 고정규의 왼쪽에 앉은 문기태는 북한에서 온 민생당의 원내부총무다. 북한은 1년 전 연방 대통령 후보 선거와 연방 대통령 선거에 대비해서 공산당을 민생당으로 개조했는데 한국 측 민족당의 도움을 받았다. 한국의 민족당과 북한 민생당은 이제 일사불란한 협동 체제를 갖췄는데 한국 측에서는 북한 민생당을 '자매당'이라고까지 부른다. 민생당이 '주체사상'이나 '공산주의' 이념을 당헌, 당규에 넣지 않았지만 몸뚱이는 그대로인데 옷만 갈아입는다고 다른 사람이 될 것인가? 민생당은 간판만 바꾼 공산당이다. 그리고 그 수뇌가 김동일인 것이다. 그때 고정규가 말했다.

"위기가 기회라는 말이 하나도 틀리지 않아요. 지금이 바로 그때인 것 같은데."

고정규가 문기태를 보았다.

"엊그제 서동수 씨 측의 성명 발표를 들으셨지요?"

"예, 들었습니다."

60대 초반쯤으로 보이는 문기태가 쓴웃음을 짓고 말했다.

"그것으로 서동수 장관 인기가 또 올라갔다는 여론조사 결과가 나왔더군요."

"요즘은 여론조사 결과를 거꾸로 믿습니다."

고정규가 정색했다.

"여론은 그야말로 양철 냄비에서 끓는 물이오. 금방 끓었다가 금방 식어요. 그게 무슨 의미인지 아시오? 금방 잊어버린다는 말이오."

"맞습니다."

윤준호가 거들었다.

"그것이 한국 국민성이죠. 투표에서 국민성이 드러나는 겁니다. 입으로는 제각기 대의니 정의를 찾으면서 떠들던 유권자들이 결국 누구를 찍는지 압니까? 자기하고 이해가 맞는 인간을 찍어요. 설령 그 인간이 별짓을 다 한 전과자, 파렴치범, 성도착증 환자라고 해도 말입니다."

맨 마지막의 성도착증 환자는 서동수를 말하는 것이다. 문기태가 머리를 끄덕였다.

"이유학 동지도 그런 말씀을 하시더군요. 남조선의 여론은 너무 쉽게 변한다는 것입니다."

"이건 국민성입니다. 절대로 안 고쳐져요."

정색한 윤준호가 말했을 때 문기태가 작게 헛기침을 했다. 본론을 꺼낼 모양이었다. 오늘 모임은 문기태가 경제협력회의차 서울을 방문

한 길에 고정규를 만나는 것이다. 이유학은 북한의 선전선동부장을 겸하면서 민생당의 원내총무, 총재 보좌역까지 겸하고 있는 김동일의 최측근이다. 그때 문기태가 입을 열었다.

"일본에서 밀사가 왔습니다. 우리를 적극적으로 지원해 주겠다는 겁니다."

문기태가 가는 눈을 치켜뜨고 둘을 번갈아 보았다.

"물론 우리 총재 동지께서는 모릅니다."

김동일 모르게 일본 밀사를 만났다는 말이다.

박병우가 소주잔을 들더니 한입에 삼켰다. 오후 10시 10분, 이곳은 성남 변두리의 허름한 한정식 식당 안, 술잔을 내려놓은 박병우가 안종관을 보았다.

"남북한 통일의 마지막 단계인 남북한연방이 순조롭게 진행되리라고 믿는다면 순진한 사람이죠."

안종관은 시선만 주었고 박병우의 말이 이어졌다.

"강대국에 둘러싸인 한반도는 오히려 19세기 말보다 지금 강대국들의 더 큰 견제를 받고 있지 않습니까? 남북한연방 통일이 되면 한반도와 제휴한 국가가 동북아의 패자(覇者)가 될 테니까요."

세상은 빨리 돌아가고 있다. 남북한이 5개월 남짓 남은 연방 대통령 후보 선거를 앞두고 내부 불화를 일으키고 있는 사이에 주변국은 가만있겠는가? 삼척동자도 알 만한 일이다. 안종관은 손에 술잔을 쥐었지만 마시지는 않았다. 안종관과 박병우는 일주일에 한 번씩 정기적으로 만나고 있다. 현대는 전쟁이나 선거나 모두 정보전(戰)이다. 둘은 한국당 후보인 서동수의 정보책인 것이다. 그때 안종관이 입을 열었다.

"이번에 유 실장이 장관의 성명을 발표한 건 내부의 과열된 분위기를 식히려는 의도였지만 부작용도 있겠지요. 하지만 장관께선 감수한다고 하셨습니다."

"잘하신 겁니다."

박병우의 얼굴에 쓴웃음이 번졌다.

"장관께서 성서(聖徐), 진서(眞徐)급 인사들에게 비밀리에 해명 전화를 하셨다는 소문도 돌고 있지만 말입니다."

따라 웃은 안종관이 머리를 끄덕였다.

"그건 실제로 하신 겁니다."

"지금 북한 민생당의 문기태가 서울에 와 있습니다."

자연스럽게 박병우가 말머리를 돌렸다.

"서교동 성산호텔에서 고정규 씨를 만나고 있는데 그쪽 팀워크가 한국당을 압도하고 있지요."

다시 술잔을 든 박병우가 말을 이었다.

"이른바 보수, 자본주의 체제에서 자란 한국당 의원들은 그야말로 수십 년 가깝게 웰빙을 해왔지요."

잔에 소주를 따른 박병우가 머리를 들고 안종관을 보았다.

"보수, 자본주의 체제를 유지해준 것은 위대한 대한민국 국민이었지 국회의원이 아니었습니다. 아십니까?"

대답하기 거북해진 안종관이 눈만 껌벅였을 때 박병우가 심호흡을 했다.

"한국당은 이번에도 또 웰빙당 본색을 드러냈지요. 장관께서 연방 대통령으로 당선될 가능성이 많다고 믿자 온갖 추태가 다 나온 겁니다."

"……."

"이대로 가다가는 장관께서 며칠 전에 해주신 성명 발표류의 충격 요법도 먹히지 않게 될 것입니다."

그때 안종관이 들고만 있던 소주를 한입에 삼키고 나서 물었다.

"그런 의원들을 뽑아준 국민이 문제가 있는 것 아닙니까? 그것이 바로 국민의 수준이 아니냐는 말도 있습니다."

"아니죠."

박병우가 머리를 저었다.

"투표를 안 한 40% 가까운 유권자들이 바로 숨어있는 민심입니다. 그들을 감동시켜 끌어들여야 합니다."

어느덧 박병우의 말에 열기가 올랐다.

"이해에 따라 투표를 한 유권자는 숨은 민심의 몇 분의 일밖에 안 됩니다. 그들이 나서면 변하게 됩니다."

안종관이 숨을 들이켰다가 길게 뱉었다. 어떻게 말인가? 백약이 무효 아니었던가? 조직력, 목표를 위한 집중력 그리고 판단력은 민족당, 그리고 민생당이 월등하다. 지금 와서 어쩌란 말인가?

한랜드로 돌아온 서동수가 유라시아클럽에 들어섰을 때는 오후 7시쯤이다. 기다리고 있던 김광도와 함께 빌라형 룸살롱에 들어선 서동수가 감탄했다.

"김 회장이 가장 빨리 성장하는 것 같군."

"모두 장관님이 배려해주신 덕분입니다."

"사업도 손발이 맞아야 하는 거야."

오늘 서동수는 혼자 왔다. 그러나 김광도는 잔뜩 긴장하고 있다. 유라시아클럽은 확장을 거듭해서 유흥단지를 수십 개나 보유한 한랜드 제1의 유흥 그룹이 되었다. 한시티 외곽으로 이전한 유라시아클럽은 유흥 도시와 같다. 10만 평이 넘는 전용 부지에 병원, 카지노, 호텔, 은행과 우체국까지 설치되었다. 종업원용 아파트까지 세워져 있다. 옆쪽에는 클럽 전용 비행장이 공사 중인데 한 달 후에 완공되면 손님을 직접 클럽으로 실어나르게 된다. 자리에 앉은 서동수가 주위를 둘러보면서 다시 감탄했다.

"이것이 현대판 무릉도원이군."

김광도는 심호흡만 했다. 과연 서동수의 표현도 맞다. 소파에 앉은 둘의 시선이 유리벽 건너편의 온천 풀장으로 옮아갔다. 밖은 이미 영하 30도가 되었지만 유리로 둘러싸여 있어 온천 풀장에서 알몸으로 수영해도 된다. 빌라는 2층 구조로 각각 응접실과 침실 4개, 주방까지 갖춰진 초호화 아파트다. 이곳에서 미녀들의 서비스를 받으며 술을 마시고 상담까지 할 수 있다.

"아가씨들은 어떻게 준비되었나?"

불쑥 서동수가 물었으므로 김광도가 당황해서 얼굴이 빨개졌다.

"예, 현재 882명이 준비되어 있습니다."

다급한 김에 아가씨 보유 현황을 말해버렸다. 심호흡을 하고 나서 김광도가 말을 이었다.

"세계 각국의 미녀들로 갖췄으며 현재 한국어 강좌를 비롯한 교양 강좌를 계속하고 있습니다."

"훌륭해."

"감사합니다."

"곧 유 실장이 손님 셋을 모시고 올 거야. 그럼 나까지 다섯인데."

"예, 장관님."

"어느 언론에서 나를 잡식성이라고 깠던데 나쁜 놈들이지."

"그렇습니다, 장관님."

나쁜 놈들이다. 그러나 깐 놈도 하나둘이어야지. 원체 많은 매체에서 서동수의 여자 편력을 비판했던 터라 뚜렷한 대상은 없다. 그때 서동수가 물었다.

"어디, 추천할 만한 파트너 없나? 내가 그 말 전하려고 먼저 온 거야."

농담이겠지만 바짝 긴장한 김광도가 상반신을 세웠다.

"총지배인하고 지금 상의해 보겠습니다."

"맡길 테니까 먼저 들여보내도 돼. 그 사람들 7시에 올 거네."

"예, 장관님."

김광도가 자리에서 일어서더니 서둘러 방을 나갔다. 유라시아그룹은 한랜드에 이런 클럽 단지를 현재 12개 보유하고 있다. 그중 몇 개는 골프 코스까지 만들어 놓았고 부자를 위한 별당 단지도 조성해 놓았다고 했다. 한랜드는 이제 전 세계인의 드림 랜드가 되어 있다. 꿈에서나 볼 수 있던 자연 그대로의 동토가 펼쳐져 있다. 어둠에 덮인 창밖의 설원을 바라보던 서동수가 뒤쪽의 인기척에 몸을 돌렸다. 그 순간 서동수는 숨을 들이켰다. 그야말로 지금이 현실인지 꿈인지 분간이 안 될 정도로 눈앞이 환해진 느낌이 들었기 때문이다. 그것은 앞에 선 여자 때문이다. 어깨까지 늘어뜨린 금발 머리, 진주색 실크 원피스가 마치 폭포처럼 발끝까지 쏟아져 내렸는데 몸의 굴곡이 선명했다. 그리고 그 얼굴은? 서동수가 다시 숨을 들이켰다.

"나타샤라고 합니다."

그때 여자가 말했다. 맑으며 울림이 깊은 목소리, 귓속이 깨끗해지는

44

것 같다. 서동수가 홀린 듯이 여자를 보았다. 흰 피부, 계란형의 부드러운 윤곽, 곧은 콧날, 눈동자는 깊은 바다색이다. 크지도 작지도, 두껍지도 얇지도 않은 입술은 방금 닫혔다. 조금 굳어진 표정, 파마한 금발 머리가 불빛을 받아 더 빛나고 있다. 3초 정도밖에 안 되었지만 시선이 합쳐진 채 마주보고 서 있는 시간은 한참이나 된 것처럼 느껴졌다.

"나타샤."

서동수가 확인하듯 불렀더니 여자가 대답했다.

"네, 장관님."

"러시아인이냐?"

"하바롭스크에서 왔습니다."

머리를 끄덕인 서동수가 소파에 앉으면서 눈으로 앞자리를 가리켰다.

"앉아서 네 소개를 해라, 나타샤."

나타샤가 다소곳이 앞쪽에 앉더니 똑바로 서동수를 보았다. 매끄러운 피부, 마치 우유색 대리석으로 조각한 것 같다. 나타샤가 입을 열었다.

"스물셋이고요, 대학에서 무용을 전공했습니다. 한랜드에 온 지 한 달 반 되었는데 유라시아그룹 종업원 모집에 지원했기 때문입니다."

"남자 경험은?"

불쑥 서동수가 물었더니 나타샤의 우윳빛 볼이 복숭아 색으로 바뀌었다.

"있습니다."

"자세히 말해, 나타샤."

"19세 때 첫 경험을 했습니다. 상대는 동급생 드미트리였습니다. 그러나 첫 번째 경험 후로 만나지 않았습니다. 갑자기 싫어졌기 때문이지요."

"옳지."

서동수가 머리를 끄덕였다. 눈을 크게 떴고 정색한 얼굴이다.

"그놈하고의 섹스는 어땠지?"

"너무 빨랐고 구역질이 났습니다."

"옳지."

지금 영어로 대화하고 있는 터라 서동수는 굿(good)으로 응답한 것이다. 서동수의 추임새에 기운을 얻은 나타샤의 목소리에 활기가 띠었다.

"그 후로 안드레이를 만났습니다. 무용과 조교였는데 안드레이하고 섹스는 다섯 번쯤 했습니다."

추임새 넣을 흥이 일어나지 않았으므로 서동수는 시선만 주었고 나타샤의 말이 이어졌다.

"안드레이는 섹스에 대한 환상을 가지게 해주었습니다. 이젠 섹스가 더럽게 느껴지지는 않아요."

"쾌감을 느끼는 거냐?"

"네, 조금요."

"왜 조금이야?"

그때 나타샤의 얼굴이 더 빨개졌다.

"더 느끼고 싶은 욕구가 일어나니까요."

"으음."

저절로 서동수의 입에서 신음이 터졌다. 솔직한 대답 같다. 성에 쾌감을 맛보고 나면 더 이상을 추구하는 것이 본능이다. 더 뜨겁고, 더 강하고, 더 깊고, 더 길게 느껴보려고 한다.

"유익하고 즐거운 대화였다."

서동수가 엄숙한 표정으로 말하자 나타샤가 이를 드러내고 웃었다. 백합의 봉오리가 눈앞에서 벌어지는 느낌이다. 그 순간 서동수는 목구멍이 좁아지는 느낌을 받는다. 동시에 다리 사이에 뜨거운 기운이 올랐다.

"긴장을 풀어주셔서 고맙습니다."

나타샤가 머리를 숙여 인사했을 때 현관 쪽에서 인기척이 났다. 손님들이다.

유병선이 데려온 손님은 셋, 놀랍게도 성서(聖徐)로 명성을 떨치다가 추락했던 진기섭과 오성호, 그리고 민족당 의원 임창훈이다.

"어서 오세요."

서동수와 나타샤가 그들을 맞았다. 물론 나타샤는 일어나기만 했을 뿐이다. 응접실은 소파가 둥그렇게 배치되어 있어서 다섯이 파트너하고 둘러앉아도 여유가 있을 정도였다. 우선 다섯이 서동수의 파트너 하나만 앉히고 둘러앉았다. 진기섭과 오성호는 조금 전 클럽 정문에서 임창훈을 만났기 때문에 놀란 표정을 감추지 않았다. 초청한 유병선이 말하지 않았기 때문이다. 임창훈도 마찬가지였지만 둘보다는 차분한 편이었다. 인사를 마쳤을 때 서동수가 입을 열었다.

"비밀리에 초청하다 보니 서로 놀라셨겠는데, 어차피 나중에는 다 알려지겠지요."

테이블에는 음료수가 가득 놓여 있어서 손만 뻗치면 되었다. 나타샤가 조심스럽게 일어나더니 각자의 앞에 유리잔을 놓았다. 시키지 않았어도 자연스러운 행동이었고 아름다운 자태가 분위기를 부드럽게 했다. 서동수가 오성호와 진기섭, 임창훈을 차례로 보았다.

"그럼 본론을 말씀드리지요. 나는 세 분이 주역을 맡아 주셨으면 합니다."

심호흡을 한 서동수의 목소리가 응접실을 울렸다.

"새로운 당(黨)을 만듭시다. 한국당을 깨고 대한연방에 맞춘 새 당을 만들자는 말씀입니다."

모두 숨을 죽였고 서동수의 말에 열기가 실렸다.

"그 이유는 내가 말씀드리지 않아도 여러분이 잘 아실 겁니다. 여러분 셋이 추진위원을 맡아 주셨으면 해서 이곳으로 모신 겁니다."

그러고는 서동수가 소파에 등을 붙였다.

"세부 사항은 유 실장, 안종관 부장, 그리고 세 분에게 맡기겠습니다. 나는 오직 당명(黨名) 하나만 정해놓았는데……"

숨을 들이켰다가 뱉고 난 서동수가 눈을 크게 뜨고 넷을 둘러보았다.

"어떻습니까? 공생당(共生黨), 함께 공(共)에 살 생(生) 자, 함께 살자는 당입니다. 그리고……"

서동수의 얼굴에 웃음이 떠올랐다.

"공산당과 비슷하지 않습니까? 공산당에 미련을 가진 사람들도 좋아할 것 같은데요."

뼈가 있는 농담이다. 유병선이 입안에 고인 침을 삼켰다. 셋에게 창당 이야기는 금시초문일 것이었다. 전혀 언질도 주지 않았기 때문이다. 서동수가 직접 말을 꺼내도록 한 것이다. 그런데 서동수는 셋에게 맡긴다고 일방적으로만 말하고는 의사를 묻지 않았다. 마치 셋이 당연히 동참하리라고 믿고 있는 것 같다. 그때 유병선의 조바심을 눈치챈 듯이 서동수가 셋을 둘러보았다. 어느덧 정색한 표정이다.

"당연히 새 당(黨)에서는 성서(聖徐)니 진서(眞徐) 따위의 파벌은 생기지 않겠지요. 그렇지 않겠습니까?"

"그렇습니다."

먼저 대답한 사람은 오성호다. 그때 의외로 임창훈이 이어서 말했다.

"예, 참여하겠습니다."

"맞습니다. 새 당이 필요한 시점입니다."

진기섭의 목소리에는 열기가 올라 있었다.

"새 술은 새 부대에 담으라는 말이 맞습니다. 우리는 새로운 당에서 새롭게 시작해야 합니다."

서동수가 머리를 끄덕였다.

"여러분은 저보다 뛰어난 인재들이시죠. 난 큰 윤곽만 그릴 테니 안은 여러분이 채워 주셔야 합니다."

"화무십일홍(花無十日紅)이요, 권불십년(權不十年)입니다."

술잔을 든 서동수가 웃음 띤 얼굴로 넷을 보았다.

"그걸 모르는 사람이 없는데도 욕심들을 부리지요."

"마음은 먹고 있지만 뜻대로 안 되는 모양입니다."

따라 웃은 오성호가 말을 이었다.

"그러니까 위인(偉人)은 물러날 때 드러난다고 하지 않습니까?"

"뭘 이루겠다는 욕심도 버려야지요."

임창훈이 끼어들었다.

"그러다가 서두르고 고집을 부리게 됩니다. 미련이 남은 것입니다."

그때 서동수가 길게 숨을 뱉었다. 나타샤 하나를 앉혀두고 다섯이 술을 마시고 있다. 술과 안주가 탁자 위에 가득 차려졌고 사내들은 제각기 술을 따르거나 먼 곳은 나타샤가 가서 시중을 든다. 서동수가 말했다.

"공생당은 그야말로 남과 북, 좌와 우가 함께 사는 당입니다. 그것을 염두에 두셔야 합니다."

모두 긴장했고 서동수의 말이 이어졌다.

"대한민국 헌법을 근간으로 하되 최대한 포용할 것이지만 국기(國基)를 흔드는 행위는 가차 없이 응징할 것입니다."

방안에 정적이 덮였다. 서동수의 단호한 마무리가 충격을 준 것이다. 그때 오성호가 머리를 끄덕였다.

"그렇죠. 이것도 저것도 아닌 상태로 양쪽에다 추파를 보냈다가 망한 전례가 있었지 않습니까? 반면교사로 삼아야 될 것입니다."

"그래서 북한이 그것을 믿고 남한을 턱 끝으로 부리려고 했던 것이지요."

진기섭이 맞장구를 쳤을 때 임창훈의 얼굴에 쓴웃음이 떠올랐다.

"그렇습니다. 민주주의와 반역은 분명히 구별할 필요가 있습니다."

"여러분께 맡기겠습니다."

자리에서 일어선 서동수가 따라 일어난 나타샤의 허리를 감아 안으면서 웃었다.

"그럼 먼저 나갑니다. 이제부터 한랜드의 밤을 즐겨 보시지요."

이렇게 유라시아클럽의 빌라식 룸살롱에서 공생당이 탄생했다. 서동수는 말 그대로 당명(黨名)과 큰 틀만 만들어 놓았을 뿐이다. 서동수가 그룹 회장이 되기 전부터 스스로 터득한 좌우명이 있다. 인간은 직책에 맞는 사고(思考)를 해야 한다는 것이다. 그래야 발전한다. 과장 때 업체에서 리베이트 먹던 미련을 버리지 못하고 차장으로 진급해서도 가져가면 안 된다. 미련 없이 후배 과장에게 넘기고 차장급에 맞는 새로운 리베이트를 개발해내야 하는 것이다. 그것을 버리지 못하기 때문에 조직이 흔들리고 회사가 흔들리고 나라가 흔들린다. 그룹 회장일 땐 회장에 맞는 사고(思考)를, 장관일 땐 장관답게 처신했기 때문에 오늘의 서동수가 있게 된 것이다. 서동수가 떠난다는 연락을 받은 김광도가 헐레벌떡 달려왔다. 클럽 본관에서 기다리고 있었던 것이다. 빌라 현관까지 배웅 나온 유병선이 서동수에게 말했다.

"장관님, 김 회장이 장관님 모시려고 빌라 한 채를 준비해 놓았다고 하는데요."

그때 김광도가 숨을 고르며 말을 이었다.

"예, 오신 김에 쉬어가시면 영광입니다."

"어, 그럴까?"

서동수가 웃음 띤 얼굴로 옆에 선 나타샤를 보았다.

"내가 공생당 대선 후보가 될 텐데 함께 사는 시범을 먼저 보여야지."

유병선이야 치부까지 다 아는 사이여서 낯이 뜨겁지는 않다. 서동수는 나타샤와 함께 차에 올랐고 김광도는 다시 서둘러 앞쪽 차에 탄다. 안내하려는 것이다.

이곳은 둘이 지내기에 딱 적당한 빌라다. 유리로 둘러싸인 베란다에서 얼음에 덮인 호수가 내려다보였고 옆쪽 사우나에서는 떡갈나무 향이 풍겼다. 사우나 옆에는 커다란 침실, 응접실 소파에 앉은 서동수가 침실을 보면서 웃었다.

"침실에 특별히 신경을 썼군. 마음에 든다."

혼잣소리지만 나타샤 들으라고 영어를 썼다. 나타샤가 옷장에서 가운을 가져왔다.

"장관님 갈아입으시지요."

"오랜만에 사우나나 할까?"

사우나에서 풍기는 나무 향을 맡은 서동수가 끌린 듯이 일어나며 말했다.

"나타샤, 오늘은 기념할 만한 날이란다."

"뭔데요?"

서동수의 옷을 받으면서 나타샤가 물었다. 바다색 눈동자가 서동수를 빨아들이는 것 같다. 이제 조금 긴장이 풀린 얼굴 피부가 더 부드럽게 보인다. 바지를 건네주면서 서동수가 말을 이었다.

"내가 본격적으로 정치를 시작한 날이거든."

"그런가요?"

나타샤가 눈을 크게 떴지만 감동할 리는 없다. 어느덧 알몸이 된 서동수가 사우나로 가면서 말했다.

"나타샤, 너도 사우나로 와."

"예, 장관님."

서동수의 분위기에 전염된 나타샤의 목소리도 밝다. 사우나 안은 적당히 뜨거웠고 벽과 바닥의 나무에서 진한 향내가 풍겨왔다. 벽 쪽에 앉은 서동수가 3분짜리 모래시계를 뒤집어놓고 모래가 다 내려갔을 때 나타샤가 들어왔다. 나타샤는 손에 수건을 들었지만 알몸이다. 서동수는 숨을 들이켜고 나서 한동안 뱉지 않았다. 금발을 늘어뜨린 나타샤는 금방 하늘에서 내려온 선녀 같았다. 흰 피부, 잘록한 허리에서 펴진 풍만한 엉덩이, 그리고 도톰한 아랫배 밑으로 무성한 금빛 숲이 드러났다.

"으으음."

다시 숨을 들이켜면서 서동수가 신음과 같은 탄성을 뱉었다. 그때 나타샤가 옆쪽에 앉더니 수줍게 웃었다.

"왜요?"

"네가 아름다워서 그런다, 나타샤."

"감사합니다, 장관님."

"너를 보는 것만으로도 행복하다."

서동수가 나타샤의 몸을 찬찬히 훑어보았다. 나타샤가 웃음 띤 얼굴로 시선을 받는다. 젖가슴은 풍만한 편인데도 단단하게 세워졌고 허벅지는 사슴의 뒷다리처럼 미끈하면서도 탄력이 느껴졌다. 그 순간 서동수의 시선이 금빛 숲속으로 옮겨졌다.

"으음."

다시 신음을 뱉은 서동수가 입안에 고인 침을 삼켰다. 나타샤의 숲 사이에 벌려진 선홍빛 골짜기가 고스란히 드러난 것이다. 골짜기는 양쪽으로 조금 벌려졌지만 금방 핀 꽃잎처럼 생기가 느껴졌다. 그리고 위쪽의 꽃망울은 땅콩만 하다. 서동수는 저도 모르게 손을 뻗어 골짜기를 건드렸다. 놀란 나타샤가 주춤 벌어진 다리를 오므렸다가 곧 얼굴을 붉히면서 웃었다. 조금 어색한 웃음이다.

"나타샤, 만져도 되지?"

벌써 골짜기의 꽃잎을 건드리면서 서동수가 갈라진 목소리로 물었다. 그때 나타샤가 머리만 끄덕이더니 손을 뻗어 발기한 서동수의 남성을 감싸 쥐었다. 나타샤의 상반신이 비스듬히 기울었으므로 서동수가 가까워진 볼에 입술을 붙였다. 그러자 나타샤가 얼굴을 돌려 입술을 내밀었다. 키스해 달라는 시늉이다. 서동수는 나타샤의 골짜기 안으로 손을 넣으면서 나타샤의 입술을 빨았다. 달콤했다. 곧 뜨거운 뱀 같은 나타샤의 혀가 서동수의 입안으로 빨려 들어왔다. 뱀은 생기 있게 꿈틀거리며 서동수의 입안을 휘젓고 있다.

"아아, 좋아."

잠깐 입이 열렸을 때 나타샤가 거친 숨과 함께 탄성을 뱉었다. 어느덧 나타샤의 동굴에서 애액이 흘러나오고 있다. 골짜기로 넘쳐 나온 애액이 서동수의 손가락을 흠뻑 적셨다. 그때 서동수의 얼굴에 잠깐 쓴웃음이 떠올랐다. 남성을 쥔 나타샤의 손에 힘이 들어갔기 때문이다. 자신도 모르게 힘껏 쥐고는 진퇴 운동을 하고 있다. 어느덧 서동수의 몸은 땀투성이가 되었고 나타샤도 그렇다. 그러나 서동수는 사우나에서 나가고 싶지 않았다. 서동수가 이제는 머리를 내려 나타샤의 젖가슴을 입에 물었다. 입안에 가득 넣었다.

"아아아."

자세가 펴지는 바람에 나타샤의 상반신이 뒤로 젖히면서 신음을 뱉는다. 사우나 안은 열기가 더 높아졌고 땀으로 범벅이 된 두 사람의 사지가 엉키면서 미끈거렸다. 그때 서동수가 나타샤의 허리를 잡아 무릎 위에 끌어올리는 시늉을 했다. 눈치를 챈 나타샤가 서둘러 서동수의 무릎 위로 오르면서 엉덩이를 뒤로 뺐었다. 두 손은 이제 서동수의 어깨를 움켜쥐고 자세를 갖추었다. 서동수는 가쁜 숨을 뱉는 나타샤를 보았다. 사우나의 열기와 쾌락이 섞인 나타샤의 흰 얼굴이 이제는 붉은 복숭아처럼 달아올라 있다. 거친 숨결에서 포도 향이 났다. 그때 서동수가 나타샤의 허리를 양손으로 움켜쥐면서 말했다.

"나타샤, 넣어라."

나타샤가 서둘러 서동수의 남성을 골짜기에 붙이더니 뒤로 뺐었던 엉덩이를 천천히 앞으로 밀었다. 나타샤의 상반신이 곧게 펴지면서 뒤로 젖혔다. 그 순간 나타샤의 입에서 긴 신음이 터졌다.

"아아, 좋아."

서동수는 뜨거운 동굴 속으로 몸이 빨려드는 느낌을 받고는 어금니를 물었다. 그때 무릎 위에 앉은 나타샤가 엉덩이를 흔들기 시작했다. 머리를 뒤로 젖혔다가 다시 세우면서 땀에 젖은 금발이 어지럽게 흐트러졌다.

"아아앗."

나타샤의 신음이 더 높아졌고 서동수가 느끼는 압력도 강해졌다. 나타샤가 절정에 오르고 있다. 치켜뜬 두 눈이 서동수를 응시했지만 흐리다. 먼 곳을 보는 것 같다. 서동수는 나타샤의 동굴이 강하게 수축하는 것을 느꼈다. 이건 너무 빠르다. 나타샤의 움직임이 더 격렬해졌다. 턱을 치켜든 채 내지르는 신음이 사우나 안에 가득 찬 것 같다. 그때 서동수가 나타샤의 허리를 힘껏 부둥켜안고 말했다.

"나타샤, 나가자."

나타샤가 놀라듯 움직임을 멈췄으나 입에서는 신음이 이어지고 있다. 서동수가 나타샤의 다리를 잡아 밑으로 내리면서 다시 말했다. 장소를 바꿀 필요가 있다.

"자, 이제는 침대에서."

나타샤가 눈동자의 초점을 잡으려고 깜박이더니 겨우 몸을 세웠다. 나타샤의 허리를 감아 안은 서동수가 사우나를 나와 침대로 다가갔다. 나타샤를 침대에 거칠게 밀어 넘어뜨린 서동수가 위로 오르면서 웃었다.

"나타샤, 이제 다시 시작이야."

나타샤가 서둘러 서동수의 남성을 쥐더니 동굴에 붙이면서 말했다.

"빨리요."

이제 나타샤는 대담해졌다. 서동수가 움직이기도 전에 밑에서 엉덩이를 추켜올려 맞는다. 그러고는 입을 딱 벌리면서 신음을 뱉는다. 뜨거운 밤이다.

2장 공생당

한마디로 개혁정당이다. 첫째, 국회의원들의 모든 특권을 내려놓았다. 세비도 우선 절반으로 뚝 잘랐다. '우선'이다. 나중에 더 자른다고 했다. 공생당(共生黨)의 공약을 본 국민은 아연실색(啞然失色)했다. 불체포 특권도 당장에 폐지한다고 했다. 이제 시위대에 앞장서서 차도로 나오면 당장에 수갑을 채워 연행하게 생겼다. 회기 중이라도 체포된다. 국회의사당 안에서도 수갑이 채워진다. 물론 공생당이 법안을 통과시켜야 가능한 일이다. 길바닥에 엎드려 절을 하면서 국민을 위해 봉사할 테니 의원을 시켜 달라고 애걸했다가 되고 나면 즉시 국민의 봉사를 받았던 의원들이다. 모든 특권을 내려놓겠다고 일일이 열거한 맨 마지막에는 이런 사항도 있다.

"의원을 특별히 예우했다고 판단되는 경우, 그 해당자와 의원은 동일범으로 취급, 의원은 자격을 박탈하고 해당자는 국기(國基)문란죄까지 첨가, 가중 처벌한다."

추가사항이 있다.

"의원직 심사, 제명박탈은 최대 1개월 내에 종결한다."

공생당 창당 발표문에 처절한 현실정치에 대한 자아비판과 함께 내놓은 공약이다. 한마디로 환골탈태(換骨奪胎), 뼈대를 바꿔 끼고 태를 바꿔 쓰는 변신이다. 발표는 민족당 재선의원인 임창훈이 했으니 그것부터 충격적이다. 한시티 빌라에서 서동수를 만난 지 딱 한 달째 되는 날 임창훈이 발표한 것이다. 공생당 창당 추진위원인 오성호, 진기섭 등은 배석하고 있다. 창당 발기인에는 현(現) 한국당 중진들도 대거 참여했는데 그중에는 몇 달 전까지만 해도 성서(聖徐), 친서(親徐) 그룹에 끼었던 인사들도 많이 포함됐다. 창당 선언을 마치고 기자회견 때 문화일보 정치부 기자가 먼저 물었다.

"이건 뭐, 그 나물에 그 밥 아닙니까? 몇 달 전에 패거리 정치로 매도됐던 인사들이 대거 공생당으로 옮겨오지 않았습니까? 이런 구성원으로 개혁 정당이 가능할까요?"

그때 기다렸다는 듯이 임창훈이 앞에 놓인 종이를 들었다. 미리 적어온 것 같다. 임창훈이 똑바로 TV 앞의 시청자들을 보았다.

"제가 공생당 총재로 추대되신 서동수 장관의 해명서를 읽겠습니다."

서울역 앞은 물론이고 전국, 북한과 신의주, 한랜드에서도 임창훈을 보고 있다.

생방송이기 때문이다. 오후 5시 10분, 서동수는 오늘도 유라시아클럽의 빌라에서 TV를 본다. 옆에는 한랜드에 온 이미연 극단장이 앉아 있다. 한랜드 시간은 오후 7시 10분, 서울과 2시간 차이가 난다. 그때 임창훈이 서류를 읽었다.

"공생당에서 새롭게 태어나야 합니다. 새 시대, 새로운 당이라고 새

인물을 내세운다는 것은 비현실적이며 꿈같은 이야기입니다. 우리는 화합과 개혁을 동시에 병행해야 합니다. 우리는 끌어안고 개조해야 합니다. 우리는 용서하고 전진해야 합니다. 우리는 지난날을 반성하되 장점은 받아들여야 합니다. 그리고 우리는 그럴 능력이 있습니다."

서류에서 시선을 든 임창훈의 두 눈이 번들거리고 있다. 기자들도 잠깐 입을 다물었고 서울역, 대전역, 광주고속터미널의 시청자들도 숨을 들이켠 채 임창훈과 시선을 마주쳤다. 그때 이미연이 서동수 앞에 놓인 잔에 위스키를 따르면서 물었다.

"저거, 장관님이 직접 쓰셨어요?"

옆에 선 이미연은 헐렁한 원피스 차림이다. 원피스 안에는 아무것도 걸치지 않았다. 서동수가 그런 차림을 좋아하기 때문이다. 술잔을 든 서동수가 입맛을 다셨다.

"내가 소설가냐? 하지만 내 생각이다."

다시 아베다. 한국과 중국의 분위기를 부드럽게 하려는 의도로 간판 총리를 내세운 채 뒤로 물러나 있던 아베가 다시 총리로 돌아왔다. 동북아, 특히 한국의 빠른 변화에 즉각 대응할 필요성 때문이다.

"공생당 지지율이 65퍼센트입니다, 총리 각하."

총리실 부속 정보실장 도쿠가와가 보고했다. 일본은 총리실 부속 정보실에서 모든 정보를 관리한다. 또한 도쿠가와는 20년 가깝게 정보 책임자로 근무하고 있다. 정권이 바뀔 때마다, 그리고 같은 정권에서도 서너 번씩 정보책이 바뀌는 한국과 대조적이다. 총리 관저의 회의실 안이다. 아베는 동반자 관계인 아소 다로 부총리와 함께 도쿠가와의 보고를 듣고 있다.

"서동수의 인기는 그 이상입니다, 각하."

"공생당(共生黨)이라……."

쓴웃음을 지은 아베가 아소를 보았다.

"역시 서동수가 장사꾼 기질이 뛰어납니다. 공산당 유권자들이 헷갈려서 표를 찍도록 만들었군요."

"과연."

"도쿠가와 씨, 김동일 씨 반응은?"

"전혀 없습니다, 부총리 각하."

"공식적인 것 말고, 내부 분위기는?"

"이유학과 문기태 등이 군부와 자주 접촉하는 것이 파악되고 있습니다."

도쿠가와의 목소리가 낮아졌다. 도청방지 장치가 돼 있는데도 조심성이 습관이 됐기 때문일 것이다.

"특히 문기태가 최근 두 달 동안 한국을 두 번, 중국을 세 번 방문했는데 그중 한국 방문 한 번만 빼고 모두 다른 여권으로 출입국을 했습니다."

아베와 아소는 듣기만 할 뿐 시선도 마주치지 않는다. 그동안 수시로 보고를 받았다는 증거다. 도쿠가와의 말이 이어졌다.

"한국 공생당은 창당으로 분위기가 일신된 반면에 민족당은 혼란을 겪고 있습니다. 임창훈이 공생당 창당 주역이 되면서 그동안 운동권으로 분류됐던 의원들까지 가담했기 때문이지요."

"……."

"이대로 가면 민족당은 분해됩니다. 그래서 고정규 씨가 재창당을 하려는 움직임이 보입니다."

“재창당을?”

아소가 되묻더니 픽 웃었다.

“고정규는 순발력이 부족해, 병신.”

그때 아베가 헛기침을 하고 물었다.

“중국 반응은 어때?”

“반응이 전혀 없습니다. 철저하게 함구하고 있습니다.”

도쿠가와의 눈빛이 강해졌다.

“그런데 김동일의 군부 장악력이 현저하게 떨어지는 징후가 보입니다. 지난달 군단장이 된 3명 중 2명이 중국과 우호적이거나 연관이 있는 자들입니다.”

“……”

“군 인사는 최종적으로 김동일이 결정하지만 그 결정 과정에 영향을 미치는 5단계, 12명을 분석한 결과 이유학계, 김영철계가 7명을 차지하고 있었습니다.”

“으음.”

아베의 입에서 옅은 신음이 터졌다. 김영철은 대남, 해외공작 업무를 총괄하는 정찰총국장 시절에 천안함 격침 사건, 연평도 포격, DMZ 지뢰 도발 사건 등으로 끊임없이 대남 도발을 일으켰던 인물이다. 지금은 군사위원으로 물러나 있는 줄 알았는데 배후에서 영향력을 행사하고 있다는 것이다. 그때 아베와 시선을 마주친 아소가 말했다.

“재미있게 돼가는군.”

“그래, 내가 숙청 대상 1호가 될 것이다. 각오하고 있어.”

민노총 위원장 최만철이 어깨를 부풀리며 말했다. 최만철은 54세, 강경파, 지금까지 4번 구속되었으며 5년간 형을 살았다. 철저한 운동권으로 대학 시절 국보법 위반으로 구속된 후부터 '종북' 꼬리표가 붙었지만 개의치 않는다. 10년 전 이혼, 올해 대학 4학년이 된 딸 최민혜와 둘이 산다. 근대자동차 출신, 영등포 대림동의 30평형 아파트 하나가 전재산이다. 물 잔을 든 최만철이 말을 이었다.

"하지만 나 같은 사람도 있어야 민주주의 국가지. 국가는 그렇게 경쟁하고 비판하면서 발전해 나가는 거야."

"형님, 민족당이 흔들리고 있습니다."

부위원장 안병학이 담배 연기를 길게 뿜고 나서 말을 이었다.

"이러다간 고정규 씨는 엄청난 표차로 나가떨어집니다. 여론조사는 80 대 20 이래요. 고정규가 20이란 말입니다."

"그놈의 여론조사."

입술을 비튼 최만철이 이맛살을 찌푸렸다. 광화문 근처의 민노총 회의실 안에서 둘이 마주앉아 있다. 오후 2시, 점심을 마치고 돌아온 참이다. 최만철이 그 얼굴로 안병학을 보았다.

"요즘 여론조사가 맞은 적 있어? 틀릴 확률이 ±95%라는 말 못 들었어?"

"그래도 바닥 민심이란 게 있습니다. 내 주변에서도 다 서동수가 유리하대요."

안병학도 운동권 출신이지만 성향은 온건한 편이다. 최만철의 오랜 심복으로 서로 보완해주는 관계이기도 하다.

"또 학교에 가면 되겠지."

소파에 등을 붙인 최만철이 혼잣소리처럼 말을 이었다.

"날 응원해주는 동지가 수십만이야. 난 동지들을 배신할 수 없어."

민노총은 한국에서 가장 강력한 대여, 대정부 투쟁 조직이다. 지금은 야당이 흔들리는 상황인 터라 민노총의 위상이 더 높아졌다. 그때 탁자 위에 놓인 최만철의 핸드폰이 울렸다. 핸드폰을 집어 든 최만철이 머리를 기울였다가 통화버튼을 눌렀다. 모르는 번호였기 때문이다.

"여보세요."

"아, 최만철 위원장이시지요?"

사내의 목소리다.

"예, 그런데요?"

"갑자기 죄송합니다. 저는 서동수 장관 비서실장 유병선입니다. 다시 한 번 사과드립니다. 누구를 통하면 더 번거롭게 해드릴 것 같아서 제가 직접 연락을 드렸습니다."

정중한 태도다. 그래서 처음에 놀랐다가 곧 불끈거렸던 가슴도 차츰 가라앉았다. 그나저나 유병선이 전화를 하다니? 지난번 TV에서 성서 (聖徐) 타도를 발표한 후에 유병선도 유명인이 되었다. 서동수의 최측근, 서동수의 그림자라고도 한다.

"아 예, 그러세요?"

최만철이 억양 없는 목소리로 대답했다.

"그런데 무슨 일이십니까?"

"예, 장관께서 통화하고 싶다고 하셔서요. 옆에 계신데 허락해 주시겠습니까?"

최만철이 숨을 들이켰다. 지금 유병선 옆에서 천하의 서동수가 통화 허락을 기다리고 있다는 것이다. 최만철이 헛기침을 했다.

"예, 바꿔주시지요."

앞에 앉은 안병학이 누구냐는 듯 눈을 크게 떠 보였지만 최만철은 핸드폰을 바꿔 쥐고는 빈 손바닥의 땀을 바지에 문질러 닦았다. 그때 사내의 목소리가 울렸다.

"아 위원장님, 저, 서동수입니다. 이렇게 전화 드려서 죄송합니다."

정중한 목소리다. 이자가 왜 이러는가?

핸드폰을 귀에 붙인 서동수가 곧 최만철의 목소리를 들었다.

"아이고, 장관님이 갑자기 웬일이십니까?"

놀란 듯 목소리가 높았지만 웃음기는 섞여 있지 않았다. 놀랍지만 반갑지는 않다는 것이다. 서동수가 차분하게 말했다.

"만나 뵈었으면 좋겠지만 먼저 전화상으로 말씀드립니다. 전 공약으로 연방 대통령이 되고 나서부터 경제성장률을 연 8%씩 성장시키겠다고 할 계획입니다."

이것도 난데없었지만 최만철은 저절로 숨을 들이켰다. 8%? 꿈같은 소리다. 80년대, 한국이 아시아의 용으로 부상할 때 그랬다. 지금부터 30년 전이다. 지금은 중국도 8%를 못 올린다. 한국은 2%대가 아닌가? 그때 서동수가 말을 이었다.

"다시 대한민국이, 대한연방이 재도약하는 것이지요. 신바람이 나는 세상이 될 것입니다. 잘 아시겠지만 80년대 이후로 우리가 제대로 뛰지도 못 하고 있었지 않습니까?"

"잠깐만요, 장관님."

최만철이 서동수의 말을 자르더니 차가운 목소리로 물었다.

"지금 무슨 말씀을 하시려는 겁니까? 제가 세상 물정을 모른다고 생각하시는 것처럼 들리는데요."

"아닙니다, 위원장님."

쓴웃음을 지은 서동수가 말을 이었다.

"위원장님의 협조를 받으려고 전화를 드린 겁니다."

"그야 당연히 국가와 민족을 위해서라면 협조를 하지요. 지금까지도 우리는 그렇게 해왔으니까요."

"감사합니다. 그럼 협조를 해 주시겠군요."

"뭘 말입니까?"

"저는 취임한 즉시 방만한 국영기업, 노조 등을 쇄신할 계획입니다. 물론 사전에 충분한 협의를 하겠지만 범법 행위는 추호도 용납하지 않을 것입니다."

"무슨 말씀인지 알겠습니다."

최만철의 목소리에 웃음기가 섞였다.

"미리 말씀해주셔서 감사합니다. 우리가 충분히 대비를 할 여유를 주시는군요."

"예, 이렇게 전화상으로나마 인사를 하게 되어서 기쁘게 생각합니다."

"저도 반갑습니다."

최만철의 인사를 들은 서동수가 핸드폰을 귀에서 떼었다.

"하긴 이게 예의지요."

소파에 등을 붙인 서동수가 앞에 앉은 임창훈에게 말했다. 여의도의 사무실 안이다. 방안에는 서동수와 유병선, 임창훈까지 셋이 둘러앉아 있었는데 분위기가 가라앉았다. 임창훈이 머리를 끄덕였다.

"잘하셨습니다. 대비할 시간을 주셔야지요."

이번 통화는 임창훈이 제의한 것이다.

임창훈이 말을 이었다.

"모두에게 다 좋을 수는 없습니다. 이제는 고칠 때가 되었어요."

서동수의 시선이 창밖으로 옮겨졌다. 이곳에서는 한강이 내려다보인다. 오후 3시여서 맑은 햇살을 받은 강물 위로 유람선이 지나고 있다. 그렇다. 서동수가 대통령이 되면 대개혁이 이루어질 것이다. 지금도 소문이 무성했고 민노총은 물론 국영기업, 온갖 시민단체에서까지 서동수에 대한 반대 운동이 조직적으로 퍼져나가는 추세다. 그러나 대다수 국민은 새 세상을 바라고 있다. 서동수가 입을 열었다.

"말도 안 되는 기득권은 다 없앨 겁니다. 철저히 정리할 테니까요."

시선을 창밖으로 둔 채 서동수의 목소리가 이어졌다.

"나부터 다 내려놓을 테니까. 그래요. 목숨까지 내놓을 작정을 하고 개혁을 할 겁니다. 난 뒤를 챙기지 않아요."

"합동 기자회견 형식인데요."

다가선 유병선이 말을 이었다.

"한 시간 동안입니다, 장관님."

공생당을 창당하고 당수가 된 지 일주일이 되었다. 그동안 서동수는 한국에 머물고 있었는데 언론과의 인터뷰를 유병선이 합동 기자회견으로 만든 것이다. 서동수의 시선을 받은 유병선이 말을 이었다.

"제가 답변 준비를 해놓을 시간이 좀 필요합니다. 장관님, 그러니까 일단 한랜드로 돌아가셨다가 다시 오시는 것이……."

"아니, 그럴 필요 없어."

머리를 저은 서동수가 유병선을 보았다.

"무슨 답변 준비를 한다는 거야? 소설 쓰는 것도 아니고 솔직하게 말하면 되는 거야. 내일 합시다."

"아이고, 내일은……."

질색을 한 유병선의 얼굴까지 굳어졌다.

"적어도 준비하려면 사흘은 필요합니다, 장관님."

"그럼 모레 합시다."

그래서 프레스센터에서 공생당 당수 겸 한랜드 장관 서동수의 기자 회견이 열리게 되었다. 기자회견 장면은 예고를 많이 안 했는데도 시청률이 높았고 외국 기자들도 많이 참석했다. 국영방송 2개사에 종편 3개가 생방송으로 방영했고 외국 방송사도 7개나 되었다. 그만큼 서동수가 화제의 중심인물이라는 증거도 될 것이다. 이곳은 서울역 광장이다. 대형 TV에 서동수의 얼굴이 비쳤을 때 지나던 사람들까지 앞으로 모여들었다. 인사가 끝나고 이제 막 질의응답이 시작되는 것이다. 먼저 대한신문 기자가 질문했다.

"며칠 전에 민노총 위원장한테 전화를 하셨지요? 그때 대개혁을 하겠다고 말씀하셨다는데, 맞습니까?"

최만철은 서동수의 협박을 받았다는 식으로 언론사와 인터뷰를 한 것이다. 그때 서동수가 웃음 띤 얼굴로 대답했다.

"예, 대개혁을 하겠다고는 했지요."

"협박은 아니고요?"

"그렇게 들렸을 수도 있겠습니다."

"어떤 내용의 대개혁입니까?"

"해산시킬 겁니다."

그 순간 회견장이 술렁거렸고 서울역 대합실의 시청자들도 웅성거렸다. 한 건 잡았다는 표정이 된 대한신문 기자가 소리치듯 물었다.

"해산시킨다고 하셨습니까?"

"예, 그리고 다시 새로운 노조가 형성되겠지요."

"아니, 그러면…….."

그때 유병선이 말을 잘랐다.

"다음 질문을 받겠습니다."

대한신문 기자가 손에 쥔 마이크에 대고 말했지만 전원이 꺼졌다. 그때 유병선의 지명을 받은 한국통신 기자가 일어났다. 흥분된 표정으로 입술을 떤다.

"이어서 질문하겠습니다. 민노총을 해산시키면 저항이 엄청날 것입니다. 그럼 국가가 위기에 봉착하지 않겠습니까?"

그러자 서동수가 눈을 가늘게 뜨고 기자를 보았다. 서울역 대합실의 시청자들도 숨을 죽이고 서동수의 얼굴을 본다. 그때 서동수가 기자에게 물었다.

"왜요?"

"아니, 그걸 예상하지 못하시다니요?"

기자의 콧구멍이 벌름거렸다.

"광우병 파동을 보셨지요? 그 몇 배의 시위대가 서울을, 아니 전국을 뒤덮을 텐데요. 그걸 어떻게 감당하려고 그러십니까?"

"계엄령이죠."

서동수가 낮게 말했지만 다 들었다. 기자가 잠깐 '뻥'한 표정을 짓는 것이 화면에 드러났다. 그때 화면이 서동수의 차분한 얼굴을 다시 비쳤고 기자에게로 돌아갔다. 그때는 기자가 눈을 부릅뜨고 있다.

"계엄령이라고 했습니까?"

기자의 목소리는 비명 같다. 그때 서동수가 똑바로 서울역 광장의 시청자들을 보았다.

"그렇습니다. 국가가 내란 상태가 되었을 때는 가차 없이 대통령이 계엄령을 선포해야지요."

"그러면 군인들이……."

기자가 다시 물었는데 뒤가 흐리다. 감히 말끝을 맺지 못하는 것 같다. 시청자들은 화면에 나온 서동수의 얼굴을 보았다. 서동수가 머리를 끄덕이며 쓴웃음을 지었다.

"군인은 그럴 때 나서라고 존재하는 것입니다. 군인을 억누르기만 하니까 방산 비리 같은 것이나 저지르는 것이지요. 군인은 국가를 지키라고 존재하는 것입니다."

그때 유병선이 나섰다.

"그럼 다음 질문을……."

화면에 비친 유병선의 얼굴이 굳어 있다. 서동수가 돌출 발언을 했다는 것을 서울역 광장 시청자들도 다 알 수 있게 되었다. 그때 서동수가 말을 이었으므로 방송사 카메라가 바로 화면에 등장시켰다. 어깨를 부풀린 서동수가 말을 이었다.

"법을 어기고 내란을 일으키는 폭도들은 현장에서 체포되겠지요. 그렇습니다."

그러고는 서동수가 엄지를 구부려 제 코끝에 대며 쓴웃음을 지었다.

"이 자리에서 먼저 말씀드리지요. 그때는 이 서동수가 발포 명령자가 될 것입니다. 모든 책임은 다 저한테 있습니다."

이제 화면에 기자가 비쳤는데 입만 떡 벌리고 있다. 다시 서동수의 말이 이어졌다.

"법이 지켜지지 않는 국가는 국가가 아닙니다. 범법자인 시위대한테 쫓겨 가는 군인은 군인이 아닙니다. 그렇게 만든 정치인, 지도자들의 책임이지요. 나는……."

어깨를 부풀린 서동수가 시청자들을 향해 빙그레 웃었다.

"그래서 민노총 위원장한테 말했지요. 협조해 달라고 말입니다. 그러면 내가 대통령이 되고 나서 연 평균 8퍼센트의 경제성장을 이루겠다고 말했습니다, 8퍼센트."

서동수가 손가락 여덟 개를 펴 보이는 것이 화면에 크게 드러났다. 손바닥 손금까지 다 보인다.

"그 이야기는 인터뷰 때 말하지 않은 것 같더군요."

이제 서울역 시청자들은 홀린 듯이 화면을 보았고 서동수의 말이 이어졌다.

"엄청나지 않습니까? 8퍼센트 그리고 신바람 나는 세상. 그것에 나는 목숨을 걸 겁니다. 그런 세상을 만들고 나서 죽어도 됩니다. 내가 뭘 더 바라겠어요?"

시청자들은 서동수의 두 눈이 번들거리는 것을 보았다.

"규제요? 다 없앱니다. 엄청난 국고만 축내는 부실기업, 이권 단체, 위원회, 한 달 안에 다 폐쇄합니다. 여러분은 이제 그 가능성을 떠올리게 되실 겁니다. 그럼 어떻게 되는지 아시지요? 이 사회에 세금만 까먹는 기생충이, 거머리가 얼마나 많은지도 알게 되실 겁니다. 여러분이 노점상에서, 식당에서, 하다못해 대리운전으로 번 돈으로 낸 세금을 그자들이 까먹고 있었던 것입니다."

이제 서동수의 얼굴도 상기되었다.

"그것 정리만 해도 경제성장률 2퍼센트가 올라갈 것입니다. 일자리가 몇백만 개 늘어나고 소득이 높아집니다. 8퍼센트……"

다시 손가락 여덟 개를 펴 보인 서동수가 눈을 치켜뜨고 서울역 시청자들을 노려보았다.

"여러분, 새 세상을 살아 보십시다. 짧은 인생인데 새 세상을 한번 겪어봐야 하지 않겠습니까?"

"자, 그럼 이것으로……."

유병선이 다시 끼어들었을 때는 53분이 지났다. 이대로 나간다면 더 충격적인 발언이 터질 것 같았기 때문이다. 인터뷰 전에 서동수는 이번 인터뷰에 대비해 250여 개의 예상 질문과 그 답변을 준비했는데 다 어긋났다. 계엄령 발언은 어느 부분에도 들어 있지 않았다. 그때 서동수가 손을 들어 막더니 다시 시청자들을 보았으므로 기자들은 신바람이 났다. 서동수가 입을 열었다.

"추가해서 드릴 말씀이 있습니다."

이제 기자들은 앉아 있었으므로 서동수가 모두를 둘러보며 말을 이었다.

"저는 척결하고, 폐쇄하고, 체포하고, 파면하겠지만 마지막 순간까지 대화하고 타협하겠습니다."

서동수의 얼굴에 쓴웃음이 떠올랐다.

"그러고는 포용하고 구제하고 사면할 것을 약속드립니다."

기자들 사이에 웅성거리는 소리가 들렸지만 카메라가 그쪽으로 가니 뚝 그쳤다. 서울역 시청자들의 어깨도 대부분 내려갔다. 뭐, 그게 그거 아냐? 어쩌겠다는 건데? 한다는 거야, 만다는 거야? 하는 표정을 짓는 사람이 많다. 화면에 다시 서동수의 모습이 비쳤다.

"민노총 위원장을 노동부 장관으로, 내 후계자를 민족당 출신으로 임명할 수도 있다는 말씀입니다."

"말도 안 되는 소리 하고 있네."

시청자 한 명이 뱉듯이 말했는데 동조하는 사람은 없다. 서동수가 이제는 가라앉은 표정으로 말을 이었다.

"현실은 이상과 다릅니다. 생각이 다르다고 모두 배척할 수는 없지요. 법을 지킨다고 범법자를 다 처단할 수는 없는 것입니다. 예외 없는 법은 없습니다."

서동수가 어깨를 올렸다가 내렸다.

"가차 없이 대의(大義)를 집행하되 관용하고 타협하고 수용하겠습니다. 그것을 말씀드리는 것입니다."

그것만 보고 이필상과 유기철은 서둘러 광주행 KTX에 올랐다. 자리에 앉으며 이필상이 유기철에게 물었다.

"어때?"

서동수의 인터뷰 소감을 묻는 것이다. 유기철이 앞쪽을 응시한 채잠깐 생각하더니 입을 열었다.

"그럴 만한 인간 같아."

"뭘?"

"민노총 위원장을 노동부 장관 시킨다는 것."

"민족당원을 차기 후계자로 한다는 것도?"

"그럴 수도 있을 것 같아."

"그럼 오늘 인터뷰는 성공이군."

"강력하게 대처하되 끝까지 타협하겠다는 것이 오늘 인터뷰의 핵심이지."

둘은 민족당원으로 오늘 서울 당사에 출장을 왔다가 돌아가는 길이다. 유기철이 말을 이었다.

"서동수가 예상보다 강하군."

"그 8퍼센트, 가능성이 있을까?"

유기철이 길게 숨을 뱉었다.

"아마 앞으로 8퍼센트가 공생당의 트레이드마크가 될 것 같아. 공생당 하면 서동수가 펼친 손가락 8개가 떠오를 거야."

"지금 나도 그런데."

"그럼 국민들에게 8퍼센트에 대한 기대심리가 심어지겠지."

"과연 선거 전략가라 생각하는 것이 다르군."

"서동수는 빈말로 그러는 것이 아니야. 장사꾼이어서 다 계산을 하는 것 같아."

KTX가 출발했으므로 잠시 창밖을 내다보던 유기철이 쓴웃음을 지었다.

"그래, 지금은 새 시대야. 새 옷을 입을 때가 됐다고."

"무슨 말이야?"

이필상이 묻자 유기철이 긴 숨을 뱉었다.

"국민들이 지쳐 있어, 양쪽 다."

벽시계가 밤 11시 반을 가리키고 있다. 술잔을 내려놓은 서동수가 하선옥을 보았다. 성북동의 안가는 조용하다. 방금 TV에서 재방송된 서동수의 인터뷰 장면을 보고 나서 하선옥이 음소거 버튼을 누른 것이다.

"시간이 빨리 지나가는 것 같군."

"아니 전 더디게 가는 것 같아요."

바로 말을 받은 하선옥이 눈웃음을 쳤다. 하선옥은 서동수의 파자마를 입었는데 귀여웠다. 이곳에 하선옥의 옷이 준비돼 있지 않았기 때문이다. 이제 한국 대선까지는 한 달 반이 남았다. 한 달 반 후에는 한국 대통령이 탄생하는 것이다. 그리고 당연히 당선자는 대한연방의 대선

후보가 된다.

"오늘 장관님 여자 문제가 나올까 봐 제가 얼마나 가슴을 졸였는지 아세요?"

하선옥이 말하더니 다시 웃었다. 술기운에 달아오른 얼굴을 본 서동수가 숨을 들이켰다. 욕정이 솟아올랐기 때문이다. 하선옥은 볼수록 매력이 있다. 은근한 향내를 풍기고 있다가도 엉키게 되면 뜨거운 불덩이가 된다. 하선옥이 말을 이었다.

"다행히 계엄령 말씀을 하시는 바람에 여자 문제가 쏙 들어간 것 같아요."

"계엄령 효과가 거기에도 있었군."

소파에 등을 붙인 서동수가 지그시 하선옥을 보았다. 서동수의 표정을 본 하선옥이 물었다.

"주물러 드려요?"

"안마라고 해라. 딴생각이 들잖아."

"이미 딴생각하시면서."

하선옥이 상체를 조금 비틀었다. 교태다. 40대 중반의 원숙한 몸이 정욕의 불덩이가 되어 가는 중이다.

"파자마 안에 뭐 입었어?"

"아무것도."

하선옥이 눈을 흘기는 시늉을 했다.

"그럼 좋아하시잖아요."

"그럼 바지만 벗어."

"싫어요."

"상의가 길어서 엉덩이까지 덮을 거야."

과연 그렇다. 저고리를 내려다본 하선옥이 소파 뒤로 돌아가더니 곧 바지를 벗었다. 그러고는 주춤대며 나왔으므로 서동수가 눈을 가늘게 떴다. 저고리는 아슬아슬하게 검은 숲은 가렸지만 허벅지는 다 드러났다.

"으음, 섹시하다."

서동수가 감탄했다.

"진즉 그렇게 입고 있지."

"아유, 나 몰라."

이맛살을 찌푸린 하선옥이 서동수의 옆에 앉았다. 서동수가 하선옥의 허리를 당겨 안으면서 물었다.

"자, 이제 내 인터뷰를 본 감상을 듣자."

"이런 분위기에서 듣고 싶으세요?"

그때 서동수가 손을 뻗쳐 하선옥의 숲을 덮었다. 그러자 하선옥도 서동수의 파자마 바지 안으로 손을 넣는다. 곧 둘의 사지가 어지럽게 엉켰다.

"말씀드려요?"

하선옥이 묻더니 상기된 얼굴로 서동수를 보았다.

"나중에 타협하고 수용하겠다는 말씀이 진실 같았어요."

그때 서동수의 손이 하선옥의 동굴 안으로 진입했으므로 숨소리가 가빠졌다.

"바탕이 확실해야 타협도 하고 수용도 할 수 있는 것이죠."

말을 그친 하선옥이 입을 딱 벌리더니 서동수의 남성을 움켜쥐었다. 서동수의 입도 저절로 벌어졌다. 그때 하선옥이 서동수의 바지를 벗기면서 물었다.

"여기서 해요?"

서동수는 대답 대신 하선옥의 저고리 단추를 풀기 시작했다. 그렇다. 이것도 저것도 아닌 상태에서 누구를 포용하는가?

뜨거운 몸, 아랫배를 혀와 입술로 애무하면서 서동수는 온몸이 열기에 덮이는 느낌을 받는다. 그렇다. 하선옥의 사지가 몸을 휘감았기 때문이다. 두 다리로 어깨와 가슴을 감쌌으며 두 손은 서동수의 머리를 움켜쥐었다. 그리고 끊임없이 앓는 소리가 터져 나온다. 서동수는 하선옥의 얼굴에서 목, 가슴에 이어서 둥근 아랫배까지 샅샅이 애무하고 내려오는 중이다. 방안은 이미 비린 애액의 냄새가 진동한다. 하선옥은 흰 용암 같은 애액을 많이 분출하는 편이다. 금방 흥건하게 젖어서 정신이 있을 때는 바닥에 뭘 깔지만 지금은 소파 위다. 갑자기 소파 위로 넘어져서 그럴 여유가 없다. 이윽고 하선옥의 골짜기가 입술로 덮였을 때 비명 같은 탄성이 터졌다. 허리를 추어올렸다가 내리면서 지르는 탄성이 단말마의 신음 같다. 서동수는 몰두했다. 골짜기 양쪽으로 벌어진 꽃잎을 입에 물었다가 혀로 굴리자 신음은 더 높아졌다. 애액이 쏟아지듯 분출했으므로 서동수는 갈증이 난 것처럼 삼켰다. 거침없다. 이것은 정수기에서 나온 생수보다도 더 깨끗하고 귀한 물이다. 서동수의 혀가 골짜기 위의 꽃술을 건드렸을 때 하선옥의 신음은 절정에 이르렀다. 마음 놓고 받아들이는 터라 절정이 빨리 다가오는 것이다. 서동수는 꽃술을 입안에 넣고 귀한 사탕처럼 빨았다.

"아아앗."

비명과 탄성이 섞인 외침이 터지면서 하선옥이 힘껏 허리를 추어올렸다. 두 다리가 빈틈없이 서동수의 머리통을 감았으므로 질식할 것 같다. 그러나 그쯤 참지 못하겠는가? 절정에 오른 하선옥의 꽃술을 문 채 서동수가 기다린다. 귀까지 막혀 있었지만 하선옥의 신음이 울리고 있다. 뜨거운 몸이 경련을 일으키고 있는 것도 느끼고 있다. 이윽고 하선옥이 허리를 떨어뜨리면서 다리가 벌어졌다. 머리를 든 서동수가 깊은 심연에 담겼다가 빠져나온 사람처럼 거칠게 숨을 들이켰다. 하선옥의 사지가 늘어지면서 숨을 들이켤 때마다 거친 쇳소리가 섞였다. 숨소리에 섞여 신음이 이어진다. 그때 서동수가 몸을 일으켜 하선옥의 위로 오른다. 눈을 가늘게 뜬 하선옥이 서동수를 보았으나 아직 말을 꺼낼 여유가 없다. 눈동자의 초점도 흐려져 있다. 서동수가 머리를 숙여 하선옥의 입술에 키스했다. 정중하고 부드러운 입맞춤이다. 사랑과 존경심이 섞여 있는 것이 여실히 드러난다. 그때 하선옥의 눈에서 눈물이 흘러내렸다. 그저 감동이 일어난 것뿐이다. 얼굴을 뗀 서동수가 하선옥의 다리를 벌리고는 그때야 천천히 몸을 합쳤다. 하선옥이 입을 딱 벌렸지만 늘어졌던 두 팔로 서동수의 엉덩이를 감싸 쥐었다. 가쁜 숨소리, 옅은 신음을 들으면서 서동수는 하선옥의 동굴이 뜨겁게 반기는 것을 느낀다. 탄력이 강하고 좁은 동굴 안으로 미끄러지듯 빠져 들어간 것이다. 하선옥의 탄성이 커다랗게 울리면서 다시 사지가 엉켰다. 상기된 얼굴을 치켜든 하선옥이 서동수의 움직임에 맞춰 허리를 추어올리면서 환호했다. 서동수는 하선옥의 허리를 잡아 옆으로 밀치는 시늉을 했다. 그러자 하선옥이 몸을 비틀면서 엎드렸다. 소파에 상반신을 붙이면서 엉덩이를 치켜든 것이다. 서동수는 숨을 들이켰다. 처음 보는 것도 아니지만 하선옥의 풍만한 엉덩이와 골짜기에 시선이 빠져드는 느낌을 받은 것이다. 서동수가 몸을 붙이고는 거침없이 진입하자 하선옥이 소파를 물어뜯으면서 신음했다. 서동수는 다시 몸을 굽혀 하선옥의 등과 목에 키스했다. 방안이 다시 열풍으로 덮이면서 두 쌍의 사지가 어지럽게 엉키고 있다.

안종관과 박병우가 서동수와 마주보고 앉아 있다. 오전 9시 반, 성북동의 안가 응접실에 셋이 둘러앉은 것이다. 둘은 서동수의 안보 보좌역 겸 사부이기도 하다. 4강(强)에 둘러싸인 한반도는 100여 년 전부터 강대국의 각축장이었던 것이다. 그런데 지금, 남북한이 연방으로 통일되고 한랜드로 뻗어 나가게 될 21세기는 동북아에 엄청난 지각변동을 예고하고 있다. 당사자인 중·일·러는 물론이고 미국도 신경을 곤두세우고 있는 것이다. 그 4강 중 한랜드를 임대해준 러시아가 한발 물러서 있는 입장처럼 보이지만 방심할 수는 없다. 서동수가 자주 둘로부터 국제 정세와 대처 방안을 자문하고 보고받는 이유다. 더구나 박병우는 현직 국정원 1차장으로 해외 정보 분야에만 20년을 근무한 정보 전문가다. 생생한 정보는 새 피를 수혈 받는 것이나 같은 것이다. 박병우가 말했다.

"일본과 중국이 한국보다는 북한을 공략하고 있습니다."

박병우의 얼굴에 쓴웃음이 번졌다.

"출입이 자유로운 신의주특구가 그들의 접선 장소가 되어 있지요."

"그렇겠군."

서동수가 머리를 끄덕였다. 신의주는 경제특별구가 돼 북한 경제성장의 견인차 역할을 하고 있다. 신의주특구 덕분에 남북한 통일이 돼도 경제 충격이 덜할 것이었다. 동서독 통일보다도 더 유리하다는 게 전문가들의 진단이다. 그 신의주특구를 이룩한 주인공이 바로 서동수가 아닌가? 박병우가 말을 이었다.

"일본에 비해서 중국은 강온(强穩) 양면성을 띠고 있는 것으로 판단

됩니다. 남북한연방과 한랜드로 이어지는 한반도의 기세를 적극적으로 저지하기보다 응용하려는 분위기가 보입니다."

"그 사람들 속도 알 수는 없지요."

옆에서 안종관이 사족을 달았다. 서동수가 머리를 끄덕였다. 그러나 일본은 다르다. 중국과 한반도는 붙어 있는 터라 항상 직·간접 영향을 받아왔다. 수많은 간섭과 침략까지 받았지만 공존하기도 했다. 수천 년 역사에서 한반도를 침탈한 역사는 몽골군이 스쳐간 몇 번뿐이다. 대부분 형제국으로 존중하며 공존했다. 그러나 일본은 어떤가? 철저하게 한반도를 침탈했다. 고려가 망한 이유 중의 하나가 왜구 침략이다. 고려 말 기록으로 보면 하루에 한 번꼴로 고려 땅을 침략해서 주민을 잡아가고 노략질을 했다. 이성계, 최영이 두각을 나타낸 것이 왜구와의 싸움 때문이다. 그뿐인가? 1592년에서 1598년까지 7년 동안 조선을 침공해 전 국토를 유린했다. 1910년부터 1945년까지 35년간은 조선인의 이름까지 바꾸고 조선말을 없애버린 식민지, 즉 종의 땅으로 만들지 않았던가? 서동수가 웃음 띤 얼굴로 말했다.

"수천 년 양국 역사에서 현재가 일본이 한반도에 대해 가장 위협을 느끼는 시기인가?"

"북한 하나만 두고도 일본이 온갖 호들갑을 떨었는데 남북한연방이 되니 당연하지요."

안종관이 거들었고 박병우가 정색하고 말을 받았다.

"내년에 트럼프가 미국 대통령이 되면 일본은 끈 떨어진 연이 될 가능성이 큽니다."

서동수의 얼굴에 다시 쓴웃음이 번졌다. 그러고 보면 수천 년간 외세 침공과 압박을 받아온 한민족의 내성(耐性)은 세계 어느 민족보다 강할 것이었다. 트럼프가 대통령이 돼서 공언을 한 대로 네 땅은 네가 지키라고 한다면 그렇게 될 가능성도 있다. 서동수가 입을 열었다.

"한반도의 기운은 누구도 막을 수 없어."

그 시간에 일본 총리실 부속 정보실장 도쿠가와가 오랜 부하 사토와 오자키를 둘러보며 말했다.

"총리 각하께서 세부 지침을 내려주시지는 않는다. 우리는 이미 분신(分身) 같은 존재, 각하의 심중을 읽고 실행할 뿐이야. 자, 대국을 논의해보자고."

엄숙한 표정이었고 언어에 조리가 있다. 지금 셋은 총리 아베의 심정이 돼서 대국을 논의하려는 것이다. 그리고 그 결과를 도쿠가와가 보고한다. 사토와 오자키는 각각 50대 후반, 30년이 넘는 정보 전문가로 도쿠가와를 보좌해 왔다. 그때 사토가 말했다.

"이대로 가면 서동수가 남한의 연방 대통령 후보, 이어서 남북한연방의 대통령이 될 가능성이 많습니다."

사토가 똑바로 도쿠가와를 보았다. 정보실에서는 5년쯤 전부터 여론조사 통계를 보고서에 쓰지 않았다. 여론조사 기관을 불신할 뿐만 아니라 이제는 국민이 여론조사를 조롱하는 상황이었기 때문이다. 조사할 때 반대로 말해놓고 결과가 뒤집히는 것을 즐기는 것이다. 사토가 말을 이었다.

"한반도에서 솟는 기운이 심상치 않습니다. 한민족이 본래 냄비 기질이 있는데 이번에는 쉽게 꺼질 것 같지 않습니다, 실장님."

그때 오자키가 말했다.

"서동수가 사기꾼인 건 한국민 대부분이 인정합니다. 부패했고 여자를 과도하게 밝히며 뻔뻔합니다. 서동수를 극단적으로 혐오하는 사람도 꽤 많지요."

도쿠가와가 심호흡을 하고 있다. 참을성 있게 기다리는 것이다. 이것이 도쿠가와의 장점이다. 오자키의 말이 이어졌다.

"그러나 시대가 변한 것 같습니다. 서동수의 약점이 거의 먹히지 않습니다. 탁 털어놓고 말하는 분위기에 넘어가는 모양입니다. 미국에서도 트럼프 같은 사업가가 후보가 되는 것을 보면 기성 정치인에 대한 불신이 전 세계로 확산할 것 같습니다."

"다른 점이 있습니다."

사토가 오자키의 긴말이 끝나기도 전에 잘랐다. 오자키는 말도 길고 느리기 때문이다. 사토가 빠르게 말했다.

"미국은 트럼프를 대체할 후보가 얼마든지 있지만 한국은 서동수 하나뿐이라는 것이죠."

그때 도쿠가와가 머리를 끄덕였다. 계속 하라는 표시다. 사토의 목소리에서 열기가 느껴졌다.

"서동수를 대신할 인물이 없다는 말입니다. 그것은 서동수가 없다면 남북한연방은 물론 대선까지 무산될 가능성이 크고 다시 대결 상태로 회귀할 것이 분명합니다."

이제는 눈만 치켜뜬 도쿠가와를 향해 사토가 결론을 말했다.

"그 가정하에서 생각하면 우리 일본은 물론이고 중국, 미국, 러시아까지 반대할 분위기가 아닙니다, 실장님."

"……."

"남북한연방, 한랜드로 이어지는 한민족의 유라시아 진출, 대한연방의 부흥은 우리 4강(强) 아무도 바람직하게 여기지 않는다는 결론입니다, 실장님.”

그때 도쿠가와가 긴 숨을 뱉고 나서 입을 열었다.

“서동수가 우리 대마도를 회수하겠다고 했었지?”

“예, 대마도가 자기들 영토랍니다.”

오자키가 말하자 도쿠가와는 입맛을 다셨다. 다케시마는 이미 독도가 돼서 누구도 일본령이라고 주장하지 않는 분위기가 된 것이다. 아직 대한연방이 되지 않았는데도 그렇다. 도쿠가와가 혼잣소리처럼 말했다.

“이대로 둘 수는 없어. 세계 평화를 위해서도.”

“요즘 꽤 바쁘셨더군요.”

응접실로 들어선 김동일이 웃음 띤 얼굴로 말했다. 공생당 창당을 말한 것 같다.

“예, 아무래도 분위기를 바꿔야 할 것 같아서 말입니다.”

수행원들을 떼놓은 둘은 소파로 다가가 마주보고 앉았다. 오후 3시 반, 서동수는 전용기 편으로 서울에서 곧장 평양으로 날아왔는데 이곳은 대동강변의 제11 초대소다. 서동수가 현관 앞에서 기다리다가 김동일과 함께 들어온 것이다. 탁자 위에는 음료수가 여러 가지 놓여 있어서 마시고 싶은 것을 집으면 된다. 서동수가 정색하고 북한의 지도자를 보았다. 남북한연방이나 유라시아 진출은 김동일의 의지가 없었다면 꿈도 꾸지 못했을 것이었다. 김동일이 자신을 내던진 희생이 지금까지의 성과를 만들었다. 김동일이 신의주특구를 허용했으며 남북한연방에 동의했기 때문에 한민족의 숙원인 통일에다 대약진의 기틀이 만들어졌다. 그래서 남북한에서 김동일은 꿈을 이룬 지도자로 평가받는

82

다. 신의주특구의 비약적인 경제발전 파급효과로 이제 북한 주민은 굶주림에서 벗어났다. 신바람이 불기 시작했고 더 큰 바람을 기대하고 있다. 그 신바람을 이끌 지도자로 김동일과 서동수 중 한 사람을 고르는 일이 남아 있을 뿐이다. 서동수가 입을 열었다.

"이 모든 건 위원장님이 만드신 것이나 같습니다. 위원장께서 내놓으시지 않았다면 한반도는 아직도 분쟁 지역으로 세계의 골칫덩이가 돼서 조롱받고 있겠지요."

"이거 왜 이러십니까?"

쓴웃음을 지은 김동일이 생수병을 집었다.

"그 말씀 하시려고 오신 겁니까?"

서동수는 김동일과의 독대(獨對)를 요청했던 것이다. 김동일이 웃음 띤 얼굴로 말을 이었다.

"신의주특구를 열지 않았다면 북조선은 지금도 굶주림에서 벗어나지 못했겠지요. 그리고 신의주특구의 영향으로 체제가 변한 것입니다."

그동안 극심한 혼란도 겪었다. 강경 군부가 쿠데타를 시도했고 서동수의 절충으로 쿠데타 세력을 신의주로 끌어들여 중화시키지 않았는가. 그동안 서동수와 김동일이 손발을 맞춰온 것이다. 김동일도 어느덧 정색하고 말했다.

"이 기회에 솔직히 말씀드리는데 나는 남북한연방을 통치할 능력도 경륜도 부족합니다. 내가 연방 대통령이 된다면 극심한 혼란이 올 것이고 그것을 기대하는 국가들도 있을 것입니다."

병째로 생수를 한 모금 삼킨 김동일이 똑바로 서동수를 보았다.

"열심히 일하는 우리 민생당 동지들에게는 미안한 말이지만, 나는 진작 마음을 접었습니다. 선거 끝나면 사업가로 전력투구할 작정입니다.”

서동수가 천천히 머리를 끄덕였다. 전에도 들었지만 이번에는 더 분명한 언질을 받은 것이다. 그때 서동수가 물었다.

“군(軍)은 믿을 만합니까?”

본론이 이것이다. 이것을 물으려고 왔다. 서동수의 시선을 받은 김동일이 쓴웃음을 지었다.

“오늘 저녁에 한잔하시지요. 저도 형님을 모처럼 만났으니 마시고 싶습니다.”

“그러지요.”

바로 대답한 서동수가 소리 죽여 숨을 뱉었다. 김동일이 말을 조심하려는 분위기를 느꼈기 때문이다. 김동일이 도청을 조심한단 말인가? 갑자기 딴 세상에 온 느낌이 들었으므로 서동수가 몸을 굽혔을 때 김동일이 자리에서 일어섰다.

“그럼 7시에 다시 뵙겠습니다.”

그러더니 덧붙였다.

“미인들을 보시게 될 겁니다.”

몸을 살랑살랑 흔들면서 여자 셋이 노래를 부른다. 밝고 흥겨운 노래, 가사는 귀에 잘 들어오지 않지만 남녀의 사랑 노래다. 서동수는 홀린 것 같은 표정으로 여자들을 응시했다. 이곳에서는 키 크고 볼륨 있는 여성이 미인 취급을 받는다. 볼륨이라고 해서 통통한 정도는 아니다. 곡선이 부드럽고 탄력 있는 몸매다. 얼굴형도 갸름하면서도 윤곽이 선명하며 쌍꺼풀은 드물다. 대체적으로 천연미인, 제복이 잘 어울리는 여성. 이렇게 파티에 초대받아 북한 미인들을 볼 때마다 서동수는 도대체 어디서 어떻게 저런 미인들을 모았는지 궁금해진다. 그러고는 꼭 떠오르는 단어가 있다. 연산군과 채홍사다.

"한잔 드시지요."

김동일이 술잔을 들면서 말했다. 원탁에 나란히 앉은 둘의 정면이 무대다. 거리는 5m 정도밖에 안 돼서 가수들의 옷자락 스치는 소리도 들린다. 술잔을 든 서동수가 50도짜리 백두산 인삼주를 한입에 삼켰다. 그때 김동일이 옆으로 얼굴을 붙이더니 말했다.

"이번에도 군에서 장난을 치려고 합니다, 형님."

숨을 들이켠 서동수가 시선을 주었을 때 김동일이 빙그레 웃었다. 다시 가수 셋이 노래를 시작했는데 이번에는 더 경쾌한 리듬이다. 파티장 안에는 원탁이 둘 놓였는데 각 원탁에는 20명가량이 앉았다. 합(合)이 40명쯤 된다. 서동수가 앉은 주빈석에도 사복 차림의 장군이 절반 정도는 된다. 김동일이 힐끗 가수들에게 시선을 주더니 다시 서동수의 귀에 입을 가깝게 대었다.

"지금 우리 원탁에 앉은 장군 중에서도 셋이 반역 음모를 꾸미고 있지요."

마치 가수들의 미모를 말하는 것 같다. 김동일의 시선을 받은 서동수도 따라 웃었다. 그러고는 낮게 물었다.

"방법이 있습니까?"

"배후가 중국이오."

그래놓고 다시 무대 쪽에 시선을 준 김동일이 손가락으로 가운데 가수를 가리키며 서동수에게 귓속말을 했다.

"이유학이를 시켰더니 이자가 중국 쪽에 붙은 군 강경파와 내통하고 있는 것 같아요. 지금 이중첩자 노릇을 하고 있는 겁니다."

그러고는 김동일이 다시 빙그레 웃었다. 서동수는 천천히 심호흡을 했다. 문득 김동일에 대한 감동이 일어났기 때문이다. 이것은 권력 세계에서 수십 년 지내온 자만이 만들어 낼 수 있는 여유 같다. 보통 사람들 같으면 못 한다. 한국의 역대 어떤 지도자라고 해도 이런 분위기에선 단 며칠을 견디지 못했을 것이다. 김동일은 30대 중반이지만 젖을 떼면서부터 지도자 수련을 받은 것이나 같다. 그때 노래에 맞춰 손뼉을 치기 시작하던 김동일이 따라서 손뼉을 치는 서동수의 귀에 다시 입을 가깝게 대었다.

　"아버지가 아무도 믿지 말라고 했지요, 아무도. 그 말씀이 내 머리에 박혀 있지요."

　그러고는 얼굴을 펴고 웃는다. 노래는 절정에 이르렀고 김동일의 손가락 표적이 된 가운데 가수는 얼굴이 상기된 채 열창을 했다. 미인이다. 저런 얼굴에 저런 몸을 갖추고 있다니. 손뼉을 치던 서동수의 시선이 여자와 마주쳤다. 김동일은 진한 화장을 싫어해서 여자는 민얼굴이나 같다. 갸름한 얼굴형에 반짝이는 눈, 막 벌어진 꽃잎 같은 입술, 목소리는 얼마나 낭랑한가? 그때 노래가 끝나고 박수갈채를 받으며 가수들이 인사를 했다. 그러나 김동일이 가운데 가수에게 손짓을 했다.

　"형님, 미인이지요?"

　김동일이 웃음 띤 얼굴로 물었으므로 서동수는 입안의 침만 삼켰다. 그때 가수가 다가와 인사를 하더니 서동수의 옆자리에 앉았다.

　여자 이름은 송은하, 27세, 평양악극단 소속이 된 지 4년째라고 했다. 밤 11시 반, 이곳은 제11초대소의 방안이다. 송은하와 함께 방으로 돌아온 것이다. 송은하는 은색 가운으로 갈아입었는데 온몸의 곡선이 드러났다. 초대소 방에서 여자와 함께 있는 것이 한두 번이 아니었지만 서동수는 오늘도 감동한다. 김동일과 나눈 한반도 역사를 바꿀 만한 이 야기도 잠깐 잊을 정도다. 그만큼 여자의 매력은 정신을 흐리게 한다. 백두산 인삼주를 마신 취기가 뒤늦게 올라오고 있다.

"오늘밤 여기서 자고 갈 거냐?"

뻔히 알면서도 서동수가 묻자 송은하는 다소곳한 표정으로 대답 했다.

"네, 장관님."

"언제부터 내 파트너가 되라는 이야기를 들었어?"

냉장고 옆쪽 찬장에서 위스키병과 잔을 꺼내면서 물었더니 송은하 가 서둘러 다가와 거들면서 대답했다.

"연회 준비를 하면서 들었습니다."

"마른안주나 탁자 위에 갖다 놔."

"네, 장관님."

"내가 여자 좋아한다고 위원장께선 매번 신경을 써 주시는군."

혼잣소리처럼 말한 서동수가 술병을 들고 소파에 앉았다. 마른안주 와 얼음통까지 탁자 위에 갖다놓은 송은하의 얼굴에 엷게 웃음이 떠올 라 있다. 서동수가 송은하의 잔에도 술을 채워주면서 물었다.

"하지만 난 꼭 대가를 치르는 사람이야. 그것을 위원장께서도 아시 지. 넌 내 파트너가 된 대가로 뭘 갖고 싶어?"

서동수의 시선을 받은 송은하의 얼굴이 금방 굳어졌다. 맑은 눈, 속 눈썹이 가늘어 눈동자가 더 또렷하게 보인다. 서동수는 자신의 몸이 송 은하의 눈 안으로 빨려드는 느낌을 받는다. 이것을 마력(魔力)이라고 하 는가? 그때 송은하가 말했다.

"평양악극단이 한랜드에서 정기 공연을 하도록 해주세요."

송은하의 두 눈이 반짝였고 윤기 흐르는 입술이 반쯤 벌어져 있다. 서동수가 시선만 주었을 때 송은하의 말이 이어졌다.

"단원이 모두 70명입니다. 가수가 8명, 밴드가 27명, 무용수가 23명, 제작원이 10여 명인데요……."

"오늘 봤어."

서동수가 말을 잘랐다.

"네가 가장 눈에 띄더구나. 위원장께서도 그렇게 말씀하셨고."

"작년에 중국 순회공연을 했는데 수익을 별로 내지 못했어요."

서동수의 시선을 받은 송은하가 어깨를 늘어뜨렸다.

"남조선의 K-팝이 대세거든요. 우린 그런 체제가 아니기 때문에……."

"한랜드에서도 K-팝이 인기인데."

서동수가 술잔을 들고 송은하를 보았다. K-팝이 일순간에 만들어진 것이 아니다. 금방 모방할 수 있다면 지금쯤 세계 각국에서 알파벳 26자를 다 쓰고도 모자랄 만큼 팝이 범람했을 것이다. 한 모금 술을 삼킨 서동수가 말했다.

"좋아, 평양악극단 전용 극장을 만들어 주도록 하지."

숨을 들이켠 송은하가 시선만 주었을 때 서동수가 말을 이었다.

"악극단을 한랜드의 전속 극단으로 계약하면 되겠군, 그렇지?"

"그, 그것은……."

송은하의 얼굴이 붉어졌다. 전혀 예상하지 못한 것 같다. 정기 공연을 부탁했는데 전속 극단으로 계약하겠다니. 예를 든다면 월세 집을, 그것도 후불 조건으로 월세 집을 얻으려고 부탁했다가 덜컥 전셋집을 공짜로 주겠다는 말을 들은 것과 같다. 그때 서동수가 말했다.

"물론 조건이 있어. 네가 내 애인이 되는 거야. 그쯤은 할 수 있겠지?"

얼굴을 찡그린 송은하가 가쁜 숨을 뱉어내고 있다. 서동수는 정상위의 자세로 상반신을 비스듬히 들고 두 손은 송은하의 무릎을 감싸 안았다. 비스듬히 엉킨 두 쌍의 사지가 쉴 새 없이 흔들리면서 방안의 열기가 높아지고 있다. 송은하의 숨소리가 더 거칠어지면서 입이 딱딱 벌어졌다. 서동수의 움직임에 맞춰서 벌어졌지만 목소리가 안 들린다. 숨소리가 커지면서 입만 딱딱 벌릴 뿐이다. 묘한 반응이다. 또 있다. 송은하는 시종 서동수의 얼굴을 바라보고 있었는데 초점이 맞춰져 있다. 눈동자는 흐렸지만 서동수의 얼굴에서 시선이 떨어지지 않는다. 거기에다 송은하는 두 팔을 겨드랑이에 딱 붙여 들고는 주먹을 움켜쥐었다. 팔을 붙인 바람에 젖가슴이 안으로 밀려 더 크게 출렁거리고 있다. 서동수는 조그맣게 웅크린 송은하의 시선을 받으면서 머리끝으로 열기가 솟아오르는 느낌을 받는다. 송은하는 달아오르고 있다. 바깥 몸은 웅크리면서 받아들였지만 안쪽은 뜨겁다. 동굴은 수축력이 강한 데다 흠뻑 젖어서 잔뜩 기름을 먹은 터널 같다. 이윽고 송은하가 절정으로 솟아오르기 시작했다. 서동수의 움직임이 크고 거칠어지면서 몸을 오그린 자세가 더 위축되는 것 같다. 이제는 목까지 움츠리면서 입은 더 크게 벌어졌다. 숨소리가 마치 찢어진 파이프에서 뿜어져 나오는 증기의 소음 같다. 이제 서동수의 움직임은 더 빨라졌다. 크고, 거칠고, 빨라진 것이다. 송은하의 상반신이 떨어질 것처럼 흔들렸다. 찡그린 얼굴이 더 일그러지면서 눈을 크게 치켜떴지만 눈동자의 초점은 아직도 맞춰져 있다. 그러나 흔들리지는 않는다. 그때 서동수는 송은하의 동굴이 강하게 수축되는 것을 느꼈다. 기름투성이의 터널에 진입하는 피스톤이 삐걱거릴 정도다. 송은하에게 터트리려는 것이다. 서동수의 속력이 더 빨라졌고 어금니까지 문 순간이다. 송은하가 폭발했다. 두 다리로 서동수의 상반신을 꼬아 안으며 자신의 상반신은 불끈 주먹을 쥐고 웅크린 갓난아이의 자세가 돼서, 얼굴은 두 눈을 치켜뜨고 입을 딱 벌린 표정으로, 목구멍에서는 찢어진 파이프에서 긴 증기가 뿜어 나오는 것 같은 소리를 내는 그 순간, 서동수가 폭발했다. 참지 못한 것이 아니다. 송은하의 절정을 본 순간 더 짓눌러 버리고 싶은 충동이 일어났고 대포를 쏜 것이다. 송은하가 그 자세로 서동수를 올려다보았다. 거친 숨소리가 다시 울리기 시작했다. 그러나 아직 송은하의 터널은 굳게 닫혀 있다. 절정이 이어지고 있는 것이다. 그 증거로 터널 벽에서 엄청난 진동이 전해져 온다. 뜨겁고 젖은 몸, 숨이 끊어질 것 같은 호흡 소리, 굳어진 채 엉켜 있는 두 쌍의 사지, 서동수는 마침내 송은하의 몸 위에 엎드렸다. 그 순간 송은하의 두 팔이 몸통에서 떨어지더니 서동수의 등을 부드럽게 감싸 안았다. 손가락이 펴지면서 땀에 젖은 등을 천천히 쓸어내린다. 그 손길에 전류가 온 것처럼 몸 전체가 꿈틀거렸고 아직도 깊게 들어가 있던 터널 속의 몸에까지 경련이 전달됐다.

"아."

그때 송은하의 입에서 처음 목소리가 터졌다. 단 한마디, 단 한 번의 노래였지만 서동수에게는 천상의 음악처럼 울린다. 서동수가 송은하의 머리를 목 옆에 두고 쓴웃음을 지었다. 저절로 나온 웃음이다.

"너, 좋아하는 사람이 있어?"

"네."

"내가 너희를 잘되도록 도와줄까?"

그때 등을 쓸던 송은하의 손길이 멈췄다. 서동수가 송은하의 몸 위에서 상반신을 일으키고는 곧 옆으로 떨어져 누웠다.

"말해 봐. 도와줄 테니까."

"악극단에 있습니다. 작곡가입니다."

"알았다. 같이 한랜드로 오면 되겠다."

서동수가 손을 뻗어 송은하의 어깨를 당겨 안았다.

다음 날 오후 5시, 한랜드로 돌아와 있던 서동수가 한시티의 서울클럽 본관으로 들어섰다. 서동수는 한랜드의 내무부장 겸 측근인 안종관을 대동하고 있었는데 현관 앞에서 김광도의 영접을 받았다. 서울클럽은 한시티 교외에 위치한 위락단지로 카지노와 룸살롱, 호텔, 식당 등이 5만 평 대지에 펼쳐져 있다.

"안에서 기다리고 계십니다."

김광도가 앞장서서 본관의 엘리베이터로 안내하면서 말했다. 서울클럽도 김광도의 유라시아그룹 소유인 것이다. 엘리베이터로 10층에서 내리자 앞에서 대기하고 있던 경호실 소속 경호원이 허리를 꺾어 절을 했다. 양탄자가 깔린 복도에는 경호원만 서너 명이 서 있을 뿐이다. 이윽고 복도 끝 쪽 방 앞에 선 김광도가 노크를 하더니 옆으로 비켜서며 말했다.

"그럼 저는 물러가겠습니다."

서동수가 머리만 끄덕였을 때 안에서 문이 열리더니 눈앞이 환해지는 것 같은 미모의 여인이 드러났다. 얼굴에 웃음을 띠고 있다.

"어서 오세요."

"제가 좀 늦었습니다."

서동수가 따라 웃으며 말했다. 바로 김동일의 여동생 김영화다. 김영화가 한랜드로 찾아온 것이다. 방으로 들어선 서동수와 안종관을 자리로 안내하면서 김영화가 말했다.

"너무 좋아요. 눈과 얼음에 덮인 경치가요."

밝고 맑은 목소리, 얼굴도 환하다.

"여기서 살고 싶어요."

소파에 마주보고 앉았을 때 김영화가 웃음 띤 얼굴로 서동수를 보았다. 어젯밤 연회 때 김동일이 김영화를 오늘 한랜드로 보낸다고 했던 것이다.

"그래서 별장을 하나 드리려고 준비해 놓았습니다. 오신 김에 보고 가시지요."

"아유, 뇌물 안 받습니다."

김영화가 웃음 띤 얼굴로 손까지 저었다.

"오빠한테 들키면 혼납니다."

"뇌물이라니요? 아닙니다."

정색한 서동수가 김영화를 보았다.

"푸틴 대통령 별장 근처에 만들어 놓은 별장이 하나 있습니다. 구경만 하시지요."

"그건 나중에 보고요."

이제는 김영화도 정색하고 말을 잇는다.

"지난번 군(軍)의 반란 세력을 신의주로 추방한 것으로 마무리를 지었더니 그 뿌리가 다시 자라났습니다. 현재 군의 반란 세력을 신의주에 추방된 전(前) 군부 세력이 조종하고 있다는 증거를 잡았습니다."

김영화가 한마디씩 또박또박 말하는 동안 서동수는 물론이고 안종관도 긴장해서 몸을 굳히고 있다. 김동일은 이 말을 어젯밤 하지 못하고 동생을 시켜 지금 말하고 있다. 김영화가 말을 이었다.

"그 반란 세력의 배후에 중국 군부(軍部)가 있습니다. 이유학이 표면에 드러나 있지만 그자도 꼭두각시일 뿐입니다. 실세는 김영철, 김석, 강창기입니다."

숨을 고른 김영화가 서동수를 보았다. 이제 얼굴에 다시 희미한 웃음기가 떠올라 있다.

"아버지께선 군부의 반란을 예방하시려고 3중, 4중 방어선을 만들어 놓으셨지요. 그 방어선도 60년 가깝게 굳어져 있는 셈이지요. 반란자들의 어설픈 공작에 넘어가지 않습니다."

"다행입니다."

서동수가 어깨를 늘어뜨리며 말했다. 진심이 우러나온 말이다.

"내가 어떻게 도와드리면 되겠습니까?"

그러자 김영화가 웃었다. 주위가 환해지는 것 같은 웃음이다.

"이미 도와주셨습니다. 장관께서 다녀가시고 제가 한랜드로 출국하자 반란군 수하들이 긴장해서 회동을 했습니다. 그때 호위대가 출동했지요. 조금 전에 연락받았는데 대부분의 반란군 주모자는 체포됐다고 합니다."

진즉부터 한국의 각 정보기관에서는 북한 내부에서 쿠데타가 일어나 정권이 바뀔 가능성을 희박하게 봤다. 북한은 세계 역사상 전무후무한 통치 체제를 갖춘 국가인 것이다. 루마니아의 차우셰스쿠, 이탈리아의 무솔리니, 하다못해 로마의 네로, 브루투스에게 찔려 죽은 시저를 감히 북한 지도자의 종말과 비교할 수는 없다. 천만의 말씀이다. 드론

으로 테러범을 폭사하고 위성을 통해 지하실의 대화를 도청하는 현대
에도 그렇다. 북한은 중국과 미국, 러시아와 일본, 또는 한국을 적절히
이용하면서 통치자가 버젓이 활보했고 핵실험을 계속했다. 막무가내
가 아니다. 60여 년 동안 균형외교의 귀신(?) 노릇을 해왔다. 북한의 쿠
데타 미수는 또 한 번 실패했다. 남북한이 연방 대통령 후보 선거를 한
달 앞둔 시기다. 북한의 연방 대통령 후보로 자동 선출될 김동일이었지
만 연방 대통령 본선에는 미온적인 김동일에게 반발한 군부 강경파의
반란이 또다시 미수에 그친 것이다. 김영화와 헤어진 서동수가 차에 올
랐을 때는 오후 9시가 다 됐다. 한식당에서 같이 저녁까지 먹고 나오는
길이다. 차가 서울클럽 정문을 빠져나왔을 때 서동수가 옆에 앉은 안종
관에게 말했다.

"남북한 통일이 정말 어렵군."

"세계에서 이만큼 중요한 지역이 없으니까요."

안종관의 얼굴이 조금 일그러졌다.

"통일이 안 된 이유도 그 때문입니다."

"이제 중국이 단념할까?"

"더 적극적으로 나올 가능성이 많습니다, 장관님."

서동수가 천천히 머리를 끄덕였다.

"이번 기회를 놓치면 남북한은 분단된 채 다른 민족이 될 가능성도
있어."

"북한이 중국에 흡수되면 그렇게 되는 것이지요."

그렇게 되면 남한이 지탱해 나갈지도 알 수 없다. 머리를 돌린 서동
수가 어둠에 덮인 동토(凍土)를 봤다.

"우리가 이곳까지 진출했는데 다시 무너지면 안 되지."

"북한의 지도자가 적극적으로 협력해 주는 천재일우의 기회입니다, 장관님."

안종관의 목소리에도 열기가 더했다.

"이 기회를 놓치면 안 됩니다."

그러나 첩첩산중이다. 일본의 아베 정권도 필사적으로 남북한 연합을 방해했고 지금도 틈만 나면 '북한 핵'에 대한 제재, 통제, 심지어 남북한의 '핵음모론'까지 제기하고 있다. 한국이 북한과의 연방에 대비해 그때까지 '북한 핵'을 보유시키려고 공략한다는 것이다. 그러면 남북한 연방이 됐을 때 자연스럽게 '핵보유국'이 되기 때문이다. 그러나 한국 정부는 물론이고 서동수도 아직 핵 문제는 이야기도 꺼내지 않았다. 이것은 모략이다.

"장관님."

머리를 든 안종관이 서동수를 봤다.

"이제 선거가 한 달도 남지 않았습니다. 언제 한국으로 들어가실 예정입니까?"

"선거보다도 북한 정권의 안정이 급한 것 같은데."

혼잣소리처럼 말한 서동수가 숨을 길게 뱉었다.

"남북한이 연방으로 통일만 되면 내가 연방 대통령이 되지 않아도 돼."

놀란 듯 안종관이 시선을 주자 서동수가 말을 이었다.

"그때는 이미 남북한에 자본주의, 시장경제 체제가 자리 잡혔을 테니까 말이야. 누가 지도자가 되든 대한연방은 굴러가게 될 거야."

서동수가 다시 창밖의 시베리아 동토를 바라봤다. 아직 차는 시내로 진입하기 전이다. 안종관은 숨을 죽이고만 있다.

"북한의 쿠데타는 미수에 그쳤습니다."

다음 날 오전 9시, 한랜드 방송에서 뉴스 속보가 터졌다.

"군 강경파 그룹인 김영철, 김석, 강창기 등 17명과 당 선전선동부 부장이며 민생당 원내총무인 이유학 등 당의 실세 14명이 어제 오전에 전격 체포됐습니다. 이들의 배후는 수사 중입니다."

숙소에서 아침을 먹던 김광도가 TV를 응시하다가 핸드폰을 들었다. 버튼을 누르자 곧 기획실장 고영일과 연결됐다. 김광도가 대뜸 물었다.

"난데요, 지금 TV 보고 있지요?"

"예, 회장님."

"자세히 알고 싶으니까 10시에 회사에서 만납시다."

"알겠습니다."

핸드폰을 귀에서 뗀 김광도가 벽시계를 보았다. 벽시계는 2개가 걸려 있다. 한국 시간을 가리키는 시계는 지금 오전 7시다. 건성으로 식사를 마친 김광도가 회사에 출근했을 때는 오전 10시 5분 전, 기다리고 있던 고영일이 바로 따라 들어왔다.

한랜드는 남북한의 정세에 직접적인 영향을 받는 지역이다. 앞에 앉은 고영일이 굳은 표정으로 말했다.

"한랜드 비서실에서 알려주었습니다. 이번 보도는 북한이 한랜드를 통해 발표하도록 한 것입니다."

"한국은?"

"곧 발표할 것입니다."

"선거에 지장은 없을까요?"

"쿠데타가 실패했으니까 예정대로 진행되겠지요."

"그놈들이 결국……."

"중국이 배후에 있다고 합니다."

정색한 고영일이 말을 이었다.

"비서실에서 그렇게 말해줬습니다."

고영일은 장관 비서실장 유병선의 인맥인 것이다. 정확히 구분하면 서동수의 동성 비서실 출신들이다.

"그렇군."

머리를 끄덕인 김광도가 고영일을 보았다. 서동수는 한 달 후에 한국 측 연방 대통령 후보로 당선돼도 선거 1개월 전까지 한랜드 장관직을 유지할 것이다. 북한의 김동일과 형평성을 맞추려고 그렇게 합의한 것이다. 김광도에겐 서동수가 연방 대통령이 되는 것이야말로 필생의 목표와 같다. 자신이 서동수의 후계자를 넘어 이제는 분신이라는 믿음을 갖고 있기 때문이다. 한랜드에서 몇 년 동안에 제1의 유흥기업으로 성장한 유라시아그룹을 다 내놓아도 된다. 서동수가 권력이나 부(富)를 위해 연방 대통령에 나선 것이 아니라는 것을 김광도는 자신이 가장 잘 알고 있다고 믿게 됐다. 한랜드를 통치하는 서동수를 옆에서 보고 겪었기 때문이다.

"평양악극단은 예정대로 오늘 오겠지요?"

김광도가 묻자 고영일이 눈동자의 초점을 잡더니 자리에서 일어섰다.

"예, 체크해보겠습니다."

서둘러 방을 나간 고영일이 곧 관리부장 안기창과 함께 들어섰다. 다가선 안기창이 보고했다.

"평양악극단 단원과 관계자까지 88명이 오후 3시에 도착할 예정입니다, 회장님."

"확인했어요?"

김광도가 묻자 안기창이 서류를 펼쳐보면서 대답했다.

"예, 30분 전에도 연락이 왔습니다. 고려항공 편으로 2시에 한시티 공항에 도착합니다."

"잘됐군."

김광도가 어깨를 늘어뜨리며 말했다. 한랜드 비서실에서 연락을 받고 유라시아그룹은 평양악극단을 인수할 만반의 준비를 해놓은 것이다. 유라시아극단으로 개명까지 해놓았다.

"한랜드에 공생당 당원이 100만 명을 돌파했습니다."

한강회 회장이 된 조창복이 보고했다. 오전 11시 반, 김광도는 유라시아그룹 본관의 회장실에서 그룹 연수원장을 겸하고 있는 조창복의 보고를 받는다.

"유라시아그룹 직원 대부분이 공생당원입니다, 회장님."

조창복은 한랜드의 공생당 조직위원장을 겸하고 있다. 방안에는 고영일과 안기창, 조창복까지 넷이 둘러앉았다. 김광도의 최측근들이다. 조창복이 말을 이었다.

"한랜드에서 해외 거주자 투표로 공생당이 200만 표는 가져갈 것입니다."

선거가 한 달밖에 남지 않았다. 김광도가 셋을 둘러봤다.

"조금 전에 내가 비서실장님의 전화를 받았어요."

모두 긴장하고 김광도를 보았다. 한랜드 비서실장 유병선을 말하는 것이다. 김광도가 말을 이었다.

"장관님은 선거 때문에 내일 한국으로 들어가신다고 합니다."

"이번 선거는 이깁니다."

기획실장 고영일이 차분해진 얼굴로 김광도를 봤다.

"민족당의 고정규 씨도 오늘 아침의 쿠데타 미수 발표에 충격을 받았을 겁니다. 아마 그 사건이 한국의 투표에도 엄청난 영향을 끼치게 될 것입니다."

고정규가 북한의 강경 군부 세력과 맥이 통하고 있다는 것은 모두가 안다. 그 군부 세력이 대세를 뒤집으려고 쿠데타를 일으키려다 실패한 것이다. 이것은 곧 남북한 양국의 유권자들로부터 혹독한 심판을 받을 것이다. 그렇지 않아도 열세였던 민족당 후보 고정규는 치명상을 입게 됐다. 이것이 중론이다. 그때 탁자 위에 놓인 김광도의 핸드폰이 진동했다. 핸드폰을 집어 든 김광도가 숨을 들이켜더니 곧 통화 버튼을 누르고 귀에 붙였다. 서동수 장관인 것이다.

"예, 장관님. 김광도입니다."

그 순간 앞쪽의 셋도 일제히 긴장했다. 그때 서동수가 말했다.

"김 회장, 나, 내일 한국에 가는데 그동안 한랜드 잘 부탁하네."

"예, 장관님."

어깨를 편 김광도가 눈까지 크게 떴다.

"한랜드는 걱정하지 마시고 선거 잘 끝내시기를 바랍니다."

"난 선관위에 저촉되는 어떤 불법 행위도 하지 않을 거네. 이곳에 남은 사람들한테도 그렇게 말해놓았어."

"명심하겠습니다."

"오늘 평양악극단이 도착한다면서?"

"예, 장관님."

"유라시아그룹이 후원사가 돼줘서 고맙네."

"아닙니다. 오히려 저희가 감사를 드려야 합니다."

이미연 극단은 한랜드 문화부 소속이 되어서 공연 준비를 하는 상황이다. 그때 서동수가 웃음 띤 얼굴로 말했다.

"내가 선거 끝나고 돌아와서 평양악극단의 첫 공연을 봤으면 좋겠군."

"그렇게 맞추겠습니다, 장관님."

서동수에게 인사를 한 김광도가 핸드폰을 귀에서 떼고는 심호흡을 했다. 문득 서동수의 출국 인사를 받는 사람이 한랜드에서 몇이나 될지 궁금해졌으므로 김광도의 얼굴이 엄숙해졌다.

"한랜드에서 선거법에 저촉되는 행위를 일절 하지 말라는 지시오."

김광도가 셋을 둘러보았다. 그렇게 되면 다 된 밥에 콧물 떨어뜨리는 꼴이 된다. 그때 고영일이 말을 받았다.

"호사다마라는 말이 있습니다. 좋은 일에는 흔히 방해되는 일이 낀다는 말이지요."

북한이 자국(自國)의 쿠데타 미수 사건을 발표한 것은 다음 날 오전 11시 정각이다. 그 시간에 서동수는 서울로 날아가는 전용기에서 발표를 듣는다. 중대발표 때는 꼭 나타나는 아줌마 아나운서가 목청을 돋우며 말했다.

"조국과 인민을 배신한 반역자, 극악무도한 테러범 일당이 체포되었다."

이제는 그 억양에 익숙한 서동수가 숨을 죽이고 경청했다. 비행기는 지금 북한 상공을 남하하고 있다.

"이 천인공노할 반역범들은 인민의 열망인 통일을 방해하고 오직 제

개인의 욕심만 채우려는 흉악무도한 자들이었다."

서동수는 입안에 고인 침을 삼켰다. 곧 아나운서가 김영철의 이름부터 이유학 등 30여 명의 이름을 하나씩 불러 젖혔다. 모두 서동수에게도 귀에 익은 이름이다. 김영화가 한랜드에서 먼저 발표를 하도록 준 내용과 같다. 지금 이 방송은 한국뿐만이 아니라 전 세계가 보고 있을 것이었다. 이번에는 미리 예고했기 때문에 전 세계가 당사자의 발표를 듣고 있다. 아나운서가 말을 이었다.

"이 개만도 못한 반역범들은 남조선의 민족당 무리들과 공모하여 북남의 정권을 장악할 작정이었던 것이다."

그 순간 서동수가 숨을 들이켰다. 이것이다. 김동일은 화살을 한국의 민족당에게로 쏜 것이다. 물론 민족당 일부와 맥을 통하고 있기는 했다. 그러나 이번 쿠데타 세력의 배후는 중국이었다. 김동일은 중국은 건드리지 않고 대신 민족당을 겨냥했다. 이것으로 민족당은 남북한 주민의 엄청난 비난을 받을 것이며 통일 반대 세력으로 낙인찍히게 됐다. 중국을 건드린다고 해도 실익이 없다고 판단한 것이다. 리모컨으로 TV를 끈 서동수가 옆쪽에 앉은 비서실장 유병선을 보았다.

"민족당 측에서는 배신당했다고 생각할까?"

머리를 기울였던 유병선이 대답했다.

"어제 한랜드 방송이 나간 후에 민족당 분위기가 가라앉아 있었다고 합니다. 오늘 방송으로 북한 민생당과의 연결이 끊기겠지요."

서동수가 길게 숨을 뱉었다. 민족당 대표 고정규는 능력이 뛰어난 정치인 겸 사업가다. 어느 면을 비교해 봐도 서동수보다 우위에 있다. 그러나 인생은 성적순으로 결정되지 않는 법이다. 덕(德)이 많다고 지도자가 되는 것도 아니다. 수단이 좋다고 되는 것은 더욱 아니다. 운(運)

도 일부분이다. 서동수의 시선이 창밖으로 옮아갔다. 시대(時代)가 사람을 만든다. 영웅은 시대에 맞춰 태어난다. 나는 어쩌다 보니 여기까지 왔다. 욕심을 다 버릴 수는 없었지만 마음을 비우고 대했더니 김동일이 믿어주었고 시대가 내 결점까지 포용해줬다. 나는 발을 딛는 위치에 맞도록 처신해온 것에 불과하다. 그때 유병선이 말했다.

"이번 선거는 잘될 것 같습니다."

매사에 신중한 유병선은 그렇게 표현했지만 언론에서는 어제 한랜드의 발표만 끝나고 나서도 서동수의 압도적 승리를 예고했다. 북한 강경파의 쿠데타 미수가 어떤 영향을 끼칠지는 국민도 다 알고 있다. 서동수가 다시 창밖을 보았다. 연방 대통령 후보가 되면 1년 동안 북한과의 연방정부 설립으로 해야 할 일이 산적해 있다. 그리고 나서 남북한 2개 정부 체제를 만든 후에 연방 대통령 선거를 치러야 한다. 그동안 한국은 조수만 대통령 체제로 운영되겠지만 실질적으로 공생당 총재인 서동수가 영향력을 발휘하게 될 것이다.

"정치에 대한 불신이 더 깊어질 가능성이 있습니다."

불쑥 유병선이 말했으므로 서동수가 머리를 들었다. 유병선이 정색하고 서동수를 보았다.

"이번 민족당의 쿠데타 연관설 여파가 공생당에도 미칠 테니까요."

그렇다. 공생당도 당명(黨名)만 바꿨을 뿐이다.

3장 속물

선거 운동 기간이 10일 정도 남아 있었지만 그동안 가만있는 진영은 없다. 선거법에 저촉되지 않는 범위에서 온갖 수단과 방법을 동원해 운동을 했고 공생당도 예외가 아니다. 이번 북한의 쿠데타 미수 사건으로 민족당은 타격을 받았지만 그것으로 기가 꺾이지는 않았다. 민족당 핵심부의 투지나 수준, 그리고 조직력은 오히려 공생당을 압도했다. 공생당은 양반 기질, 급할 때 중용(中庸)을 핑계 삼아 물러서는 우유부단(優柔不斷), 투쟁 경험과 절박감 부족, 그리고 급조된 조직에 따른 단결력 결핍이 국민들의 눈에도 선명하게 드러났다.

"저것들이 어떻게?"

식당이나 거리에서 공생당 의원들의 행태를 보는 국민들이 대개 그런 의문을 품기 시작한 것은 당연했다.

"서동수 혼자서 어떻게 저런 웰빙 군단을 감당한단 말인가?"

대놓고 이렇게 말하는 평론가도 있다.

"더군다나 서동수는 속물의 대표주자 아닌가?"

이것도 자칭 친(親)공생당 측이라는 인사의 입에서 나온 말이다.

"시사 오락 프로그램에 나가시겠습니까?"

유병선이 물었을 때는 선거 운동 기간이 5일 남았을 때다. 그동안 서동수는 선거위원회를 구성했고 당직자들과 계속해서 회의만 했지 TV에 출연하지는 않았다. 그러나 민족당 후보인 고정규는 수시로 TV 시사 프로나 오락 프로에까지 출연해서 대중과의 친밀도를 높였다. 그래서 '개인으로 보면 고정규가 낫지' '솔직히 학력이나 경력, 품격으로 보면 고정규가 연방 대통령감이지'라는 말이 슬슬 나오기도 했다. 그래서 유병선은 초조해지는 것 같다. 서동수의 시선을 받은 유병선이 말을 이었다.

"홍보위원회에서 한두 개 정도 프로그램에는 참석하시는 것이 낫겠다고 합니다."

"들었어. 여러 부서에서 권하더군."

유병선이 계획서를 내밀었다.

"이건 KMS 방송에서 방영하는 시사오락 프로인데요. 고정규 씨가 계속 출연하고 있습니다."

계획서에는 사진까지 첨부됐는데 여가수와 함께 고정규가 활짝 웃고 있다. 유병선이 말을 이었다.

"시청률이 높습니다."

"응. 나도 보았어. 재밌더군."

"요즘 시중 현안에 대해 질문하고 간단히 대답하면 됩니다."

다가선 유병선이 서동수가 들고 있는 계획서의 사진을 손가락으로 짚었다. 고정규가 이야기하는 장면이 찍혔는데 시청률이 27%나 된다.

시사 오락 프로치고는 대단한 시청률이다.

"물론 유명 K팝 스타들이 함께 있어서 시청률이 그렇게 됐지만 이때 한번 비치는 것이 엄청난 효과를 냅니다."

서동수가 머리를 끄덕이며 계획서 다음 페이지를 보았다. 유병선은 이미 출연 준비를 해 놓은 것 같다.

"아니, 포겐 자동차 배기가스 질문인가?"

서동수가 묻자 유병선이 다시 페이지 한 부분을 손으로 짚었다. 답변 내용이다.

"예, 정부에서 시급히 대책을 마련해야 한다는 식으로 대답하시면 됩니다."

"고정규 씨도 같은 질문을 받나?"

"예, 같은 질문이죠. 고정규 씨도 아마 그렇게 원론적인 대답을 할 겁니다."

유병선이 정색하고 말을 이었다.

"서로 토론하는 게 아니니까요. 장관님께선 파트너가 되실 여자 가수들하고 재미있게 놀아주시면 됩니다. 실수를 많이 하실수록 좋지요."

유병선의 얼굴에 웃음이 떠올랐다.

"장관님께선 아마 재미있게 노시는 모습이 고정규 씨보다는 나을 것 같습니다. 고정규 씨는 너무 꾸민 것이 드러나거든요."

유병선이 자신 있는 표정을 지었다.

서동수의 파트너는 걸 그룹 배드걸(bad girl)이었다. 그런데 '베드걸(bed girl)'로 발음하는 것으로 들렸는지 진행자가 '그게 아니다'며 웃었다. 의도적인 것 같았지만 서동수가 따라 웃었고 고정규는 의미심장한 웃음을 지었으며 현장까지 수행해온 유병선은 어금니를 물었다.

"장관님, 오해하지 마시고요."

진행자는 민족당 계열이 아니었지만 서동수에게 반감을 가진 것이 분명했다. 40대의 진행자가 웃음 띤 얼굴로 말을 이었다.

"이 걸 그룹은 나쁜 소녀들이란 이름입니다. 침대에 있는 여자들이 아니에요."

"아이고, 실례."

서동수가 웃으면서 대답하는 바람에 유병선은 들고 있던 핸드폰을 진행자를 향해 던지고 싶었다. 시청자 중 80%는 서동수에 대해 '속물' 이미지를 각인하고도 남았다. 그때 득의양양한 표정이 된 진행자 정도령이 고정규를 향해 말했다.

"자, 고 후보님. 시사 문제를 양념으로 잠깐 드리지요."

정도령의 시선은 부드럽다.

"이번 포겐 자동차의 배기가스 사건을 어떻게 생각하십니까?"

"정부가 사전에 관리 감독을 철저히 했어야지요."

"그렇군요."

정도령이 추임새를 넣었고 고정규가 말을 이었다.

"국민에게 피해가 가지 않도록 정부가 서둘러야 합니다."

"그럼 잘못은 포겐사도 있지만 정부 측에도 있다는 말씀이군요."

"정부 잘못이 큽니다. 꼭 시정되어야 합니다."

"알겠습니다."

정도령의 시선이 서동수에게 옮아갔다.

"서 장관께선, 아니 서 후보께선 어떻게 생각하십니까?"

"뭘 말입니까?"

서동수가 불쑥 되묻자 방청석의 유병선은 심장이 덜컥 내려앉는 느낌이 들었고 배드걸 4명은 까르르 웃었다. 그러자 기분이 상한 정도령의 눈썹이 조금 좁혀졌다.

"포겐사의 배기가스 유출 말입니다. 물론 고 후보님과 같은 의견이시겠죠?"

이것도 골탕 먹이는 방법이다. 시청자는 고정규 주역, 서동수 조역으로 기억하게 될 것이다. 그때 서동수가 천천히, 그러나 단호하게 머리를 저었다.

"나는 생각이 전혀 다릅니다."

그 순간 유병선이 숨을 멈췄고 정도령의 눈빛이 강해졌으며 시청자들은 긴장했다. 그때 정도령이 말했다.

"시간 드릴 테니까 뭐가 다른지 말씀하시죠."

옆쪽 고정규의 얼굴이 환해지는 것도 TV 화면에 드러났다. 그때 서동수가 말했다.

"포겐사 본사나 한국 임원들이 고압적이지 않습니까?"

"아, 그렇죠. 그럼 포겐사가 문제란 말씀입니까?"

"문제는 한국 국민입니다. 포겐사를 그렇게 만든 건 한국 국민이에요."

정도령이 눈을 치켜떴고 반쯤 벌린 입술 끝에 희미하게 경련까지 일어났다.

"한국 국민이 문제라고 말씀하셨어요?"

비명처럼 정도령이 되물었을 때 유병선은 의자에서 몸을 일으켰다가 다시 앉았다. '망했다.' 머릿속에 떠오른 생각이다. 그때 서동수가 말했다.

"배기가스 문제가 해결되지 않았는데도 포겐사 제품 판매 대수가 늘어났더군요. 공격적인 판매를 했다지만 생산자는 구매자의 반응을 보고 상황에 대처하는 법입니다."

정도령의 시선을 받은 서동수가 쓴웃음을 지었다.

"한국 국민은 배기가스 문제보다 차 값이 싸진 것에 더 관심이 있구나, 그렇게 생각하게 한 것 같습니다. 이렇게 만든 국민에게 책임이 있습니다."

돌아가는 차 안에서 유병선이 서동수에게 물었다.

"장관님, 그 답변은 준비하고 계셨던 겁니까?"

유병선이 서동수에게 준 답변 내용은 책임이 정부와 포겐사에 있다는 것이었다. 고정규와 비슷한 내용이다. 유병선의 시선을 받은 서동수가 쓴웃음을 보였다.

"내가 생각하고 있었던 거야."

"포겐사 제품을 구입한 10만여 명의 유권자와 가족, 포겐사와 협력업체 관계자 등 수십만 표가 날아가지 않을까요?"

그때 서동수가 정색하고 보았으므로 유병선의 가슴이 뜨끔했다.

"그런 것 때문에 입을 다문다면 나쁜 놈이지. 뻔히 알면서도 나서지 않았으니 비겁한 놈이고 나라를 말아먹은 놈이야."

숨을 들이켠 유병선을 향해 서동수가 얼굴을 일그러뜨리며 웃었다.

"포겐사 제품을 구입한 유권자들에게 현실을 알려 줘야 하지 않겠나? 그래서 그들을 계몽시켜 끌어들여야 하지 않겠느냐고. 그런 노력도 하지 않고 표 있다고 도망만 쳐?"

"그렇군요."

마침내 유병선이 커다랗게 머리를 끄덕였다. 눈이 번들거리고 있다.

그때 주머니의 핸드폰이 울리자 유병선이 꺼내 보았다. 그러더니 어깨를 부풀리면서 서동수를 보았다.

"장관님, 대한방송 안호백 기자입니다. 전화를 받아야겠는데요."

서동수가 머리를 끄덕이자 핸드폰을 귀에 붙인 유병선이 몇 번 대답하더니 송화기를 손바닥으로 덮고 서동수를 보았다. 눈을 치켜뜨고 있다.

"방금 생방송을 보았답니다. 공감을 해서 장관님과 인터뷰를 하고 싶다는데요. 이것도 생방입니다."

서동수의 시선을 받은 유병선이 말을 이었다.

"장관님의 소신을 말씀해 주시지요."

오후 3시, 라디오 방송에서 가장 인기 있는 프로그램 중 하나인 '세상을 달린다'의 DJ 안호백 기자가 음악이 끝났을 때 말했다.

"이제 한랜드의 서동수 장관께 이번 포겐사의 배기가스 유출 문제에 대한 의견을 묻겠습니다. 장관님, 저, 안호백입니다. 안녕하셨어요?"

"아, 예. 반갑습니다."

현대차를 운전하는 장성호는 자유로를 달려가는 중이다. 방금 파주의 물류창고에서 나와 신촌의 회사로 돌아가고 있다. 그때 안호백이 물었다.

"포겐사 제품이 배기가스 사건 이후에도 잘 팔리는 이유가 뭐라고 생각하십니까?"

"포겐사 제품이 다 배기가스를 규정량보다 20배나 내뿜는 것은 아니겠지요."

"물론 그렇죠."

안호백이 맞장구를 치자 서동수가 말을 이었다.

"그리고 지금은 그런 차가 나오지 않을 겁니다."

"그렇군요."

"하지만 예를 들어 규정량보다 100배나 많은 배기가스를 내뿜는 차량이 도로를 달린다고 생각해 보세요."

"말씀하세요."

"그 운전자는 제 차에서 나오는 가스를 마실까요?"

"가만, 안 마시겠는데요."

안호백의 목소리가 높아졌다.

"배기가스가 뒤로 나오는군요."

"자신이 배기가스를 마시지 않고 뒷사람이 다 마시는 겁니다."

그러더니 서동수의 목소리가 굵어졌다.

"만일 자신의 차에서 내뿜는 가스를 마신다면 벌써 난리가 났겠죠. 아마 자동차 배기가스 문제는 세상에 나오지도 않았을 겁니다."

"한민족의 미래를 속물에게 맡길 수는 없습니다."

민족당 4선 의원이며 홍보위원장인 안동학이 열변을 토했다.

"통일 한국은 그 위상에 맞는 인물을 지도자로 맞아야 하지 않겠습니까?"

선거전에 돌입한 지 5일째, 지금 TV에서 공생당과 민족당 의원 둘이 나와서 토론을 하고 있다. 시청률은 43%, 선거 방송치고는 압도적으로 높은 시청률인데 그만큼 재미가 있기 때문일 것이다. 그때 사회자가 물었다.

"위상에 맞는 지도자란 뭡니까?"

"최소한 품격을 지켜야 한다는 거죠."

안동학이 잘생긴 얼굴을 찌푸렸다.

"그게 뭡니까? 만날 주색잡기나 하고 말입니다. 부끄러운 줄 알아야지요. 제가 접수한 사건만 해도 50건이 넘어요, 50건이……."

"우와."

방송을 보던 장성호가 입을 딱 벌렸다. 장성호는 홍대 앞 돼지갈비 전문식당에서 대학동창 조문수, 윤미선과 소주를 마시는 중이다.

"대단하네, 서동수. 50건이라니. 그럼 50명의 여자가 신고를 했단 말이야?"

오후 8시 반, 황금 시간대여서 식당에 가득 찬 손님도 대부분 방송을 보고 있다. 그때 공생당 의원인 고윤제가 말했다.

"이것 보세요. 지도자 위상이 밥 먹여 줍니까? 폼 잡고 옷 잘 입고 다니면 누가 상 줘요? 어디 50명 신고가 들어왔다니 내놔 보시오. 괜히 모함이나 하지 말고."

고윤제는 달변에 임기응변이 뛰어나다고 알려졌다. 역시 4선 의원, 공생당 종합상황실장을 맡고 있으니 둘 다 거물급이다. 그때 안동학이 말했다.

"정치권의 구태에 싫증이 났다고 해서 다른 세상의 속물을 신선하게 느끼는 현상은 곧 신기루처럼 사라집니다. 그 속물의 정체가 드러났을 때 국민이 엄청난 충격을 받게 될 게 두려운 것입니다."

"만날 뒷다리만 잡고 제대로 된 정책, 제대로 된 민생 법안 하나 처리하지 못한 분들이 남 비판하는 것은 청산유수에다 노벨상이 무색할 정도의 매끄러운 문장이란 말씀이야."

고윤제의 특기가 드러났다. 그러자 식당 안에서 서너 명이 웃으면서 환성을 질렀고 몇 명은 그것을 비난했다. 이것이 시중의 분위기다. 그러나 지난 수십 년간 치러 온 어떤 선거보다도 지금 남한의 연방 대통령 후보 선거전 열기는 뜨겁게 달아오르고 있다. 그때 장성호가 소주잔을 들고 말했다.

"내가 며칠 전 서동수의 포겐사 배기가스 방송을 들었는데."

"응? 넌 들었어? 난 TV로 봤는데."

여행사 사원인 조문수가 장성호를 보았다.

"만만한 정부나 비판하는 고정규보다 나았어."

장성호가 머리를 끄덕였다.

"나도 서동수 말에 공감이 가더라. 그런 식으로 국민한테 할 말 하고 나가야 된다고."

"여자한테도 그렇게 막 대하고 말이지?"

그렇게 물은 것은 안경회사 사원인 윤미선이다. 윤미선이 둘을 차례로 보았다.

"난 남자들을 이해할 수 없어. 저런 속물을 지도자로 뽑으려고 하다니. 서동수는 연방 대통령을 만들기 위한 과정에 필요한 사람일 뿐이야. 우리는 격에 맞는 지도자가 필요하다고."

이것은 민족당에서 입버릇처럼 하는 말이어서 서동수 반대 세력은 다 외우고 있다. 장성호와 조문수가 서로 얼굴을 보고 나서 장성호가 물었다.

"혹시 네가 50인 중에 포함돼 있는 건 아니겠지?"

그때 조문수가 쓴웃음이 떠오른 얼굴을 얼른 외면했다.

대선이 10일 남은 오후 7시 반, KMS에서 며칠 전부터 예고한 대로

112

'특별인터뷰'가 방영됐다. 개시 시청률은 62%, KMS 측은 기쁨을 참지 못하고 방영하기도 전에 재방송 계획을 확정 지었다. 서동수는 성북동 숙소 응접실에 앉아 있었는데 옆에는 선거 지휘부가 둘러앉았다. 진기섭, 오성호, 임창훈, 고윤제 등 당 간부를 겸하고 있는 인사들에다 유병선, 안종관 등 10여 명이나 된다. 시작하기 전에 다른 모든 인사는 긴장으로 굳어 있었지만, 서동수는 꾸몄는지 모르나 편안한 표정이다. 소파에 깊숙하게 등을 묻고 앞쪽 대형 62인치 TV를 응시하고 있다. 넓은 응접실은 조용했다. 이윽고 KMS 단독 취재라는 자막과 함께 제목이 뜨자 응접실에는 숨소리도 들리지 않았다. 제목은 '서동수 장관의 전처 박서현 씨의 인생'이다. 그때 KMS의 명기자(名記者) 진중한과 박서현이 나타났다. 감질나게 해 짜증을 유발하지 않고 바로 본론으로 들어간다. 진중한이 진중하게 물었다.

"이 방송은 서동수 장관께서도 시청하실 것입니다. 따라서 진실을 말하지 않았거나 불확실한 사건에 대해 말씀하셨을 때 문제가 될 수 있습니다. 진실만을 말씀해주시겠습니까?"

"그럼요."

박서현의 얼굴에 웃음이 떠올랐으므로 서동수는 길게 숨을 뱉었다. 그 숨소리를 들은 지휘부는 더 긴장했다. 그때 진중한이 물었다.

"결혼생활은 몇 년 하셨지요?"

"7년 했지요."

박서현이 바로 대답했다. 서동수는 눈을 가늘게 뜨고 박서현을 보았다. 안종관의 보고로는 박서현은 민족당 측으로부터 어떤 보상을 받은 것이 분명하다는 것이다. 그러나 철저하게 은폐해서 알아내지 못하고 있다. 당연한 일이다. 박서현이 괜히 나와서 저럴 리가 없다. 다시 진중한이 묻는다.

"결혼 생활은 어떠셨습니까?"

"결혼 생활요?"

되묻고 난 박서현이 똑바로 화면을 보았다. 눈빛이 강해져 있다. 화장을 진하게 해서 오히려 추하게 보인다. 젊었을 때는 섬세한 윤곽의 미인이었는데 이제 50대 초반에 이르러 거칠어졌다. 더럽혀진 얼굴이라고 해야 맞을 것 같다. 그때 박서현이 말을 이었다.

"지옥 같은 생활이었죠. 본래 진심이란 없는 인간이었으니까요. 끊임없이 거짓말을 늘어놓고 바람을 피웠습니다. 지금 생각하면 단 한 번도 진짜 모습을 본 적이 없는 것 같습니다. 아직 과장대리 신분인데도 항상 수백만 원씩 현금을 갖고 다니면서 흥청망청 썼지요. 공장이나 거래처에서 거침없이 리베이트를 받아 챙겼는데 제가 보는 앞에서도 리베이트를 요구하는 전화를 한 적도 있습니다. 일주일에 두 번이나 세 번 정도는 꼭 외박을 했고 여자한테 오피스텔을 얻어준 적도 있지요."

"아이고."

쓴웃음을 지은 진중한이 손을 들어 말리더니 긴 숨을 뱉었다. 누가 보더라도 만족한 한숨이다.

"천천히 말씀하지요. 불행하셨군요. 그런데 왜 그렇게 되었는지 이유를 생각해 보셨습니까?"

"제가 부족한 점이 있었던가 봐요."

박서현이 시선을 내렸을 때 응접실 이곳저곳에서 한숨 소리가 났다. 가소롭다는 표시일 것이다. 다시 박서현이 머리를 들고 이쪽을 보았다.

"그 사람은 수시로 폭행도 했습니다. 맞고 며칠 동안 일어나지도 못한 적도 많아요."

거짓말이다. 그러나 어떻게 해명을 하는가?

"여성단체 10여 개에서 100명쯤을 모아 공생당사 앞쪽에 있습니다."

보좌관이 말하자 안동학이 이맛살을 찌푸렸다. 오후 3시 반, 줄여서 '박서현 인생'이 방영된 지 이제 만 하루가 되어간다. 그런데 10개 여성 단체의 시위대 100명이라니, 어깨를 부풀린 안동학이 보좌관을 보았다. 여성단체는 수백 개다.

"도대체 어떻게 된 거야?"

"단체끼리 다 연락은 된 모양입니다만……."

"그래서?"

안동학이 거칠게 묻자 보좌관은 시선을 내렸다.

"잘 안 되는 것 같습니다."

"뭐가?"

"20여 년 전 일인 데다 박서현 씨 말이 좀 신빙성이 떨어지는 것 같다고 생각하는 모양입니다."

"아니, 왜?"

"박서현 씨가 그동안 두 번이나 결혼했다가 이혼한 데다, 또……."

"또 뭐야?"

"오늘 아침에 인터넷에서 박서현 씨가 서류위조 사기 사건으로 불구속 기소됐던 일이 터졌거든요."

"그거 무혐의로 풀려났다고 했잖아?"

"인터넷에서 피해자하고 합의한 내용까지 다 까발려졌습니다. 그래서 기소 유예가 됐어요."

"……."

"그것을 여성단체들이 알게 된 거죠."

"……."

"아마 지금 나와 있는 단체들도 곧 해산할 것 같습니다. 모르고 나온 것 같거든요."

"이런 개 같은 년."

안동학이 이 사이로 욕했지만 방엔 둘뿐이어서 보좌관도 들었다. 어깨를 부풀렸다가 내린 안동학이 보좌관을 보았다.

"이거 역효과가 나는 거 아냐?"

보좌관이 대답하지 않았다. 박서현 작전을 기획한 것이 안동학이다. 물론 고정규의 승인을 받은 작전이다. 안동학이 찌푸린 얼굴로 보좌관을 보았다.

"공생당 측 반응은 어때?"

"전혀 없습니다."

"해명도 없어?"

"없습니다."

"이런 젠장."

불안해진 안동학의 눈이 깜빡거렸다. 이상한 예감이 든 것이다. 30세에 정치권에 뛰어들어 보좌관 생활 5년, 그 후로 내리 4선을 하는 동안 안동학은 자신의 예감을 믿어 왔다. 눈이 깜빡여지면 불길한 일이 일어난다. 이것은 자신만이 아는 비밀이다.

"이거, 서로 치고받는 건가?"

안동학이 혼잣소리처럼 물었으므로 보좌관은 대답하지 않았다.

"젠장, 이것으로 치고받고 끝냈으면 좋겠군. 그년이 구속되기 전에 피해자하고 합의했단 말이지?"

"예, 위원장님."

그때 탁자 위에 놓인 핸드폰이 울렸다. 보좌관이 들고 보더니 안동학에게 말했다.

"후보님이신데요."

고정규다. 숨을 들이켠 안동학이 핸드폰을 받아 귀에 붙였다.

"예, 후보님, 안동학입니다."

"그, 박서현 사기 사건이 무혐의로 풀려난 것이 아니라 피해자하고 합의했다는데 맞아요?"

여기서 금시초문이라고 했다가는 무능한 놈이 된다. 착오를 일으킨 놈이 무능한 놈보다는 낫다.

"예, 후보님."

"지장 없겠어요?"

"언론은 별로 문제 삼지 않는 것 같습니다."

안동학의 등에서 식은땀이 났다. 문제 삼는다면 이제 죽은 목숨이다.

"전 신의주특구 금성식당 사장입니다."

눈을 크게 뜬 김선영이 똑바로 시선을 주자 셋은 긴장했다. 오늘도 홍대 앞 돼지갈비 식당에 셋이 모였다. 회사가 전철 두 정거장 안인 데다 조문수와 윤미선이 요즘 사귀기 때문이다. 식당 안의 손님들이 모두 김선영을 보았으므로 잠깐 조용해졌다. 김선영은 오늘 신의주에서 날아왔다고 했다. 그때 김선영이 말을 이었다.

"그래요, 제가 51번째 여자라고 합시다. 그 51번째 여자가 장관님과의 사연을 말씀드리려는 거죠."

그러고는 여자가 이를 드러내고 웃었다.

"야, 대단해."

옆쪽 테이블의 남자 둘이서 손뼉을 쳤지만 나머지는 수군거렸다. 그러나 대놓고 비난하는 사람은 없다. 오후 8시 반 채널은 종편으로 메인 방송이 아니다. 김선영은 메인 방송에 출연 신청을 했다가 거절당했다고 말했다. 그때 기자가 김선영에게 말했다.

"알겠습니다. 그럼 사연을 말씀해 주시죠."

"네."

대답한 김선영의 표정이 조심스러워졌다. 김선영이 똑바로 돼지갈비집 손님들을 보았다.

"7년 전, 장관님이 신의주 장관이실 때 제 포장마차에 들르셨죠. 처음에는 누군지도 몰랐습니다."

김선영의 눈이 가늘어지면서 눈동자가 흐려졌다. 미인은 아니지만 매력이 있다. 옷도 세련되게 입었고 체격도 날씬하다. 40대 중반쯤 됐을까? 사흘 전 박서현과 비교하면 그렇다. 식당 안의 손님들은 지금 머릿속으로 박서현과 비교하고 있다. 김선영이 말을 이었다.

"밤늦게 혼자 오셨어요. 그러고는 소주에다 먹장어, 닭발, 해삼까지 시키셨죠. 손님이 하나도 없었거든요."

"그러셨군요."

기자가 맞장구를 쳤는데 가만있는 것보다 못했다. 젊은 기자는 사흘 전 KMS의 진중한 흉내를 내는 것 같다. 그때 김선영이 눈을 조금 크게 떴다. 기억이 선명해진다는 표정 같다.

"장관님이 물으셨죠. 하루 매상이 얼마냐? 애는 몇 살이냐? 남편은 뭘 하냐? 그러다가 제가 혼자 아이 둘을 키우고 있다니까 한동안 가만 있으셨죠."

그때 '서울돼지갈비집' 손님들은 김선영의 눈에서 흘러내리는 눈물을 보았다. 모두 숨을 죽였을 때 또 기자가 끼어들었다. 얼굴만 예쁘장한 기자다.

"아, 그러셨군요."

"아, 시발놈."

이 욕은 옆쪽 테이블에서 기자한테 한 것이다. 그때 김선영이 손끝으로 눈물을 닦더니 말을 이었다.

"전, 그때 죽고 싶었거든요. 아이는 중3, 중1이었지, 석 달 가까이 하루 2만 원도 못 벌고 월세도 못 내는 상황이었어요. 애들 때문에 죽지도 못했어요."

김선영의 눈에서 다시 눈물이 흘러내렸고 조문수는 옆에 앉은 윤미선의 눈에도 눈물이 흠뻑 고여 있는 것을 보았다. 그때 김선영이 가방에서 종이를 꺼냈는데 뭔가 복사를 한 것이다.

"그때 장관님이 이걸 주셨어요. 수표인데 복사를 해놨죠. 죽을 때까지 간직하려고요."

TV 카메라가 종이를 확대했다. 5000만 원권 수표, 날짜는 바로 7년 전이다. 김선영이 다시 종이 한 장을 꺼내 보였다.

"이건 신의주 장관 비서실장에게 보내는 메모예요. 이것도 복사해 놨죠."

TV 화면에 서동수의 글씨가 드러났다.

"유 실장, 김선영 씨한테 식당 한 곳 알아봐 주기를 바라네. 계약금이 모자라더라도 편의를 봐주도록. 서동수."

그리고 아래쪽 추신에 적힌 글도 있다.

"나, 김선영 씨하고 안 잤네."

그로부터 일주일 후, 서동수는 연방 대통령의 남한 후보로 당선됐다. 공생당 총재 자격으로 입후보한 서동수는 민족당 후보 고정규를 압도적인 표차로 누르고 당선된 것이다. 투표율이 82%나 됐고 71%의 지지를 받았으니 자유민주주의 체제로서의 남북한 통일에 대한 국민들의 열망이 그대로 표현됐다. 예상은 했지만 공생당은 축제 분위기에 휩싸였다. 이번에도 출구여론조사는 개망신을 당했는데 투표 직후의 출구 조사에서 서동수와 고정규의 지지 비율이 45 대 55, 42 대 58, 또 하나의 조사기관은 28 대 72가 나왔기 때문에 민족당 선거본부에서 춤을 추고 날뛰는 난리가 일어났다. 고정규 및 지휘부는 의심쩍은 표정을 짓고 있었지만 결국 개표가 시작되자마자 사실이 드러났다. 이번에도 유권자들이 얼치기 여론조사 기관들을 '엿' 먹인 것이다. 이것은 여론조사에 의해 정치를 하는 정치인들에 대한 국민들의 '조롱'이었다. 오전 2시 반, 서동수는 성북동의 안가 응접실에 앉아 있었는데 앞쪽 TV는 음소거를 해서 그림만 나왔다. 방금 선대위 요인들과 당 관계자, 측근들과의 회의를 마치고 축하 인사까지 받고 돌아온 참이다.

"이제 좀 쉬세요."

하선옥이 앞쪽 탁자에 술병과 안주를 내려놓으면서 말했다. 선거 홍보업무를 도왔던 하선옥은 가운 차림이다. 안가의 2층 응접실에 출입이 허가된 유일한 여성이자 서동수의 상담역이다. 잔에 소주를 따르면서 하선옥이 웃음 띤 얼굴로 서동수를 보았다.

"좋으세요?"

"응."

술잔을 든 서동수가 지그시 하선옥을 보았다.

"너하고 섹스 안 한 지 얼마나 되었지?"

"한 달 반쯤 되었어요."

앞쪽에 앉은 하선옥이 두 손으로 무릎을 깍지 껴 안았다. 가운이 팽팽해지면서 가운 밑의 젖꼭지가 선명하게 드러났다.

"그렇군, 그동안 바빴지."

"저하고는 한 달 반 됐지만 장관님, 아니 후보님은 그게 아닐 텐데요?"

"그렇군."

순순히 시인한 서동수가 한입에 소주를 삼켰다. 자리에서 일어선 하선옥이 옆으로 다가와 앉더니 육포 조각을 서동수의 입에 넣었다.

"속물 후보라 그렇다."

안주를 씹으면서 서동수가 하선옥의 허리를 감싸 안았다. 서동수도 잠옷 바지에 셔츠 차림이다. 하선옥이 서동수의 상반신에 기대면서 말했다.

"민족당의 속물 비판은 오히려 역풍을 맞았어요. 이젠 속물 시대라는 말이 유행할 것 같아요."

쓴웃음을 지은 서동수가 하선옥의 가운을 젖혔다. 예상했던 대로 하선옥은 가운 밑에 아무것도 걸치지 않았다. 풍만한 젖가슴이 드러났고 도톰한 아랫배 밑으로 검은 숲에 둘러싸인 골짜기가 펼쳐졌다. 서동수가 다리 사이에 손을 넣자 하선옥이 몸을 비틀었다. 상기된 얼굴로 눈을 흘긴다.

"피곤하세요?"

"아니, 널 보면 이렇게 기운이 나지 않아?"

"그럼 천천히."

하선옥이 손을 뻗어 서동수의 잠옷 바지 속의 남성을 감싸 쥐었다. 이미 단단해진 남성을 주무르면서 하선옥이 말했다.

"속물이란 위선의 껍질을 벗은 보통 사람을 나타낼 수도 있죠."

서동수가 골짜기 안을 문지르자 금방 축축해졌다. 몸을 비튼 하선옥이 다리 사이로 서동수의 손을 조였다가 놓았다. 하선옥이 서동수의 잠옷 바지와 팬티를 한꺼번에 끌어내리면서 말을 이었다.

"또는 정직한 사람으로 국민에게 다가간 것 같습니다."

그 순간 하선옥이 입을 딱 벌렸다. 서동수가 상반신을 숙여 골짜기를 입술로 물었기 때문이다. 혀가 골짜기 안을 애무하자 하선옥은 소파 위로 몸을 눕혔다. 그러고는 두 손으로 서동수의 머리칼을 움켜쥐었다. 다음 말을 잊은 듯 입만 벌리고 있다.

연방 대통령 남한 후보로 당선되자 서동수는 연방준비위원회 남한 측 대표가 됐고 집권당인 공생당 총재를 겸하고 있는 터라 대통령 조수만과 함께 공동 통치를 하게 됐다. 야당인 민족당에서 남한 후보가 됐다면 여당 대통령 조수만과 마찰이 일어났겠지만 지금은 순풍에 돛을 단 격이다. 이제 남북한연방은 자유민주주의 체제로의 '대한연방'으로 진입하기 일보 전(前) 상황이다.

"권력이동은 당연합니다."

사흘 후, 한랜드로 날아가는 전용기 안에서 유병선이 말했다. 후보 당선증과 준비위원회 대표 위임장을 받고 난 서동수는 TV를 통해 당선자 인사를 하고 나서 바로 한랜드로 돌아가는 것이다. 유병선이 말을 이었다.

"앞으로 남한의 모든 권력은 장관님께 집중될 것입니다."

그렇게 되지 않는 것이 오히려 이상한 것이다. 머리를 끄덕인 서동수가 창밖으로 시선을 돌렸다. 구름 한 점 없는 파란 하늘 위에 비행기는 그냥 떠 있는 것만 같다. 그래서 당선 사흘 만에 한랜드로 돌아오는 것이다. 한국에는 안종관 등을 남겨놓아 준비위원회를 가동했다. 서동수가 창밖을 향한 채로 입을 열었다.

"속물이 권력 중독까지 걸린다면 가관이겠지, 안 그런가?"

숨을 들이켠 유병선이 시선만 주었을 때 서동수의 얼굴에 쓴웃음이 떠올랐다.

"내가 내 결점을 보완할 장점이 하나 있지, 유 실장은 아나?"

"모르겠습니다."

"내 분수를 안다는 거야. 그래서 서둘러 한랜드로 돌아오는 것이네."

"피하시는 것이 능사가 아닐 것 같습니다만."

"알아."

머리를 끄덕인 서동수가 말을 이었다.

"나타날 때를 가려야지."

이제는 유병선이 머리만 끄덕였고 서동수가 말을 이었다.

"연방대선 전(前)에 남한에서 끝낼 일이 두 가지 있어."

그때 유병선이 수첩과 펜을 집었다. 몇 년 전만 해도 북한의 김동일 앞에는 언제나 필기도구를 든 노인들이 둘러섰지만 지금은 없어졌다. 그것은 김동일이 '동무들 그렇게 기억력이 나빠?' 하고 한마디 던졌기 때문이다. 그 이후로는 노인들이 김동일 앞에서 귀만 세우고 있다. 소문이지만 주머니에 녹음기를 넣어두었던 장군 하나는 바로 숙청됐다는 것이다. 서동수가 유병선이 적기 쉽도록 천천히 말했다.

"첫째로 이념 갈등을 없앨 거야. 대한연방이 되기 전에 국기(國基)를 세우겠어."

유병선이 다 적었을 때 서동수가 말을 이었다.

"둘째로 지역 갈등을 없애겠어. 망국적인 지역 갈등을 조장, 추종하는 자들은 한국 국민의 자격이 없어."

서동수의 표정이 굳어졌다.

"그 두 가지를 정리해놓고 대선을 치러야 해."

"알겠습니다."

"당신이 계획을 세워봐."

"예, 장관님."

"화무십일홍(花無十日紅)이야."

"예?"

"권불십년(權不十年)이라고."

"알겠습니다."

"난 지금부터 그 말들을 염불처럼 외우고 있을 거네."

"예, 장관님."

"연방 대통령 5년만 하고 동성으로 돌아갈 거야. 그리고 힘 남았을 때 사업해야지."

"재선 10년은 하셔야지요."

웃음 띤 얼굴로 말한 유병선이 자리에서 일어섰다.

그럼 쉬십시오, 장관님.

"이 대표가 왔지?"

불쑥 서동수가 묻자 유병선이 바로 대답했다.

"예 장관님, 부르겠습니다."

이 대표란 이미연 극단의 이미연이다. 이미연은 한랜드 전속 극단의 대표가 돼서 이미 연극을 공연 중이었는데 대성황이다. 방으로 들어선 이미연이 생글생글 웃었다.

"장관님, 축하드려요."

이미연과는 한 달여 만에 만나는 것이다. 오늘 전용기에 탄 것도 한국에 있던 이미연이 축하전화를 했다가 같이 돌아가게 됐다.

"여기 앉아라."

서동수가 소파 옆쪽 자리를 눈으로 가리켰더니 이미연이 눈을 크게 뜨는 시늉을 하면서 웃었다.

"왜요?"

"속물이니까 그렇지, 인마."

짧게 웃은 이미연이 서동수의 옆에 바짝 붙어 앉으면서 말했다.

"그 말을 만들어낸 민족당에서 후회하고 있다고 해요."

"나도 들었다."

"다시 한 번 축하드려요, 장관님."

"축하해준다면 섹스 한 번 하자."

"아유, 장관님."

그때 서동수가 이미연의 목을 끌어안고 머리를 당겨 안았다. 이미연이 저항 없이 안기더니 눈을 감았다. 화장기가 없는 섬세한 얼굴이 눈앞에 펼쳐졌고 서동수의 심장 박동이 빨라졌다. 서동수가 이미연의 입술을 빨았다. 연한 루주에서 복숭아 맛이 났다. 곧 이미연의 입이 열리더니 작고 긴 혀가 꿈틀거리며 빨려 나왔다. 서동수는 이미연의 허리를 감아 안고는 혀를 빨았다. 혀에서는 포도 맛이 났다. 서동수의 손이 이미연의 스커트를 들치고는 팬티 안으로 거칠게 쑤시고 들어갔다. 이미연이 다리를 벌려 주었지만 곧 낮게 신음했다. 서동수가 잠깐 입을 떼고 물었다.

"아직 준비가 안 됐구나, 그렇지?"

"그럼요."

가쁜 숨을 뱉으면서 이미연이 눈을 흘겼다. 이제 이미연은 두 팔로 서동수의 목을 감아 안고 있다.

"하지만 조금 있으면 젖을 거예요. 계속해도 돼요."

"아유, 이 속물."

쓴웃음을 지은 서동수가 손을 빼고는 꿀단지에서 나온 손처럼 손가락을 빨아 먹었다.

"아유, 장관님."

그것을 본 이미연이 다시 눈을 흘기면서 팬티를 고쳐 입었다.

"이것이 숙녀에 대한 예의다."

정색한 서동수가 깨끗해진 손을 보면서 말을 이었다.

"이 손은 소중한 곳에 들어갔다가 나온 거야."

"그게 장관님의 장점 중 하나죠."

"장점이 아니야. 이건 밑바닥을 겪어본 사람의 경험에서 우러나온 습성이야."

이제 둘은 나란히 앉아 있었는데 분위기가 따뜻하고 부드럽다. 이미연이 입을 열었다.

"제가 52번째 여자로 TV에 나가려고 마음먹고 있었어요, 장관님."

"응? 왜?"

서동수가 눈을 둥그렇게 떴다.

"전속극단을 미끼로 네 몸을 가졌다고 폭로할 작정이었어?"

"아유, 또."

이미연이 손을 뻗어 서동수의 남성을 부드럽게 움켜쥐었다. 바지 위의 남성을 주무르면서 이미연이 말을 이었다.

"하 보좌관님하고 상의했더니 김선영 씨만으로도 충분하다고 하시더군요. 그래서 그만뒀어요."

"잠깐만, 하 보좌관? 그게 누구야?"

얼굴을 굳힌 서동수가 묻자 이미연의 주무르는 손에 힘이 들어갔다.

"홍보보좌관 하선옥 씨 말이에요."

"……."

"선거 운동을 하면서 자주 만났거든요. 그분, 참 매력적이던데, 섹시하고."

이미연이 단단해진 서동수의 남성을 움켜쥐고 흔들었다.

"혹시 얘도 그분하고 친한 거 아녜요?"

"그놈, 속물(俗物)이라고 하던데."

공화당 대선후보가 된 도널드 트럼프가 보좌관 레빈스키에게 말했다. 워싱턴으로 날아가는 전용기 안이다. 앞쪽 회의실에는 트럼프와 레빈스키 둘이 앉아 있었는데 지금 서동수 이야기를 하는 중이다. 43세의 레빈스키는 트럼프의 비서 출신으로 재치와 순발력이 뛰어났다. 트럼프의 돌출 발언, 극단적인 정책 대부분이 레빈스키의 작품이었다. 결국 극심한 비난을 받기도 했지만 트럼프는 공화당 대선후보가 됐다. 레빈스키가 정색하고 트럼프를 보았다.

"서동수가 한국인의 폭발적인 지지를 받고 있습니다. 한국에서는 제 2의 트럼프라는 유행어가 생겨났다고 합니다."

"짝퉁 트럼프란 말이지?"

쓴웃음을 지은 트럼프가 말을 이었다.

"어쨌든 한국인의 짝퉁 버릇은 어쩔 수가 없다니까?"

"짝퉁은 중국이죠, 회장님."

"중국이나 한국이나 다 그놈이 그놈이지."

"서동수에게 축하 메시지를 보내는 것도 나쁘지 않을 것 같습니다만, 한국계 미국인의 영향력도 무시할 수가 없거든요."

"아베는 어떻게 생각할까?"

"오히려 더 초조해질 것입니다. 위안부 문제만 거론하지 않으시면 됩니다."

"서동수를 한번 만날까?"

트럼프의 두 눈에 생기가 떠올랐으므로 레빈스키의 심장이 덜컥 내려갔다가 올라왔다. 일을 저지르면 골치 아파진다.

"만나실 것까지는 없습니다, 회장님."

"그놈이 동북아에서 화제의 인물이 돼 있지 않나? 일본, 중국, 러시아까지 그놈의 일거수일투족에 신경을 곤두세우고 있지 않나 말이야."

"그건 그렇습니다만."

"필리핀에서도 막말로 인기를 끌던 놈이 대통령이 됐고, 그자 이름이 뭐지?"

"기억나지 않습니다만, 찾아볼까요?"

"아시아가 왜 이래? 속물들이 날뛰고 있지 않아?"

"그런 것 같습니다."

"세상이 어떻게 되려고 이러는지 모르겠군."

입맛을 다신 트럼프가 레빈스키에게 지시했다.

"서동수에 대해서 자세히 연구하고 대선 전에 한번 만나도록 계획을 잡아봐."

"알겠습니다. 회장님."

"대선 전에 미국 국민에게 내 확고한 미국관과 애국심을 알려줄 필요가 있어. 서동수를 통해 알려주는 것이 자연스럽고 영향력이 커질 것 같아."

레빈스키가 머리를 끄덕였다. 트럼프는 뛰어난 사업가다. 평범한 인물이 아닌 것이다. 동물적인 육감이 뛰어났고 순발력, 임기응변에 능했다. 목적을 위해서는 인내하고 절제하는 습성이 있는 데다 상대의 약점을 잘 파악했다. 그때 레빈스키가 말했다.

"회장님, 서동수가 남북한연방 대통령이 되면 동북아의 중심축은 한국이 됩니다. 일본이 고립될 가능성이 크지요."

"그건 나도 인터넷에서 읽었어."

"힐러리는 서동수를 이용해서 중국을 견제하려는 정책을 펼 것 같습니다. 일본과도 동맹을 유지하고 말입니다."

그것도 대부분 한·미 양국 국민에게 알려진 사실이다. 한국과 미국은 60년이 넘는 동맹국인 것이다.

"도대체 우리가 태평양 건너편의 그쪽에까지 돈을 얼마나 쏟아부어야 하는 거냐고? 중국이 태평양을 건너서 미국을 침략이라도 한다는 거야?"

트럼프의 목소리가 높아졌다.

"복잡하게 생각할 것 없어. 한국과 일본이 싸워서 이기는 놈 하나만 동맹으로 남든지 말든지 하자고."

그 시간에 베이징 톈안먼 근처의 사무실에서 일본 총리실 부속 정보실장 도쿠가와가 수행원 사토와 함께 두 남녀를 마주보며 앉아 있다. 두 남녀는 주석실 비서 왕원(王春)과 그의 보좌관 린린(林林)이다. 도쿠가와가 입을 열었다.

"서동수의 성향은 분명합니다. 놈은 중국과 미국, 러시아까지 3국 동맹을 맺을 것이고 결국 일본을 제물로 삼겠지요. 그럼 어떻게 될지 잘 아실 겁니다."

왕원은 주석실 비서 직함이지만 정보총책이다. 중국에 수많은 정보기관이 있지만 모든 정보가 왕원에게 집합돼 시진핑에게 보고된다. 시진핑과 독대하는 10인 중의 하나여서 숨어 있는 실세다. 55세의 왕원은 단정한 용모에 마른 체격이다. 미국에서 정치학 박사 학위를 받고 귀국해서 정보 분야에서만 25년을 근무한 시진핑의 측근. 판단력, 분석력이 빼어났고 요점을 잘 정리해서 보고하는 능력이 뛰어났다. 다시 도쿠가와가 말을 이었다.

"지난번 북한 군부의 숙청으로 북한은 이제 남한의 속령이 된 것이나 같습니다. 민생당은 식물정당이 됐고 김동일 씨는 서동수에게 이번 연방 대선을 양보하는 조건으로 대기업을 얻는 밀약을 맺었습니다."

이제 왕원은 팔짱을 끼었고 린린은 석상처럼 꼿꼿하게 앉은 채 눈썹하나 까딱이지 않는다. 린린은 33세, 당 기율국 소속 과장으로 왕원의 보좌역이다. 산둥성 정보국에 있다가 3년 전에 특채됐는데 그 배경은 아무도 모른다. 도쿠가와의 목소리가 열기를 띠었다.

"잘 아시겠지요. 36계의 23계인 원교근공(遠交近攻)은 고금의 진리지요. 서동수는 미국과 손을 잡고 중국과 일본을 칠 것입니다."

왕원의 얼굴에 희미하게 웃음이 떠올랐다. 요즘은 나폴레옹, 1·2차 세계대전의 독일, 미국의 장군들까지 손자병법, 오자병법을 거론하는 세상이다. 36계는 중국 고대의 병법이다. 왕원이 입을 열었다.

"그럼 이것도 아시겠군요. 삼십육계주위상계(三十六計走爲上計)란 계책을 말입니다."

순간 도쿠가와의 얼굴이 굳어졌다. 안다. 그것은 서른여섯 가지 계책 중에서 도망가는 것이 제일 좋은 계책이라는 뜻이다. 불리할 때는 냅다 도망가는 것이 상책이라는 말인데 어디로 도망을 간단 말인가? 도쿠가와가 헛기침을 했다.

"중국과 일본은 동병상련(同病相憐)의 처지올시다. 묘안을 알려주시길 바랍니다."

이미 전에 세 번이나 만난 처지여서 도쿠가와가 직설적으로 물었다. 그때 왕원이 눈을 가늘게 뜨고 물었다.

"혹시 오월동주(吳越同舟)란 생각은 해보지 않으셨는지요?"

"왜 안 했겠습니까?"

도쿠가와의 두 눈이 번들거리고 있다.

"저는 가끔 중국이 자주 쓰던 이이제이(以夷制夷)를 떠올리고 있습니다."

왕원과 도쿠가와의 시선이 마주쳤다가 곧 떨어졌다. 잠시 방안에 정적이 덮이고 나서 왕원이 말했다.

"중·일 양국의 협조는 꼭 필요하다는 상부의 지시가 있었습니다."

도쿠가와가 숨을 들이켰고 왕원의 말이 이어졌다.

"우리도 동북 3성과 한반도, 한랜드를 이어서 동북 지역 경제를 극대화한다는 계획은 잠시 보류했습니다."

숨을 죽인 도쿠가와를 향해 왕원이 쓴웃음을 지어 보였다.

"이것이 상부가 전해 드리라는 말씀이오."

"알겠습니다."

도쿠가와가 앉은 채로 깊게 머리를 숙였다. 이만하면 충분하다. 의미심장이란 말은 이런 때 사용되는 것이다.

민족당 원내총무 윤준호가 웃음 띤 얼굴로 임창훈을 보았다.

"앞으로 만나기 힘들겠지만 잘해 봐."

임창훈이 웃기만 했으므로 윤준호가 말을 이었다.

"오늘이 마지막이라고 생각하고 내가 한마디 하지. 서동수 씨한테 과연 한민족의 장래를 맡겨도 될까?"

임창훈은 여전히 부드러운 표정이었는데 윤준호의 목소리에 열기가 올랐다.

"요즘 동남아, 유럽, 미국에서까지 보수, 근본도 불투명한 속물들이 대중들의 깡통 인기를 기반으로 득세하는데 결과는 좋지 않을 거야."

"……."

"그래. 우리도 남북한이 통일된 대한연방이 번영하는 것이 꿈이야. 이제 우리 꿈은 사라졌지만 말이야."

임창훈이 민족당에서 공생당의 창당 발기인으로 뛰쳐나갔을 때 윤준호는 '배신자' '반역자'라고까지 악담을 퍼부었다. 둘은 같은 연배인 데다 생각과 수준이 비슷했고 친했기 때문이다. 윤준호는 이번 선거에서 참패하고 의기소침한 상태에서 임창훈의 전화를 받고 나온 상황이다. 임창훈은 '위로주'를 한잔 산다고만 했다. 역삼동 골목 안의 한 식당 방안이다. 방이 서너 개밖에 없는 작은 식당이었지만 이곳은 예약 손님만 받는다. 집 안이 조용했으므로 심호흡을 한 윤준호가 목소리를 낮췄다.

"속물은 속물로 끝나는 거야. 사람들 눈에 씌었던 콩깍지는 곧 벗겨져. 지금은 정치에 환멸을 느껴 속물들이 신선한 것처럼 보이지만 나중에는 더 실망하게 된다고."

그때 방문이 열렸으므로 윤준호가 머리를 돌렸다. 그러고는 다음 순간 숨을 들이켰다. 서동수가 들어서고 있다. 그 뒤를 비서실장 유병선이 따른다. 임창훈이 자리에서 일어섰으므로 따라 일어서던 윤준호가 비틀거리는 바람에 소주잔이 엎어졌다. 그러나 잔에 신경 쓸 상황이 아니다. 그때 서동수가 웃음 띤 얼굴로 말했다.

"내가 윤 총무님 만나려고 임 의원한테 부탁을 했습니다."

"아."

말문이 막힌 윤준호가 외마디 소리만 내더니 서동수가 내민 손을 엉겁결에 잡았다. 허리가 25도쯤 굽혀진 것은 어쩔 수가 없는 일이었다. 이제 서동수는 남한에서 대통령 조수만 이상의 권위와 권세를 가진 인물이다. 물이 경사를 따라 흐르듯이 그것은 자연스러운 현상인 것이다. 곧 방안에 좌석이 급하게 만들어졌다. 상석에 앉았던 윤준호가 서둘러 앞쪽 임창훈 옆으로 옮겨갔고 유병선은 옆쪽에 앉았다. 주인 여자가 들어와 재빠르게 술잔과 수저를 바꿔놓고는 물러갔다. 방안에 넷이 되었을 때 서동수가 유병선이 따라주는 소주잔을 들면서 윤준호를 보았다.

"이번 남북한연방준비위원회에 윤 의원 같은 인재가 필요해요. 국가를 위해서 일해 주셨으면 고맙겠습니다."

숨만 들이켠 윤준호의 시선을 받으면서 서동수가 말을 이었다.

"속물은 큰 틀만 만들어 놓고 기다릴 겁니다. 그 틀의 알맹이를 채울 정예는 바로 윤 의원 같은 분들이지요."

한입에 소주를 삼킨 서동수가 윤준호에게 잔을 내밀었다.

"나는 인재는 좌건 우건, 동이건 서건, 남이건 북이건 가리지 않습니다."

그러더니 이를 드러내고 웃으면서 윤준호가 받은 소주잔에 술을 따랐다.

"다 나보다 낫다고 생각하니까, 마음을 비운 속물하고 같이 일해 봅시다. 대한연방을 위해서 말이오."

한랜드에 러시아 이주민이 500만 명이 넘게 됨으로써 인구의 절반을 차지했다. 세계적인 경기침체의 여파가 러시아의 이주민 급증으로 이어진 것이다. 한랜드는 기회의 땅이다. 러시아는 동쪽 한랜드로 인해 인근 지역의 경제성장률이 최근 3년 동안 연평균 10%를 기록하고 있는 것이다. 푸틴이 한랜드로 날아온 것은 서동수가 서울에서 돌아온 다음 날 오후다. 그날 저녁, 한시티 외곽에 위치한 푸틴의 별장에서 파티가 열렸다. 파티에 참석한 인사는 넷, 푸틴과 서동수, 그리고 메드베데프와 안종관이다. 오늘 파티는 푸틴이 서동수의 남한 측 연방 대통령 후보 당선을 축하하려고 만들었지만 준비는 유라시아그룹이 다 했다. 물론 비공식 극비 파티다. 푸틴이 보드카 잔을 들고 웃었다.

"아마 여러 나라에서 내가 여기 앉아 있는 것을 알고 있을 겁니다."

"드론이 저 위에 떠 있을지도 모르지요."

메드베데프가 웃으며 맞장구를 쳤다. 서동수는 한입에 보드카를 삼켰다. 한랜드를 임차해준 러시아는 대한연방의 창건에 협력적이다. 한랜드에서 아래쪽 러시아 하바롭스크와 블라디보스토크, 그리고 한반도를 잇는 시베리아 철도가 이미 착공됐다. 중국의 동북 3성을 거치지 않고도 한반도에서 곧장 시베리아, 유라시아로 연결될 수 있는 것이다.

푸틴이 잔에 술을 채우며 말했다.

"대한연방과 한랜드로 이어지는 유라시아 로드에 중국이 긴장하고 있어요, 장관."

서동수의 시선을 받은 푸틴이 말을 이었다.

"우리 러시아처럼 한랜드와 주변 공화국이 함께 발전할 수가 없는 터라 동북 3성 주민의 반발이 커지고 있단 말이오. 시간이 지나면 동북 3성이 한랜드와 합병을 요구할 수도 있어요."

"그때 소수민족이 갈라서는 거죠."

보드카에 얼굴이 상기된 메드베데프가 거들었다. 그렇다. 안종관이 관리하는 한랜드 장관 부속실에서도 그런 자료를 낸 적이 있다. 푸틴이 정색하고 서동수를 보았다.

"일본과 중국 정보기관이 수시로 접촉하고 있어요, 장관."

"고맙습니다, 각하."

서동수가 사례하자 푸틴이 쓴웃음을 지었다.

"이득이 있으니까 도와주는 것이지요."

"국가 간의 이해는 감정이나 신의, 또는 약속이나 조약 따위에도 구애받지 않아요."

서동수가 머리를 끄덕였다. 이것은 상거래가 아닌 것이다. 국가의 이해를 위해서는 가차 없이 배신하는 것이다. 아니, 배신해야만 한다. 푸틴이 말을 이었다.

"미국이 지금 딜레마에 빠져 있어요. 트럼프가 대통령이 될 가능성이 적지만 동북아 문제로 힐러리에게 역전극을 벌일 가능성이 많아졌어요."

긴장한 서동수와 안종관이 숨을 죽였다. 러시아의 정보 능력은 막강하다. 동서냉전시대에는 미국을 압도한 적도 있었고 지금도 구(舊)소련의 정보 기반이 존속하고 있다. 한 모금의 보드카를 삼킨 푸틴이 서동수를 보았다.

"한국을 아직도 만만하게 보고 한·미 자유무역협정을 무효화시키겠다면서 위협할지도 몰라요. 그럼 트럼프의 추종자들은 환호하겠지요."

푸틴의 얼굴에 웃음이 떠올랐다.

"내가 들은 정보요. 트럼프가 보좌관 레빈스키한테 비밀 임무를 맡겼어요."

숨을 죽인 서동수를 향해 푸틴이 술잔을 들어 보였다.

"한국과 일본이 싸워서 이기는 놈 하나만 동맹으로 삼자고 했다는 거요. 아주 단순한 논리인데 기발해요."

송은하가 노래를 하고 있다. 살랑살랑 허리를 흔드는 모습에서 왜 알몸으로 몸부림치는 장면이 연상될까? 노래도 달라졌다. 한국의 아이돌이 부르는 빠른 가사, 내용은 별것 없지만 춤이 달라졌다. 한 달밖에 안 됐는데도 저렇게 능숙해졌다니, 넷이 노래하면서 춤을 추는데 목청이 꾀꼬리인 터라 서동수는 넋을 잃고 구경한다. 관객은 넷, 지금 푸틴의 별장에는 유라시아 극단이 초대돼 공연을 하고 있다. 송은하와의 거리는 5m, 송은하는 이제 노골적으로 서동수를 향해 웃고 눈을 깜빡이며 몸을 흔든다.

"와우."

푸틴이 감탄했다.

"최고다."

입을 쩍 벌린 채 구경하던 메드베데프가 정신을 차리고 나서 한숨을 뺄었다.

"환상적이오."

악단과 무용수까지 온 터라 쇼는 알차다. 푸틴이 상기된 얼굴로 서동수에게 말했다.

"장관, 한랜드를 떠나기 싫으시겠소."

"그렇습니다."

노래와 춤이 끝나자 넷이 일제히 박수를 쳤다. 다음 순서는 밴드에 맞춘 무용이다. 그때 무대에 있던 넷이 내려오더니 관객 넷 옆자리에 앉는다. 물론 서동수 옆에는 송은하가 앉았다.

"으음."

놀란 푸틴이 서동수를 보았다. 푸틴 옆에 앉은 여자 또한 빼어난 미인이다.

"장관, 괜찮겠소?"

"물어보시지요."

서동수가 송은하의 허리를 팔로 감아 안으면서 말했다.

"러시아어를 할 겁니다."

숨을 들이켠 푸틴이 러시아어로 묻자 파트너가 유창한 러시아어로 대답했다. 감동한 푸틴이 파트너의 손을 두 손으로 감싸 쥐었다. 그때 안종관이 자리에서 일어서며 말했다.

"장관님, 저는 이만."

서동수가 머리를 끄덕이자 안종관이 푸틴과 메드베데프에게 목례를 하고 나서 몸을 돌렸다. 안종관의 뒷모습을 본 푸틴이 파트너의 허리를 감아 안으면서 메드베데프를 나무랐다.

"너도 한국 신사들의 예의를 좀 배워라, 이 자식아."

"다음부터 그러지요."

꿈쩍 않고 앉은 채 메드베데프가 푸틴의 흉내를 내어 파트너의 허리를 당겨 안았다. 안종관의 파트너가 배웅을 나가는 것처럼 일어나 나갔으므로 테이블에는 세 쌍의 남녀가 남았다. 무대에서는 음악에 맞춰 한국 무용이 공연되고 있다.

"기뻐요."

송은하가 서동수에게 몸을 붙이면서 말했다. 서동수를 바라보는 눈이 반짝였다.

"네 남자는 어디 있어?"

서동수가 낮게 묻자 송은하가 풀썩 웃었다. 송은하의 애인은 악극단의 작곡가다. 한랜드에 애인과 함께 왔으니 별장에 있는지도 모른다.

"헤어졌어요."

"왜?"

정색한 서동수를 본 송은하가 몸을 더 붙였다.

"이제 한랜드 시민이 됐으니 자기도 한번 능력을 발휘하고 싶다는군요. 저를 놔 주겠대요."

"그건 또 왜?"

"부담이 되겠죠, 뭐."

송은하가 반짝이는 눈으로 서동수를 보았다.

"오늘밤, 저 데리고 가시는 거죠?"

"아, 그거야……."

그때 푸틴이 서동수에게 소리쳤다.

"장관, 나, 마침내 허락을 받았소. 내가 대통령 당선됐을 때보다 더 기쁘군 그래."

신음이 마치 노랫소리 같다. 이윽고 점점 높아지던 신음이 절정으로 솟아오르다가 잠깐 멈추고는 다시 시작한다. 꿈틀거리는 두 쌍의 사지, 송은하의 몸은 탄력이 강했고 금방 회복돼서 지치지 않는다. 절정의 반응도 강해서 마음껏 터지는 것을 느낄 수가 있다. 뜨거운 몸, 수축력이 강한 동굴은 서동수의 남성을 빨아들이는 흡반 같다. 동굴에서 넘쳐 나온 애액이 하체와 시트를 흠뻑 적시고 있다. 체위를 바꾸고, 잠깐 서로의 뜨거운 곳을 입술로 애무하는 동작도 자연스럽다. 불을 환하게 켜놓은 방안, 한 쌍의 알몸이 거침없이 엉켰다가 풀리면서 마음껏 쾌락의 비명을 지른다. 서동수가 문득 움직임을 멈추고는 송은하를 내려다보았다. 상반신을 세운 자세, 그 순간 송은하가 허리를 흔들면서 소리쳤다.

"어서요!"

강한 압박감과 함께 자극이 전해져 왔으므로 서동수는 어금니를 물었다. 아름답다. 붉게 상기된 얼굴, 치켜떴지만 흐려진 눈, 반쯤 벌린 입에서는 지친 숨과 함께 옅은 신음이 이어지고 있다. 다시 송은하가 엉덩이를 추어올리는 바람에 남성이 깊게 밀착됐다. 순간 강한 압박감과 함께 표면에 흡반이 달라붙는 느낌이 온다. 뜨거운 흡반, 미끈거리는 애액으로 가득한 동굴 속으로 몸이 빠져들고 있다. 그때 가만있었는데도 송은하의 동굴이 급격히 수축하더니 절정으로 솟아올랐다. 참지 못하고 또 터진다.

"아앗!"

송은하도 놀란 듯이 찢는 듯한 비명을 지르면서 서동수의 허리를 부둥켜안았다. 두 다리가 서동수의 하체를 감싸 안더니 온몸에 경련이 일어났다. 그 순간 동굴이 강하게 수축하면서 서동수는 함께 폭발했다.

머리끝이 솟아오르는 느낌과 함께 입에서도 저절로 신음이 터졌다. 서동수가 송은하의 알몸을 빈틈없이 안으면서 귓불을 물었다.

"넌 명기(名器)다."

서동수가 가쁜 숨을 뱉으면서 말했다.

"너하고 이러다가 나라가 망하겠다."

아직 송은하의 절정은 끝나지 않았다. 이제는 몸이 간헐적으로 떨리면서 하체가 가끔 들썩이고 있다. 마치 고장 난 인형이 마지막으로 발작을 일으키는 것 같다. 서동수가 땀이 밴 송은하의 이마에 입술을 붙였다. 한참이 지났는데도 온몸이 붙은 채 떨어지지 않는 것이다. 따뜻한 몸, 부드럽고 탄력이 강한 사지에 갇혀 있는 것이 편안하다. 이곳은 서동수의 별장이다. 푸틴과 헤어져 송은하를 데리고 온 것이다. 이윽고 둘의 몸이 떨어졌고 나란히 누웠을 때 송은하가 서동수의 가슴을 손바닥으로 쓸며 말했다.

"이번 달에 수당으로 3000달러 받았어요."

송은하의 두 눈이 반짝이고 있다.

"지난달에는 1500달러였는데 두 배나 올랐죠. 하룻밤에 3개 업소에서 공연을 했기 때문인데 5개도 할 수 있을 것 같아요."

"부자 되겠구나."

서동수가 송은하의 어깨를 감아 안았다. 유라시아그룹은 송은하의 악극단을 운용하면서 매출액이 늘어났다고 했다. 이것이야말로 유라시아그룹이나 송은하 악단 양쪽이 '윈윈'하고 있는 것이다. 송은하가 머리를 들더니 서동수의 입에 입을 맞췄다. 어느새 두 손으로 서동수의 남성을 감싸 쥐었고 다리는 하반신에 감겨 있다. 시선을 받은 송은하가 웃음 띤 얼굴로 말했다.

"난 장관님 파트너로 소문이 나서 아무도 건드리지 않는단 말이에요. 그러니까 이 생각이 나도 꾹 참고 있다고요."

그러더니 남성을 꾹 움켜쥐었으므로 서동수가 숨을 들이켰다. 행복한 아픔이다.

오늘은 마포의 돼지껍질 식당에서 장성호와 조문수 둘이 만났는데 요즘은 자주 만나는 편이다. 남한의 대선이 끝났지만 반년쯤 후에는 남북한의 연방 대통령 선거가 있는 것이다. 1945년 해방이 된 후 한반도는 남북으로 분단됐으니 70여 년 만에 치르는 남북한 선거다. 통일 선거인 것이다. 오후 8시, 이제 남한 측 연방 대통령 후보는 서동수, 북한은 김동일로 결정됐으니 반년 후에 둘 중 하나가 연방 대통령이 된다. 현재 남북한의 연방준비위원회는 순조롭게 통치 체제를 확정 짓는 중이다.

"나왔군."

소주잔을 든 장성호가 말하자 조문수가 시선을 들었다. 옆쪽 벽에 걸린 TV에 민족당 원내총무 윤준호가 나왔다. 윤준호는 며칠 전 연방준비위원회 상임위원으로 발탁돼 정치권에서 소동이 일어났다. 민족당은 배신자라고 성토하고 제명할 분위기였는데 오늘 TV 인터뷰에 나온 것이다. 장성호와 조문수도 그 인터뷰 시간에 맞춰 돼지껍질 식당에 왔다. 술 마시면서 정치인을 안주로 씹는 재미가 있기 때문이다. 앵커와 윤준호가 인사말을 주고받을 때 조문수가 얼굴을 일그러뜨리며 말했다.

"철새 같은 놈들. 아마 서동수가 연방 대통령이 됐을 때 감투 하나 준다고 약속했겠지. 배신자."

장성호는 맞장구치지 않았다. 뻔했기 때문이다. 아마 시청자 100명 중 99명이 같은 생각일 것이다. 그때 앵커가 물었다.

"서동수 후보가 직접 요청했다고 하셨지요?"

"그렇습니다."

"윤 의원께서는 민족당의 중진이며 서 후보의 공생당과는 전혀 다른 이념과 철학을 갖고 계신 분으로 알려져 있습니다. 그런데 융화가 될 것 같습니까?"

"그래서 가는 겁니다."

어깨를 편 윤준호가 앵커를 똑바로 보았다.

"서 후보께서도 그걸 바라신 것이고요."

"자세히 말씀해 주시죠."

"서 후보는 남이건 북이건, 동서, 좌우를 가리지 않겠다고 했습니다. 나는 그 간단한 말에 공감한 겁니다."

"그렇습니까?"

여전히 앵커는 시큰둥한 표정이었고 옆 좌석에서 사내 하나가 '지랄하네' 하는 목소리도 들렸다. 그러나 10개쯤 되는 돼지껍질 식당의 테이블이 조금 조용해졌다. 장성호와 조문수는 잠자코 시선만 준다. 그때 윤준호가 말했다.

"생각해 보세요. 우리는 이제 남북한 대통합의 시기로 가야 합니다. 그것은 남북은 물론 동서, 좌우의 대립을 모두 포용하면서 나간다는 뜻입니다. 그래서 서 후보가 우선 저를 영입했다고 생각합니다."

"말이 되는군."

마침내 장성호가 술잔을 내려놓고 말했다. 조문수가 장성호를 쏘아보았다.

142

"저건 배신이 아니야."

"그럼 뭐냐?"

조문수가 물었을 때 윤준호의 목소리가 식당에 울렸다.

"우리는 너무 경직돼 있어요. 이제 곧 북한 출신 국방부 장관이, 보훈처장이 임명될 수도 있는 세상이 다가오고 있단 말입니다. 민족당 출신의 연방준비위원 정도는 아무것도 아닙니다. 우리는 이제 사고의 틀을 깨야 합니다."

조문수가 뻥한 표정으로 TV를 보았고 윤준호의 목소리가 이어졌다.

"서 후보는 저를 시범으로 내놓으면서 국민 여러분께 새로운 사고를 바라신 것 같습니다. 저는 시작일 뿐입니다."

그때 장성호가 이 사이로 말했다.

"서동수가 사람 보는 눈은 있군."

"저것이야말로 정치인의 능력이자 임무요."

윤준호의 얼굴을 보면서 서동수가 말했다. 이곳은 한랜드의 장관실, 서동수는 유병선과 안종관 그리고 서울에서 온 임창훈까지 넷이 둘러앉아 윤준호의 인터뷰 장면을 보는 중이다. 방송이 끝나가고 있었으므로 안종관이 리모컨으로 음소거를 했고 서동수가 말을 이었다.

"이곳저곳 눈치만 보고 여론조사에 따라 갈팡질팡할 바에는 차라리 대선에 나가지 않는 것이 나아요."

유병선과 안종관은 잠자코 들었지만 민족당 운동권 출신의 임창훈이 머리를 돌려 서동수를 보았다.

"후보님, 무슨 말씀이십니까?"

정색한 표정이다. 임창훈의 시선을 받은 서동수가 빙그레 웃었다.

"임 의원, 나도 멘토가 몇 분 있어요."

"예, 저도 들었습니다."

"그분들 말씀을 가슴에 담고 머릿속에 기억해두고 있지만 다 따르지는 않아요."

"이해합니다."

"통일 대한연방에 가장 필요한 것이 무엇이겠소?"

"모르겠습니다. 후보께서 말씀해주시지요."

"의욕이오."

숨을 들이켠 임창훈이 서동수를 보았지만 유병선과 안종관은 태연했다. 임창훈은 서동수의 대답이 의외였던 것 같다. '애국심'이나 '통합' '포용' 등을 예상했을 것이다. 서동수가 말을 이었다.

"내가 경험했는데 통치자가 그럴듯한 문자를 내걸고 시작한 운동은 다 실패했습니다. 임 의원도 알고 계실 거요."

"……."

"한민족 역사상 가장 성공적인 운동이 무엇인지 아시오?"

"모르겠는데요?"

"잘살아보세 운동이오."

임창훈이 유병선과 안종관을 보았으나 둘은 시선을 마주치지 않았다. 그들은 이미 알고 있는 것이다. 서동수가 웃음 띤 얼굴로 물었다.

"동의하시오?"

"일리가 있습니다."

"잘살아보세란 정책 목표는 아니었지만 잘살아보고 싶다는 의욕이 넘쳤던 거요."

"……."

"나는 그 의욕을 일으킬 작정이오. 그러려면 국민들의 가슴에 동기를 일으켜야겠지. 그 의욕의 동기."

"……."

"배려심 부족, 집단 이기주의, 좌절과 절망에 빠져 있는 국민에게 지금 조금씩 희망이 일어나고 있습니다. 그렇지 않은가요?"

"글쎄요."

대답은 그렇게 했지만 분위기는 변하고 있다. 대한연방으로의 통일 이전에 신의주특구와 한랜드 개척이 일조를 했을 것이다. 그 주인공이 바로 서동수다. 서동수가 똑바로 임창훈을 보았다.

"속물 서동수의 출세기가 젊은이들에게 희망을 줄 수도 있을 거요. 저런 속물이 제 장점만을 내세워 연방 대통령이 되려고 하는구나, 하고 말이오."

그리고는 서동수가 의자에 등을 붙였다.

"임 의원도 그 의욕을 만드는 데 동참해줘야겠소. 나도 머리에 한계가 있으니까. 임 의원의 머리는 나보다 더 명석하지 않소?"

"알겠습니다."

임창훈이 머리를 숙여 보이면서 말했다.

"대한연방은 새롭게 태어나야 한다는 말씀에 공감합니다."

서동수의 얼굴에 웃음이 떠올랐다.

"임 의원도 방금 윤 의원처럼 얼마든지 그 내용을 전개해나갈 수 있는 능력이 있는 분이오."

그리고 그렇게 만드는 것이 서동수의 능력이다.

1억8000만 원을 받았다. 본래 3억 원을 받기로 했는데 그 개 같은 놈들이 사기를 친 것이다. 처음에 한꺼번에 다 받았어야 했는데 전셋집 옮기는 것처럼 계약금, 중도금, 잔금으로 나눴다가 잔금을 못 받은 셈이다. TV 인터뷰만 끝내고 방송 나가기 전에 잔금을 준다고 한 것을 믿은 것이 잘못이다. 잔금을 못 받았으니 방영하지 말라고 방송국에다 연락할 수도 있지 않겠는가? 약속 위반으로 고소했다가는 교도소에 갈 수도 있을 것이다.

오후 3시 반, 이계성 변호사 사무실 앞에 선 박서현이 심호흡을 했다. 주저앉은 것이 하필이면 똥 위에 앉았다고 생각하자. 호사다마라는 말도 있지 않은가? 잘나가는 길에 잠깐 재수가 없었다고 치자. 1억8000만 원이나 벌었지 않은가? 잔금 1억2000만 원은 애초에 없었던 돈으로 치면 된다. TV에 나와서 별놈의 뒷소리를 다 들었지만 응원해주는 사람들도 있지 않았던가? 유명해진 덕에 화장품가게 주인이 50% 할인을 해주기도 했다. 다시 한 번 심호흡을 한 박서현이 사무실 안으로 들어섰다.

"어디서 오셨지요?"

여직원이 물었으므로 박서현이 눈썹을 찌푸린 얼굴로 시선을 주었다.

"오늘 3시 반에 약속을 했는데요."

"아, 박서현 씨죠?"

자리에서 일어선 여직원이 옆쪽 상담실로 안내했다. 얼핏 시선을 주었지만 변호사 사무실의 직원은 4명, 손님이 3명쯤 된다. 안쪽이 변호사 방이었는데 사무실도 꽤 넓었다. 이곳도 서초동의 변호사 타운이다. 상담실로 들어선 박서현은 그때야 선글라스를 벗고 자리에 앉았다. 소파 1조가 놓인 상담실은 깨끗했다.

"잠깐만 기다리세요."

사근사근 말한 여직원이 방을 나갔을 때 박서현이 다시 숨을 뱉었다. 이계성 변호사는 '대포차 관련 전문변호사'다. 인터넷에서 찾아내고 부랴부랴 약속을 잡았는데 내일 서초경찰서에 출두하기 전에 변호사하고 합의를 해야 한다. 그러지 않으면 교도소에 갈 수도 있다는 것이다. 전(前) 같으면 경찰에 걸리지 않았을지도 모른다. 대포차를 탄 지 1년이 넘었어도 잘만 타고 다녔던 것이다. 반의반 값에, 그것도 외제차를, 거기에다 세금, 보험료도 안 내고 타는 걸 누가 마다할 것인가? 그런데 TV에서 얼굴이 팔렸기 때문인지 멀쩡한 대낮에, 그것도 방배동 사거리에서 경찰차에 잡히다니, 호사다마다. 그때 방문이 열리더니 사내 하나가 들어섰다. 대머리, 건강한 체격, 말끔한 맞춤 양복에 반짝이는 구두, 얼굴에는 웃음이 떠올라 있다.

"기다리셨죠?"

앞쪽에 앉으면서 사내가 부드럽게 물었다. 사내한테서 옅은 향수 냄새가 났다. 변호사다.

"아뇨, 방금 왔어요."

"사무장한테 서류 보내주신 것 받아 보았습니다."

변호사가 지그시 박서현을 보았다.

"요즘 대포차 단속이 엄해져서요. 벌금 내고 끝내는 정도가 아닙니다. 각종 범죄에 이용되다 보니까 아주 골치 아프게 되었습니다."

변호사의 얼굴에서 웃음이 지워졌다.

"더구나 그 차는 3년 전에 도난당한 차인 데다 뺑소니 사고까지 일으켰더군요."

"네?"

박서현의 입에서 외마디 외침이 터졌다. 이게 웬 날벼락이냐? 그때 변호사가 긴 숨을 뱉었다.

"잘못하면 구속될지도 모르겠는데요."

"대포차로 주차 위반을 17회, 톨게이트 통행료를 75만 원 내지 않았고 기타 벌금이 325만 원가량 있습니다."

유병선이 외면한 채 말을 이었다.

"앞으로 더 드러날 것 같습니다, 후보님."

서동수가 스크랩 된 신문을 내려놨다. 박서현의 '대포차 사건'이다. 이제 다시 박서현이 매스컴의 주인공이 돼 있는 것이다. 박서현이 얼굴을 가리고 도망치는 사진도 있고 조금 전 TV에서는 박서현의 아파트도 비춰 주었다. 시체에 달려드는 하이에나 떼다. 남의 집에 맘대로 들어갈 수 없는데도 TV에서는 꼭 기자가 문손잡이를 잡고 들어가려는 시늉을 하는 장면을 비춰 준다. 상식이 있는 사람들은 "쟤가 미쳤나?" 하겠지만 모르는 사람들은 들어가서 박서현하고 인터뷰를 하려는 줄로 알 것이다.

"박서현 씨는 죄질이 나쁩니다. 여론도 좋지 않고요. 구속될지도 모릅니다."

말을 그친 유병선이 서동수의 눈치를 보았다. 드문 일이다. 유병선은 소신이 분명한 성품이다. 서동수의 심복이긴 했지만 자신의 주관을 숨긴 적이 없다. 선택은 서동수의 몫이지만 바른말을 해온 것이다. 그때 서동수가 탁자 위에 놓인 녹음기를 눈으로 가리켰다.

"내가 그 여자 목소리를 꼭 들어야겠나?"

녹음기는 유병선이 가져왔지만 아직 듣지 않았다. 박서현의 목소리가 녹음돼 있는 것이다. 유병선이 똑바로 서동수를 보았다.

"우선 듣고 결정하시지요."

서동수가 머리를 끄덕이자 유병선이 녹음기의 버튼을 눌렀다. 그러자 곧 박서현의 목소리가 울렸다.

"서동수 씨한테 전해 주세요."

"뭘 말씀입니까?"

그때 유병선이 중지 버튼을 누르고 설명했다.

"비서실의 조익성 과장이 받았습니다."

버튼에서 손을 떼자 곧 박서현의 목소리가 이어졌다.

"내가 민족당 홍보실의 최민호라는 사람한테서 1억8000만 원을 받았어요. 서동수 씨와의 결혼 생활을 고발하는 인터뷰 대가로 말이죠."

"아아, 예."

"내가 그것을 증언하겠어요. 민족당이 나를 돈으로 매수했다고요."

"아아, 예."

"될 수 있는 한 부정적인 요소를 많이 끼워 넣으라는 주문이 있었어요. 듣고 계세요?"

"예, 듣고 있습니다."

"제가 그 사람하고 이야기한 것을 녹음해 뒀거든요. 그걸 드릴 수도 있어요."

"녹음하셨다고요?"

조익성의 목소리에 긴장감이 섞였다.

"네, 그래요."

"그래서 그것을 고발하시겠다는 말씀입니까?"

"네."

"그런데 우리 장관님은 왜 찾으시는지요?"

"그 녹음테이프를 사세요. 도움이 되지 않겠어요?"

"무슨 말씀입니까?"

"민족당이 타격을 받지 않겠어요? 물론 나도 그들이 시킨 대로 한 잘못이 있지만 말이에요."

"아아, 예."

"서동수 씨는 돈이 많으니까 5억 원만 내라고 하세요. 내가 요즘 돈 쓸 곳이 많아서 그래요."

그때 다시 버튼을 누른 유병선이 서동수를 보았다.

"대포차 사건이 언론에 터지기 직전에 전화를 한 것 같습니다. 담당 변호사 이야기로는 상황을 듣더니 얼굴이 하얗게 질렸다고 하니까요."

4장 새바람

인사동의 한식당 방안, 한옥을 개조한 식당이어서 부엌은 주방이 되고 대청은 대기실이다. 안종관과 임창훈, 윤준호는 지금 안방에 둘러앉았다. 오후 7시 반, 오늘은 준비위 회의를 마치고 저녁을 먹으면서 술을 마시고 있다.

"연방정부 준비위가 잡탕이라는 비난이 쏟아지고 있어요."

임창훈이 쓴웃음을 짓고 말했다.

"물론 나도 그 잡탕에 일조를 하고 있지만 말입니다."

"나는 암살 목표가 되어 있다던데."

정색한 윤준호가 말을 받았다.

"배신자 100명 중에서 10위 안에 든답디다."

민족당에서 윤준호의 탈당을 시작으로 30여 명의 의원이 대거 공생당으로 당적을 옮겨왔기 때문이다. 대한민국은 지금 분열과 융합이 계속되고 있었는데 역사상 초유의 일이라고 했다. 그리고 신기한 것은 내부 분열이 핵폭탄처럼 매일 터지는데도 그 핵이 되는 서동수가 멀찍이 한랜드에 떨어져 있다는 것이다. 독이 오른 고정규는 서동수가 대한민국을 난장판으로 만들어 놓고 한랜드로 도망가서 오입질이나 한다고 독설을 퍼부었다. 그 말도 맞다. 대한민국은 극도의 혼란상태로 빠져들고 있었기 때문이다. 서동수가 연방 대통령 후보가 됨으로써 대통령 조수만의 영향력이 급격히 떨어졌다. 예상하고 있었던 일이었지만 정국은 혼란에 휩싸였으며 각 지역과 단체, 정파의 이기적 행동은 고삐 풀린 망아지가 날뛰는 것과 같았다. 공무원, 사법기관까지 복지부동이다. 곧 남북한연방이 되고 그 기운(氣運)을 받아 한랜드와 유라시아로 뻗어나간다는 한민족 최대의 도약, 한민족 5000년 역사상 최초의 웅대(雄大)한 진출, 그 구호는 언제부터인가 국민들의 머릿속에서 잊히기 시작했다. 지금 당장은 혼란, 갈등, 상대에 대한 분노 그리고 이렇게 만든 정치권, 결국은 서동수에게로 초점이 맞춰지고 있다. 그때 임창훈이 안종관에게 물었다.

"후보께서는 언제 오신다고 합니까?"

"글쎄요."

술잔을 든 안종관이 머리를 기울였다.

"때가 되면 오시겠지요."

"조 대통령도 후보께서 나서 주시기를 바라고 계시는 것 같던데요."

이번에는 윤준호가 말했다. 대통령 조수만은 임기를 마친 후에는 연방정부의 남한 총리를 맡을 예정이었다. 물론 서동수가 연방 대통령이 됐을 때다. 그러니 지금 공동 통치식으로 남한의 혼란을 수습하기를 바라고 있다. 그때 안종관이 말했다.

"예상하고 있는 사람들도 있던데요."

152

둘의 시선을 받은 안종관의 얼굴에 웃음이 떠올랐다.

"곪은 것이 다 터졌을 때 치료하기 쉽다는 말도 있지 않습니까?"

"그렇다면 문제가 다 드러날 때까지 기다리신단 말씀이오?"

윤준호가 묻자 안종관이 머리를 저었다.

"그런 건의를 한 적은 없습니다."

"기다리다가 잘못될 수도 있습니다."

이번에는 임창훈이 말했다. 술잔을 내려놓은 임창훈이 다시 말을 이었다.

"서민들은 당장 먹고살 일을 걱정하고 있단 말입니다. 벌써 한 달 사이에 물가가 5%나 뛰었고 부동산 거래가 급락했습니다. 갑자기 거품이 꺼지는 현상이 일어난다고 하지 않습니까?"

"준비위가 구름 잡는 일만 한다는 말도 돌기 시작하고요."

어깨를 늘어뜨린 윤준호가 말했을 때 안종관이 한입에 소주를 삼켰다. 어느덧 얼굴이 굳어 있다.

"하긴 더울수록 작은 바람이 시원한 법이지요. 기다려 보십시다."

"다 만족하게 할 수는 없는 일이야."

유병선이 보고를 마쳤을 때 서동수가 바로 말했다.

자리에서 일어선 서동수가 창가로 다가가 섰다. 오후 3시 반, 한랜드의 오후다. 하늘은 티 한 점 없이 파랗고 맑은 햇살이 대지를 씻는 듯이 비추고 있다. 팔짱을 낀 채 한시티를 내려다보면서 서동수가 말을 이었다.

"가능한 한 불평과 불만을 줄이도록 최대한 노력을 해야겠지."

"……"

"하지만 일단 대의로 결정이 됐을 때 법은 가차 없이 집행한다."

"……."

"참 쉬운 일 같지만 지금까지 제대로 집행된 적이 없는 일이지."

서동수의 얼굴에 쓴웃음이 번졌다.

"가장 속물(俗物)이 한번 보여줄 테다."

"지금 한국 사태는 나사 풀린 기계의 상황과 같습니다."

옆으로 다가선 유병선이 같이 창밖을 내다보면서 말을 이었다.

"연방준비위가 만드는 대한연방의 골격에 각 이권 단체와 정파, 지역 이기주의, 그리고 좌우의 주도권 다툼이 시간이 지날수록 격렬해지고 있습니다."

바로 이것 때문이다. 연방 대통령에 서동수가 당선되면 연방준비위가 작성한 안(案)이 곧 연방 통치의 기준이 된다. 지금 위력을 보여야만 이권을 놓치지 않는다. 거기에다 정권 방해 세력, 아직도 미련을 버리지 못한 민족당 일부는 북한의 민생당과 비밀리에 공동전선을 구축하고 내분을 조장하고 있다.

"내버려둬."

서동수가 던지듯 말했지만 유병선은 담담하게 받아들였다. 예상하고 있었다는 태도다. 서동수가 말을 이었다.

"대다수 국민은 기다리고 있어."

"하지만 자신의 이익에는 민감하게 반응합니다. 이것은 어느 나라, 어느 시대에도 마찬가지입니다, 후보님."

"나는 자주 내가 왜 지금의 내가 되었는가를 생각해 본다네."

서동수가 웃음 띤 얼굴로 유병선을 보았다. 둘은 자주 대화를 나눴지만 이 이야기는 처음 들었으므로 유병선이 긴장했다. 서동수가 창밖을 본 채 말을 이었다.

"운, 능력, 시대, 다 갖다 붙이면 맞겠지, 성공한 사람은 물론이고 실패한 사람까지 말이네."

"……."

"내가 생각해낸 장점이 있어. 유 실장은 아나?"

"말씀 흩트리기 싫습니다. 말씀해 주십시오."

유병선이 정중하게 말하자 서동수가 쓴웃음을 지었다.

"노련해졌군."

"저는 서동수란 자동차의 엔진오일 같은 존재입니다."

"저것 봐."

"말씀해 주시지요."

"난 욕심이 많았어. 알고 있지?"

"그러셨지요."

"그런데 신의주 장관이 될 무렵, 아니, 동성이 대기업으로 도약했을 때쯤인가? 어느 시기에 갑자기 욕심이 없어졌어."

눈을 가늘게 뜬 서동수가 시베리아의 햇빛에 덮인 한시티를 내려다보았다.

"내가 가진 동성의 재산, 또는 신의주 장관의 지위, 또는 한랜드 장관, 그리고 연방 대통령 후보가 된 지금도 마찬가지야."

심호흡을 한 서동수가 말을 이었다.

"다 내놓을 수 있었어. 지금도 그렇고. 그랬더니 어느새 이렇게 된 거야."

유병선은 창밖으로 시선을 둔 채 대답하지 않았다. 서동수는 박서현에게 5억 원을 보내주고 녹음테이프는 받지 않았다.

"아빠 왔다."

현관으로 들어선 김광도가 소리치자 장현주가 질색을 했다.

"정호 자요."

오전 1시 반이 되어 있었으니 당연히 잘 시간이다. 입맛을 다신 김광도가 코트를 벗어 장현주에게 건네주었다. 내일 낮에 만나는 수밖에 없다.

"왜요? 실망했어요?"

방으로 따라 들어온 장현주가 웃음 띤 얼굴로 묻는다. 불빛에 비친 얼굴에 윤기가 흘렀고 옅은 향수 냄새도 맡아졌다. 스웨터를 벗어 건네주자 장현주가 또 묻는다.

"술 마셨어요?"

"조금."

장현주는 8개월 전에 아들 정호를 낳았고 늦었지만 두 달 전에 김광도는 부모님을 한시티로 모셔와 장현주와 정호를 인사시켰다. 장현주가 정호를 임신했을 때 부모에게 이실직고를 했던 것이다. 이제 김광도는 가장이 됐다. 공인된 가장이다. 옷을 갈아입은 김광도가 잠이 든 정호를 내려다볼 때 다가온 장현주가 물었다.

"우리가 정호 데리고 평양에는 언제 가게 될까요?"

"1년쯤 후면 되겠지."

장현주가 바짝 몸을 붙이더니 김광도의 허리를 팔로 감았다.

"흥분돼요."

"이틀 전에도 했잖아?"

"아니, 그게 아니라……."

눈을 흘긴 장현주의 얼굴을 본 김광도가 저도 모르게 허리를 감아 안았다.

"당신 애 낳고서 색기가 많아졌어."

"색기라뇨?"

하체를 딱 붙인 장현주의 눈이 번들거리고 있다. 김광도가 장현주의 가운을 들췄다. 예상대로 장현주는 가운 밑에 아무것도 걸치지 않았다.

"이것 봐."

"다 씻었어요."

"오늘도 거기 빨아줘?"

그때 장현주가 김광도의 파자마 안으로 손을 집어넣었다.

"봐, 애도 준비가 돼 있네."

장현주가 김광도의 남성을 움켜쥐며 웃었다. 상기된 얼굴에 끌려든 것처럼 김광도가 입술을 붙였다. 장현주가 입을 벌리면서 혀를 내밀었다. 방안에는 가쁜 숨소리와 이에 섞인 신음이 울렸다.

"침대로 가요."

장현주가 가쁜 숨을 몰아쉬며 말했다.

"내가 오늘은 위에서 할게요."

"변했다니까."

"변해야죠."

김광도의 팔을 끌고 침대로 다가간 장현주가 먼저 김광도의 옷을 벗겼다. 그러고는 서둘러 가운을 벗어 던졌는데 풍만한 알몸이 그대로 드러났다. 침대에 누운 김광도가 다가오는 장현주에게 말했다.

"평양에다 유라시아그룹 유흥단지를 만들 계획이야."

그때 장현주가 김광도의 남성을 입에 물었다. 머리칼이 흩어진 장현주의 얼굴이 더 상기돼 있다. 숨을 들이켠 김광도가 말을 이었다.

"아마 평양에서는 이곳 한랜드보다 두 배쯤 빨리 기반이 잡힐 거야."

그때 머리를 든 장현주가 몸을 세우더니 김광도의 몸 위에 올랐다. 그러고는 남성을 쥐더니 골짜기에 붙였다. 장현주의 시선이 떼어지지 않는다. 그 순간 김광도는 숨을 들이켰고 장현주는 입을 딱 벌렸다. 김광도가 장현주의 허리를 움켜쥐었다. 그때 장현주가 말을 타듯 흔들었다.

"아아아."

장현주의 신음이 방안을 울렸다. 마음껏 지르는 탄성이다. 오늘은 더 크다.

"이런 상황에서는 어떤 처방도 효력이 없습니다."

윤준호가 말했다. 윤준호가 누구인가? 민족당 원내총무 출신으로 지금도 민족당에서 배신자 소리를 듣고 있는 데다 암살 목표가 돼 있다는 소문까지 난 인물이다.

"일제가 식민지 시절부터 만들어서 유포시켰다는 한민족에 대한 평가가 맞는 것 같습니다."

"그게 뭔데요?"

안종관이 묻자 윤준호가 힐끗 서동수를 보았다.

"사색당쟁, 밤낮으로 당파 싸움만 하는 바람에 나라꼴이 제대로 된 적이 없었다는 것이지요."

윤준호는 대충 말했지만 둘러앉은 인사들은 모두 짐작하고 있다.

임진왜란 전에 일본으로 보낸 사신들이 돌아왔을 때 정사(正使)인 서인 황윤길은 도요토미 히데요시(豊臣秀吉)가 틀림없이 침공할 것이라고 주장한 반면, 부사(副使)인 동인 김성일은 히데요시는 쥐 같은 인상이니 그럴 위인이 아니라고 극구 부인했다. 임진왜란이 일어나자 선조는 김성일을 죽이려고 불러들였다가 도로 풀어주고 오히려 초유사로 임명했다. 역사는 오직 승자, 집권자의 기록이다. 동인이 기록한 사료에는 김성일이 다만 황윤길의 말이 지나쳐서 민심이 놀라 당황할 것 같아 그랬다고 변명해 주고 있다. 이것이 현실이다. 7년 동안 조선 땅을 유린한 왜적의 후손들이 다시 36년 동안 한반도를 지배하면서 이런 조선 역사를 가르쳤을 것이다.

그때 안종관이 혼잣소리처럼 말했다.

"일제가 부정적인 역사관을 주입한 건 맞습니다. 지금도 그 잔재가 있고요."

오후 3시 반, 서동수는 지금 여의도의 연방준비위원회 회의실에 앉아 있다. 오전에 서울로 온 것이다. 원탁에는 위원회 간부들이 둘러앉았는데 안종관, 윤준호, 임창훈 등 10여 명이다.

그때 서동수가 헛기침을 하더니 입을 열었다.

"금방 윤 의원께서 백약이 무효라고 말씀하셨는데 지금 같은 현실에서는 맞는 말씀입니다."

서동수의 얼굴에 쓴웃음이 번졌다. 끝없이 분규가 일어나고 있다. SNS 시대여서 동조자를 끌어 모으는 건 금방이다. 군(軍) 시설 하나 옮기는 데도 지역 주민들의 반발로 몇 년이 걸린다. 결정이 다 됐어도 현장에서 군인이 주민한테 두들겨 맞은 적도 있다. 어느 지역에서는 군 트럭에 총을 든 군인들이 타고 지나가려 하자 주민들이 가로막은 적도 있다. 공포 분위기를 조장해서 관광객이 모이지 않는다는 것이다. 지역

이기주의가 극에 달했고 그것이 세계적으로 웃음거리가 되고 있는데도 상관하지 않는다. 이권 단체, 이제는 정부 조직까지 이기주의에 편승하고 있다. 서동수가 말을 이었다.

"이러다가 통일도 되기 전에 나라가 망할지도 모르겠어요."

그때 진기섭이 말했다.

"차라리 반대 세력의 중심축 역할을 하고 있는 민족당이 남북한연방을 통치해 보라고 하는 것이 낫겠다는 생각까지 듭니다."

시선이 모아졌고 진기섭이 어깨를 폈다.

"북한이 연방을 장악하게 되면 노조가 어떻게 될 것인지, 지금 난리치는 이권 단체가 어떻게 될 것인지를 반면교사식으로 알려줘야 한다는 생각이 듭니다."

"맞습니다."

옆쪽에 앉아 있던 오성호가 맞장구를 쳤다.

"대안도 없이 발목만 잡는 인간들에게 그 책임을 엄중하게 물어야만 합니다."

서동수가 머리를 끄덕였다.

"새바람이 필요해요."

그렇게 말했지만 모두의 얼굴은 시큰둥했다. 누구는 제갈공명이 5명 나와도 안 된다고 했다.

"뭐? 대국민 성명을 발표해?"

되물은 고정규가 비서관을 보았다. 오후 5시, 민족당 대표실에는 고정규와 원내총무가 된 안동학 등 간부 대여섯 명이 모여 앉아 있다. 방안이 조용해졌다.

"뭘 발표한다는 거야?"

고정규가 다그치듯 묻자 비서관이 대답했다.

"예. 시국 성명이라고 하는데 자세한 내용은 파악이 안 됩니다."

"이게 무슨 수작이야?"

눈썹을 찌푸린 고정규가 이제는 간부들을 둘러보았다.

"이자가 기세를 몰아서 계엄령이라도 선포하겠다는 거야 뭐야?"

"그럴 수야 있겠습니까?"

쓴웃음을 지은 안동학이 고정규를 보았다.

"요즘은 SNS 때문에 쿠데타도 못 합니다. 군대가 조금만 움직여도 사진 찍혀서 몇 분 만에 전국으로 퍼지는데요, 뭘."

"그럼 무슨 성명이지?"

대답하는 사람이 없었으므로 고정규는 쓴웃음을 지었다.

"일부다처제를 시행하겠다는 건가? 그자한테 딱 어울리는 안건 인데."

그러자 모두 웃는 시늉은 했지만 대꾸하는 사람은 없다. 그날 오후 8시가 됐을 때 서동수가 3개 방송국 화면에 등장했다. 6시간 전 예고를 했는데도 황금 시간대라 국민이 TV 화면 앞에 앉았다. 3사(社) 종합 시청률은 37%, 이것만으로도 엄청난 반응이다. 서동수가 똑바로 화면을 보았을 때 박만수와 정기현은 소주잔을 쥔 채 기다렸다. 둘 다 작년에 대학을 졸업하고 1년 반 동안 실업자 상태, 그동안 아르바이트를 여러 가지 했지만 직장에 다녔다고 말할 수는 없다. 서동수가 입을 열었다.

"국민 여러분, 이대로 남북한연방, 남북한 통일 시대를 맞을 수는 없습니다."

서동수가 분명하게 말했다. 이제 국민은 서동수의 연설 스타일에 익숙해졌는데 짧고, 쉽고, 단순하다는 것이다. 전 대통령들은 어려운 단어를 찾아내 길고 듣기 좋게 늘어놓는 것을 좋아했는데 연설 기획관이 아무리 잘 써도 소용없다. 대통령의 스타일에 따라 다 뜯어고쳐야 하기 때문이다. 서동수가 말을 이었다.

"이러한 좌우, 지역 갈등, 그리고 이권 단체 간의 이기주의를 청산하지 못하면 남북통일이 돼도 필요 없습니다."

서동수의 눈빛이 강해졌다.

"그래서 나는 오늘 국가개혁위원회를 설치하는 것에 대한 국민투표를 제안합니다. 이 제안은 곧 공생당에서 발의, 국회에서 통과하면 한 달 안에 국민투표를 실시하게 될 것입니다."

"국가개혁위원회?"

술잔을 쥔 채 박만수가 물었다.

"이건 쿠데타 후의 국보위가 떠오르는데?"

"시발 국보위면 어때?"

정기현이 한 모금 술을 삼켰다.

"개판인 나라를 잡아야지. 이대로 가다가는 남북연방이고 지랄이고 다 김빠진 맥주가 된다."

"난 취업이나 하면 혁명위라도 상관없다."

그때 서동수가 말을 이었다.

"국개위는 국무위, 산업위, 민생위 3개 위원회로 나뉠 것이며 당분간 국개위에서 모든 국정을 총괄, 집행하게 될 것입니다."

"이건 쿠데타로군."

옆 좌석의 사내들이 떠들었다.

"국개위가 바로 혁명위원회고 서동수가 혁명군 사령관이야!"

"서동수가 이렇게 해서 독재를 하겠다는 것이군, 개새끼."

정기현과 박만수가 서로의 얼굴을 보았을 때 서동수가 말을 맺는다.

"그렇습니다. 국개위 국민투표가 통과되면 그 다음 날부터 대한민국의 집단 이기주의는 사라지게 될 것입니다. 그리고……."

어깨를 부풀린 서동수가 정기현과 박만수를 보았다.

"대한민국에 청년 실업자도 없어집니다."

한랜드로 날아가는 비행기 안이다. 앞쪽 서동수의 전용실에는 안종관과 하선옥이 들어와 있었는데 둘 다 손에 수첩과 펜을 쥐고 있다. 서동수의 말을 메모하고 있다.

"국개위 명단에 양대 노총 전·현(前現) 위원장들을 포함하도록."

안종관이 머리를 들었다가 그냥 메모했다. 서동수가 말을 이었다.

"이익 단체 대표 중 국개위에 참여하고 싶은 인사는 신청하면 적극적으로 영입할 테니까."

이번엔 서동수가 하선옥에게 말했다.

"국개위 국민투표 때 국개위의 필요성과 함께 그것을 홍보하도록 해."

"예, 후보님."

"혁명이라고 선전해도 돼. 혁명이란 말을 두려워하거나 꺼릴 필요 없어."

"예, 후보님."

하선옥이 막둥이처럼 대답만 하는 것이 불안한지 안종관이 힐끗 시선을 주었다. 다시 서동수가 말을 이었다.

"가능하면 토론회를 많이 열도록. 비판자들을 등장시키는 것이 좋겠어."

"예, 후보님."

그때 안종관이 헛기침을 했다.

"국민투표는 내일 국회에서 가결될 것입니다만 반대 시위가 격화될 듯합니다."

이미 서동수가 성명을 발표한 다음 날부터 서울에서 시위가 일어났다. 민족당 대표 고정규가 서울시청 앞에서 성명을 발표하고 결사 투쟁을 다짐했다. 그러나 국회에서는 내일 국민투표안이 가결될 것이다. 민족당이 결사 저지할 테지만 공생당은 217석을 차지하고 있다. 민주주의는 다수결을 원칙으로 한다. 안종관의 시선을 받은 서동수가 머리를 끄덕였다.

"가만있는다면 국민투표를 할 필요도 없는 거지, 안 그런가?"

"그렇긴 합니다만."

"시위가 격렬할수록 국민투표 필요성이 높아질 거야."

"그렇습니다."

이번에는 하선옥이 동의했다. 서동수가 둘을 번갈아 보았다.

"국개위의 필요성을 홍보하고 저들은 반대하는 거지. 내일 국회에서 국민투표법이 통과되면 한 달 동안 양측이 전력을 다해서 싸우는 거야."

서동수의 얼굴에 웃음이 떠올랐다.

"국민은 한 달 후에 선택하겠지."

서동수가 말을 이었다.

"그래, 혁명. 쿠데타라고 해도 좋아."

"……"

"한 달 후 국민은 혁명을 원하는지, 이 상태를 원하는지 선택하게 돼."

머리를 든 서동수가 다시 하선옥을 보았다.

"국개위가 설치되고 운용이 시작되면 대한민국에 새바람이 불 테니까."

하선옥이 다시 메모했다. 비행기는 북한 상공을 통과해 북상하고 있었는데 하늘은 구름 한 점 없이 푸르다. 회의를 마친 서동수가 혼자 방에 남았다. 며칠 전에는 군부대가 옮아오지 못하도록 지역민들의 시위가 일어났고 그전에는 화장장을 옮기라는 주민과 국회의원의 시위가 있었다. 서울시청 앞에는 시위대가 끊이지 않고 대기업 노조는 지금도 결사투쟁 중이다. 공권력은 실종됐고 법보다 '떼법'이 우선된 지 오래됐다. 경찰서 안에서 경찰관에게 대들고 폭행하는 나라는 대한민국뿐일 것이다. 그런데도 관광객들에게는 치안이 최고 수준인 국가였으니 경찰의 노고와 능력은 칭찬해줘야만 한다. 그때 문이 열리더니 하선옥이 들어섰다. 손에 메모지를 들고 있으니 업무 때문에 들어온 것 같다. 하선옥이 수줍게 웃었다.

"저 부르지 않으셨어요?"

"언제?"

"아까 저 보실 때."

다가선 하선옥이 눈웃음을 쳤다.

"제가 어깨 주물러드릴까요?"

하선옥이 메모지를 내려놓았다.

"이리 와."

서동수가 하선옥의 허리를 끌어당겼다. 하선옥을 무릎 위에 앉힌 서동수가 상반신을 비스듬히 하고는 입을 맞췄다. 두 팔로 서동수의 목을 감은 하선옥이 눈을 감았다. 그러고는 입을 벌려 혀를 내밀었다. 서동수는 달콤한 젤리 같은 하선옥의 혀를 빨았다. 방안에 거친 숨소리가 이어졌다. 서동수의 손이 하선옥의 스커트를 들치고는 팬티 안으로 들어갔다. 그 순간 하선옥이 허리를 비틀면서 두 다리를 벌렸다.

"그냥 해줘요."

하선옥이 두 다리로 서동수의 손을 조이면서 말했다. 얼굴이 상기됐고 눈동자가 풀려 있다.

"나 아까부터 흥분됐어요."

"왜?"

"말씀하실 때."

하선옥이 다리를 들어 서동수가 팬티를 끌어내리는 것을 거들어 준다.

"저를 바라볼 때마다 전류가 닿는 것 같았어요."

팬티가 내려지자 하선옥이 서동수의 바지 지퍼를 풀었다. 서두는 바람에 손이 미끄러졌다. 바지와 팬티가 무릎 위까지 내려졌을 때 하선옥이 소파에 먼저 누웠다.

"넣어줘요."

하선옥이 한쪽 다리를 소파 위로 걸치면서 말했다. 그때 선홍빛 골짜기 안이 환하게 드러났다. 숨을 들이켠 서동수가 입술 끝을 비틀고 웃었다.

"요부구나."

"그렇게 만드신 거죠."

서동수가 하선옥의 몸 위에 올라 남성을 골짜기에 붙였다. 하선옥이 그 순간에는 숨까지 죽인 채 기다렸다. 두 손으로 서동수의 어깨를 움

166

켜쥐었고 두 눈은 크게 떴지만 흐리다. 반쯤 벌린 입에서 가쁜 숨이 나오고 있다. 그 순간이다.

"아."

하선옥이 짧은 비명을 뱉으면서 서동수의 어깨를 움켜쥐었다. 입이 딱 벌어졌고 머리가 뒤로 젖혀지면서 턱이 치켜 올려졌다.

"아이구, 좋아."

하선옥이 탄성을 뱉었다. 그 순간 서동수도 뜨거운 동굴 안으로 온몸이 빨려드는 느낌을 받았다. 습기가 배어나기 시작한 하선옥의 동굴은 탄력이 강했다. 서동수를 힘껏 껴안는 것 같다. 끝까지 진입한 서동수의 남성이 천천히 물러 나왔을 때 하선옥이 어깨를 당기는 시늉을 하면서 신음했다.

"아아아, 여보."

서동수는 다시 거칠게 진입했다. 방안에 폭풍이 휘몰아친다. 하선옥은 신음을 줄이려고 이를 악물었다가 나중에는 제 손으로 입을 틀어막기도 한다. 소파는 지진이 난 것처럼 흔들렸지만 몸은 비행기처럼 푸른 허공에 그냥 떠 있는 것만 같다. 이윽고 하선옥이 절정으로 솟기 시작했다. 허리가 거칠게 솟구치다가 서동수와 리듬이 맞지 않아 몇 번 어긋나더니 곧 몸이 경직되기 시작했다. 오늘은 빠르다. 서둘렀기 때문일 것이다.

"으음."

손을 입으로 막았기 때문에 신음은 그렇게 이어졌다. 이윽고 하선옥이 입에서 손을 떼고는 거친 숨을 뱉는다. 그 모습에 감동한 서동수가 입을 맞추면서 말했다.

"고맙다."

당장에 떠오른 찬사가 그것이다. 하선옥이 눈동자의 초점을 잡더니 서동수를 보았다.

"또 저만 했지요?"

"다음에 하려고 아낀 거야."

"제가 고맙죠."

가쁜 숨을 뱉으면서 하선옥이 일어나려고 했으므로 서동수가 몸을 떼었다. 하선옥이 팬티를 찾아 입으면서 서동수에게 묻는다.

"스트레스 풀리셨어요?"

잠자코 바지 지퍼를 올리는 서동수를 향해 하선옥이 얼굴을 펴고 웃었다. 아름답다.

국가개혁위원회 설립 국민투표법은 국회에서 민족당의 결사반대에도 불구하고 가결됐다. 공생당 의원이 217명이었는데 287명 투표에 227명이 찬성했으니 민족당 반란표가 최소 10표는 된다. 민족당 강경 세력이 연단에 드러눕고 의자를 던지는 소동은 전국에 TV로 방영됐다. 국민투표법이 가결된 후 실시한 여론조사에서도 3개 조사기관 평균 76%가 국개위 설립을 찬성했다.

"뭐라고? 위원장이?"

민노총 부위원장 안병학이 버럭 소리를 질렀다. 국개위 국민투표가 국회에서 통과된 다음 날 오후, 광화문 민노총 부위원장실 안이다. 안병학 앞에는 홍보부장 조길준이 서 있었는데 얼굴이 일그러졌다.

"그게 정말이야?"

"예, 제가 전화를 받았습니다."

외면한 조길준이 말을 이었다.

"내일 아침에 위원장 사직서를 위원회에 제출한다는 겁니다."

"아니, 나한테는 말 한마디 않고."

"연락하신다고 했습니다."

"왜?"

"그 이유는 부위원장께 말씀하시겠지요."

"아, 시발."

"부위원장님은 짐작 가시는 일이 없습니까?"

"국개위에 가려는 거야."

안병학이 눈을 치켜떴다.

"사쿠라들의 수작이지. 호랑이를 잡으려면 호랑이 굴로 들어간다는 식으로 위장하는 것."

"그럴 리가요."

"두고 봐라."

"하지만 그 방법이 최선 아니겠습니까? 지금 여론조사를 봐도……."

"여론 같은 소리 하고 자빠졌네."

안병학이 어깨를 부풀렸다.

"그까짓 양은 냄비 같은 여론, 열흘 이상 가는 여론 있었냐? 내놔 봐. 있다면 내 손가락을 자를 테니까."

"……."

"한국인의 위대성이 뭔지 알아? 잘 잊는다는 거야. 어제의 원수가 오늘 친구가 되고 또 그 반대가 돼. 그렇게 발전을 이룬 거라고."

조길준이 숨만 뱉었다. 귀에 걸면 귀걸이, 코에 걸면 코걸이가 되는 말이지만 자극적이며 공감도 간다. 방안에 정적이 흘렀다. 어쨌든 민노총 위원장이 국개위에 참여한다면 특종감이다.

일단은 국가 개혁에 동조하는 것으로 봐도 되기 때문이다. 그때 책자 위에 놓인 핸드폰이 울리자 안병학이 집었다. 발신자는 위원장 최만철이다.

"예, 위원장님."

"저기, 내 이야기 들었지?"

"어떻게 된 일입니까?"

"나 부위원장한테 민노총 맡기고 국개위에서 투쟁하려고."

"그게 말이 됩니까?"

안병학의 목소리가 높아졌다.

"그놈들이 어떤 놈들이라고 내부에서 투쟁한다는 겁니까? 그러시면 안 됩니다."

"나하고 손발을 맞추자고. 그 방법밖에 없어."

"그럼 위원장은 배신자가 되는 겁니다."

"누구한테?"

"누군 누굽니까?"

버럭 소리쳤던 안병학이 어깨를 흔들면서 소리 없이 웃었다. 그것을 조길준이 유심히 보고 있다. 그때 최만철이 말했다.

"그래, 내가 배신자가 될 테니까 당신은 영웅이 되라고, 민노총의 영웅."

"비꼬지 말아요!"

"다른 방법이 없어. 민노총을 살리려면 내가 역적이 되는 수밖에."

안병학이 숨을 들이켜자 최만철이 말을 이었다.

"나를 매도하라고. 나는 계속해서 민노총의 또 다른 면을 국민에게 보일 테니까. 국민에게 말이야."

"연방이 되기 전에 남한부터 새바람을 일으킵시다."

민족당 원내총무 출신 윤준호가 눈을 부릅뜨고 말했다.

"우리 모두 감동을 만듭시다!"

서울역 대합실에 모인 여행객들은 TV 화면에 나온 윤준호를 무심한 표정으로 보다가 일어섰다.

"감동을 만듭시다."

KTX를 타려고 계단을 내려가던 조문수가 혼잣소리처럼 말하자 윤재일이 피식 웃었다.

"어제는 서울 어떤 택시회사에서 '감동 만들기' 운동을 시작했더라고요."

비웃던 조문수가 발을 헛디뎌 하마터면 계단 아래로 굴러떨어질 뻔하다가 겨우 두 발로 섰다.

"어이구, 진땀이야. 시발."

사람들의 시선이 모였지만 조문수가 겁에 질린 표정으로 몸서리치는 시늉을 했다.

"시발, 진짜 감동했네."

"감동 운동이 재미있어요."

조문수 1년 후배인 윤재일은 이번 국개위가 벌이는 감동 운동에 긍정적이다. 둘은 '대마도 관광'의 새로운 계획을 세우라는 본부장의 지시를 받고 대마도로 가는 중이다. 부산행 KTX는 정시에 출발했다. 오전 10시 반이다. 창밖을 내다보다 조문수가 윤재일에게 물었다. 윤재일은 후배지만 실적이 뛰어나 조문수의 경쟁 상대다.

"감동 운동이 재미있어?"

"단순하잖아요. 금방 이해가 가고."

웃음 띤 얼굴로 윤재일이 말을 이었다.

"사방에 감동이 널려 있다는 것이 드러나고 있어요."

"어디 있다고?"

조문수가 주위를 둘러보는 시늉을 하자 윤재일이 다시 웃었다.

"그런 눈으로 보면 안 되죠."

"안경 써야 돼?"

"감동을 느끼고 싶은 눈, 긍정적인 눈."

"젠장, 세상이 어디 그런가?"

"어때서요?"

"다 지랄 같지 않아? 서로 잡아먹으려고 안달하고."

"조 선배도 바꿔야 해요."

기분이 상한 조문수가 이맛살만 찌푸렸고 윤재일이 말을 이었다.

"긍정적인 태도, 적극적인 자세."

"아, 시발 시끄러워."

그때 앞쪽 천장에 걸린 TV에 뒤집힌 소형차가 나왔다. 코너를 돌다가 뒤집어진 것이다. 그러자 뒤쪽의 승용차, 트럭들이 차례로 멈춰 서면서 승객들이 뛰어 나왔다. 수십 명이다. 그들은 일제히 소형차에 달려들어 순식간에 차를 바로 세웠다. 그리고 몇 명이 문을 열자 차 안에서 젊은 부부와 어린아이 둘이 나왔다. 모두 무사한 것이다. 그것을 본 주위 남녀가 일제히 박수를 쳤다. 그때 화면에 큰 글씨로 '감동을 만듭시다'는 자막이 떴다. 열차 안의 승객들은 모두 그것을 본다.

"저런 감동이 모여서 큰바람이 일어나는 겁니다. 새바람이 말이죠."

윤재일이 화면을 응시하며 말했다.

"우리 여행사에서도 감동 운동을 해야겠어요."

"응? 누가?"

"누구든지, 선배도 일으켜 보시지 그래요?"

"내가 무슨……."

의자에 등을 붙인 조문수가 길게 숨을 뱉었다. 윤미선과 잘나가다가 끝난 것도 자신의 이런 태도 때문인지 모른다는 생각이 든 것이다. 현실에 쫓기다 보니 눈앞만 보고 일희일비했다. 그럼 어쩌란 말인가? KTX는 이제 시속 300㎞로 달려가고 있다. 그때 윤재일이 혼잣소리처럼 말했다.

"가만 생각하니까 '감동 운동'은 미래에 대한 '희망 운동'이에요. 감동의 다음 과정이 희망인 것 같거든요. 그것이 새바람이고."

3개 국영 방송사와 5개 종편이 서동수와 인터뷰를 한 것은 국민투표가 15일 남았을 때다. 그동안 국민투표 반대 진영의 인터뷰와 캠페인은 제한 없이 방송됐고 고정규도 세 번이나 특집 프로에 출연했는데 서동수는 이번이 처음이다. 지금까지 '새바람 운동'이 궤도에 올라 신선한 분위기는 만들어지고 있었지만 아직 미풍이었다. 인터뷰는 한랜드 청사에서 열렸는데 생방송으로 진행됐다.

"국가개혁위원회가 발족하면 가장 중점적으로 추진하실 업무가 무엇입니까?"

대한신문 기자가 맨 먼저 물었는데 물론 미리 순번과 질문 내용이 정해진 상태다. 시청률은 42%, 오후 2시다. 서동수가 입을 열었다.

"화합이죠. 그동안 국개위 준비위원들이 여러 번 말씀하신 것으로 압니다."

"새바람 운동으로 동력을 받으실 계획이지요?"

"그렇습니다."

"가능할까요?"

"확신합니다."

여기까지는 정해진 질문과 답변이었다. 그때 기자가 다시 물었다.

"국개위법이 통과되면 초법적 권한을 행사할 수 있게 됩니다. 국개 위가 혁명군처럼 군림하게 될 수도 있습니다. 그렇지 않습니까?"

"그럴 수도 있습니다."

그 순간 TV를 보던 시청자들이 긴장했다.

현장에 있던 유병선, 안종관, 윤준호 등도 마찬가지다. 또 서동수가 돌출 행동을 한 것이다. 본래의 대답은 '아니요'였다. 그때 마이크를 넘 겨받은 극동신문의 기자가 눈을 치켜뜨고 물었다.

"구체적으로 어떻게 하시겠다는 말씀입니까?"

이건 정해진 질문이 아니다. 기자의 본성이 튀어나와 말꼬리를 잡은 것이다.

"님비(NIMBY)현상 또는 집단 이기주의는 용납 안 합니다. 그런 분들 까지 배려해 드릴 여유가 없습니다. 새바람에 동승하지 않으신다면 방 해하지 못하게 해드려야지요."

"어떻게 말입니까?"

"질문 순서를 넘기시지요."

당황한 사회자가 기자를 제지했지만 서동수가 손을 들어 만류하더 니 대답했다.

"대가를 받도록 하겠습니다."

"구체적으로 말씀해 주시지요."

"예를 들어서 지난번 보류되었던 서울 강남 지역의 화장장 건설, 그거 관철시킵니다."

기자가 숨을 들이켜는 모습이 TV 화면에 잡혔다. 다시 서동수가 말을 이었다.

"노조의 대규모 파업, 앞으로 없어질 것입니다. 그러니 파업하고 싶으신 노조원들께서는 이번에 반대투표를 하시지요."

기가 막힌 기자가 멍해 있는 사이 마이크가 다음 순서로 넘어갔다.

"지금 경고하시는 겁니까?"

이제 질문 내용이 무시됐다. 시체를 본 하이에나처럼 다음 기자가 물고 늘어졌다. 그때 서동수가 대답했다.

"예, 그렇습니다."

"파업을 한다면 어떻게 하실 건데요?"

"파업자는 이유 불문하고 파면 또는 해직."

서동수가 이제는 묻지도 않았는데 말을 이었다.

"국보법 및 국개위법을 적용하여 국가 반역범으로 처리할 수도 있을 것입니다."

할 말을 잃은 기자가 입만 벌렸을 때 서동수가 마무리를 했다.

"그러니까 그렇게 되기 싫으시면 반대를 하십시오."

이게 무슨 일인가? 반대를 하라고 선전을 한다.

"열심히 일한 만큼 잘사는 세상이 되어야 합니다."

공생당 원내총무 겸 국가개혁위원회 준비위원 진기섭이 말했을 때 임창훈이 쓴웃음을 지었다. 임창훈은 민족당에서 공생당으로 전향한 후 서동수의 측근이 됐다. 인사동의 한정식 식당 안이다. 방안에는 안종관까지 셋이 둘러앉았는데 이제 투표일이 일주일 앞으로 다가왔다.

"왜 웃는 거요?"

기분이 상한 진기섭이 묻자 임창훈은 정색했다.

"그런 구호는 이제 안 먹힙니다. 금수저를 입에 물고 태어난 놈하고 흙수저는 전혀 다른 세상에서 살다가 끝나니까요."

"또 흙수저 타령."

진기섭이 이맛살을 찌푸리자 임창훈이 길게 숨을 뽑았다.

"변화가 필요합니다."

"그래서 새바람 운동을 일으킨 것 아닙니까?"

"사회가 너무 지쳐 있어요."

"포기할 수는 없지."

안종관은 잠자코 술잔을 들어 소주를 삼켰다. 새바람 운동이 있었지만 한 달 동안에 성과를 내놓기는 무리나. 지난주 서동수의 인터뷰가 격렬한 찬반 논쟁을 불러일으켰다. 그때 임창훈이 말을 이었다.

"어쩌면 지금이 한민족의 마지막이자 최대의 기회인지도 모릅니다."

이번에는 진기섭이 동의했다.

"한민족이 단합해서 도약할 마지막 기회지요."

"우리는 다 내려놓을 작정을 해야 합니다."

임창훈이 말하자 진기섭은 이제 머리만 끄덕였다. 사심을 버린 것은 진기섭도 마찬가지다. 지금은 흉내만 내어서는 금방 진면목이 드러나는 세상이다. 그때 문밖에서 인기척이 들리더니 문이 열렸다. 서동수가 들어섰으므로 모두 일어섰다. 서동수의 뒤를 하선옥이 따르고 있다.

"분위기가 삭막할 것 같아서. 하 실장이 옆에 앉지."

무안한 표정을 지은 하선옥이 조심스럽게 옆자리에 앉자 서동수가 혼잣말처럼 말했다.

"내 애인으로 소문도 다 났더군."

이제 서동수는 한국에 머물고 있다. 국개위 구성 찬반 투표 선거 운동보다 '새바람 운동'에 집중하고 있다. 안종관이 따라준 술잔을 든 서동수가 셋을 둘러보았다.

"대통령님을 만나고 오는 길이오."

셋의 시선을 받은 서동수의 얼굴에 쓴웃음이 번졌다.

"이번 선거에 묘한 변수가 생겼습니다."

심호흡을 한 서동수가 말을 이었다.

"마침내 중국이 전면에 나섰어요."

서동수가 한입에 소주를 삼켰다.

"북한의 핵을 폐기하지 않으면 남북한과 국교를 단절하겠다고 비공식 통보를 해왔다는 겁니다."

그 순간 셋은 서로의 얼굴을 보았고 먼저 안종관이 입을 열었다.

"선거 전에 공식 발표를 하겠군요?"

서동수가 머리만 끄덕이자 이번에는 진기섭이 가라앉은 목소리로 말했다.

"선거에 영향을 주려는 의도입니다."

방안에 무거운 정적이 덮였다. 북핵은 언젠가는 터질 문제였다. 각국이 이해를 따지면서 기다리고 있었던 것이다. 그러다 중국이 가장 먼저 국교 단절이라는 강력한 대응책을 내걸고 나섰다. 그렇게 되면 남북한은 경제적 타격은 물론, 생존의 위협까지 받게 된다. 특히 국경을 맞대고 있는 북한의 피해는 치명적이다. 이윽고 서동수가 입을 열었다.

"이건 남북한연방의 존립까지 흔드는 카드야. 국개위 투표가 하찮은 문제가 돼 버렸어."

"서동수의 사업 기반은 중국입니다."

산둥성 총서기 리정산(李正山)이 말을 이었다.

"중국에 기반을 둔 사업체 자산이 80억 달러가 넘습니다. 중·한 관계가 단절되면 서동수의 중국 '동성'은 어려워지겠지요."

앞에 앉은 총리 저커장은 시선만 주었다. 어려워진다고 완곡하게 표현했지만 망하게 될 것이다. 리정산은 동성 본사가 산둥성 칭다오에 있는 관계로 서동수의 담당 역을 맡고 있다. 그 덕분에 중국 최고위층을 수시로 만나면서 신임을 쌓아 왔다. 리정산이 버릇처럼 두 손을 저으면서 말했다.

"국개위에 대한 기대감이 급격히 감소하면서 남조선에 위기의식이 확산되고 있습니다, 총리 동지."

리정산의 일굴에 웃음이 떠올랐다. 대(對)한반도 정책 중 이번 국교 단절 수단을 리정산이 가장 강력하게 주장했던 것이다. 그리고 반응은 예상을 뛰어넘었다. 그때 옆에 앉아 있던 외교부장 우린(吳林)이 거들었다.

"서동수가 동성을 포기할 수는 없을 것입니다. 아마 절충안을 내놓고 시간을 끌겠지만 기간은 5일이 남았습니다."

우린의 얼굴에도 웃음이 떠올랐다. 이 분위기가 계속된다면 남북한의 통일 열망은 고사하고 경제적 타격에 대한 불안감으로 공황 상태가 될 가능성도 있다. 그때 저커장이 손끝으로 안경테를 밀어 올리면서 물었다.

"당 정책위에서는 김동일이 핵을 내놓을 가능성을 3할로 봤지만 서동수가 김동일을 회유할 수도 있지 않을까?"

리정산과 우린은 대답하지 않았다. 그 가능성은 3할보다 더 낮은 1

할대다. 어깨를 편 저커장이 둘을 번갈아 봤다.

"어쨌든 이번 제안은 전 세계의 절대적인 지지를 받는 상황이라 우리가 서둘 것 없으니까 차분히 기다리기로 합시다."

리정산과 우린이 웃음 띤 얼굴로 머리를 끄덕였다. 지금까지 중국은 북한 핵에 대해 언급을 자제해 왔다. 핵 폐기 6자회담이 무산된 뒤 남북한 화해 분위기가 조성되면서 신의주특구, 한랜드로 이어지는 한반도의 경제 변혁이 연달아 이뤄졌다. 그리고 마침내 한반도 통일의 전 단계인 연방대선이 5개월 후로 다가온 시점이다. 그런 대변혁 동안에 미국·일본·러시아는 물론 중국까지 북한 핵에 대해서는 입을 다물고 있었던 것이나 마찬가지다. 일본을 포함한 미·중·러까지 제각기 남한 주도의 통일 한국이 됐을 때 핵 협상은 적어도 순리에 맞게 진행될 것이라고 믿고 있었기 때문이다. 그런데 지금 불쑥 중국이 나섰다. 그것은 한국을 믿지 못한다는 말과 같다. 아예 한반도가 통일되기 전에 핵을 없애야겠다는 결의를 보인 것이다. 그것도 북한 핵 폐기에 남한과의 국교 단절을 내세우는 연좌제, 초강수다. 저커장이 먼저 방을 나갔으므로 거실에는 둘이 남았다. 이화원 근처의 안가(安家) 안이다. 녹차 잔을 든 리정산이 우린을 보았다.

"서동수가 어떤 패를 쓸 것 같소?"

이미 대응책을 마련해 놨고 그것을 당 고위층인 둘은 모두 알고 있는 상황이다. 리정산의 시선을 받은 우린이 쓴웃음을 지었다.

"어쨌든 서동수는 큰일 날 겁니다."

"그렇지. 국개위 선거 5일 전에 터진 악재가 되겠지."

"긴 5일이 될 거요."

우린이 의자에 등을 붙이고는 눈을 가늘게 떴다. 중국 정부는 날짜까지 계산에 넣고 통보를 한 것이다. 5일간 아무 반응을 보이지 않는다면 대책 없는 인간이 될 것이다. 그리고 5일간 만든 대책이란 뻔했다. 검토, 협상, 유감 표명 등 유화책인데 서동수의 무능만 드러난다. 그러나 어쨌든 국개위법은 통과된다.

이곳은 논현동의 단층 벽돌집 안. 앞쪽 길 건너편이 시장인 데다 골목길이 좁아서 주차장도 없다. 그 벽돌집 방안에 서동수가 사내 둘과 마주보고 앉아 있다. 교자상에는 다섯 명이 둘러앉았는데 서동수 좌우에 국가정보원장 신기영과 안보특보 안종관이 배석했다. 오후 8시, 상위에는 산해진미가 놓였지만 아직 아무도 손을 대지 않았다. 이곳은 서울에 몇 개밖에 남지 않은 요정이다. 이윽고 서동수가 입을 열었다.

"핵 폐기를 요구하려면 북한에 해야 정상인데 남북한 양국을 겨냥한 강수(强手)를 두었어요. 우리가 벌써 통일이 된 것으로 아는가 봐."

그러고는 싱글싱글 웃었지만 아무도 따라 웃지 않는다. 서동수가 말을 이었다.

"중국의 성명에 미·일·러가 즉각 동조를 한 걸 보니까 미리 알려준 것 같습니다."

중국이 외교부 성명을 통해 공식 통보를 한 것은 어제 오전 10시다. 발표 이후로 한국은 대혼란이 일어났다. 주가가 폭락했고 라면과 생수 사재기가 일어났다. 쌀값도 하루 만에 50%가 폭등했다. 기가 막힌 일은 미국과 유럽, 동남아행 비행기 예약이 폭주하고 부동산 매매가 정지됐다고 한다. 중국이 곧 북한을 접수, 남한과 국교를 단절하면 한 달 만에 망한다는 시나리오가 SNS로 퍼져 나가고 있다. 그때 서동수가 술잔을 쥐자 안종관이 소주를 채웠다. 서동수가 앞에 앉은 두 사내를 보았다.

왼쪽 사내는 박경수, 김동일의 측근으로 지난번 당 비서 겸 선전선동부장으로 임명됐다. 53세, 김일성대 출신, 서동수가 신의주특구 장관이었을 때 관리부장, 행정부장을 역임한 터라 앞에 앉은 안종관과도 친분이 있다. 그 옆에 앉은 유한영은 55세, 양복 차림이지만 군인 분위기다. 육군 대장, 호위사령관이다. 둘은 김동일의 비밀 특사로 서동수를 만나려고 온 것이다.

"자, 듭시다."

서동수가 말하자 박경수가 헛기침을 했다.

"지도자 동지께서는 전쟁을 할망정 핵은 포기하지 못한다고 하셨습니다."

박경수의 말이 이어졌다.

"핵은 북남의 공동 재산으로 강대국에 대항할 수 있는 유일한 대응책이라고 하셨습니다."

그때 서동수가 머리를 돌려 신기영을 보았다. 신기영이 머리를 끄덕이고 있었기 때문이다. 심호흡한 서동수가 다시 물었다.

"중국이 곧 국교단절에 이어서 2차 선언을 할 거요. 북한에서는 어떻게 대응할 계획입니까?"

그러자 박경수가 옆에 앉은 유한영을 보았다. 이제는 당신 차례라는 것 같다.

"저희 생각도 같습니다."

어깨를 편 유한영이 똑바로 서동수를 보았다.

"조·중 국경 봉쇄를 하고 무역 중단을 시키겠지요. 하지만……."

유한영이 검은 얼굴을 펴고 소리 없이 웃었다.

"그게 신의주특구가 생기기 전이었다면 우리가 결정적인 타격을 받았겠지요."

서동수의 시선을 받은 채 유한영이 말을 이었다.

"지금은 우리 북조선이 끄떡없단 말입니다. 오히려 동북 3성이 흔들릴 겁니다."

다시 신기영이 머리를 끄덕였고 이제는 서동수와 안종관도 머리를 끄덕였다.

"어제 중국 측 발표를 듣고 지도자 동지를 모시고 회의를 했습니다만."

유한영이 말을 그쳤을 때 박경수가 마무리했다.

"중국이 악수(惡手)를 두었다는 결론이 났습니다. 북조선은 끄떡없습니다. 다만 남조선이 문제인 것 같습니다."

박경수가 단호하게 말하고는 외면했다. 미안해서 그런 것 같다.

민족당에는 이런 호재(好材)가 없다. 당 대표 고정규는 중국 측이 1차 선언을 한 지 5시간 후에 우려했던 사건이 터졌다면서 성명을 발표했다. 정권욕에 사로잡힌 서동수가 국제 질서를 무너뜨려 마침내 국민을 전쟁의 소용돌이에 몰아넣었다는 것이다. 지금까지 단 한 번도 북한 핵에 대한 비난은커녕 언급조차 하지 않았던 민족당이다. 그 민족당이 핵을 폐기하라는 중국 측을 거들고 나선 것이다. 적의 적은 우군이라지만 얼토당토않은 비난 성명인데도 분위기에 맞았다. 고정규와 민족당 극렬분자, 반(反)한국 세력에는 중국이 아군이 됐다. 쌀을 사재기하려다가 못한 인간들에게 고정규 일파의 선동은 잘 먹혔다. 서동수는 정권욕에 사로잡힌 잡놈이었다.

"참, 기가 막히군."

오후 12시 반, 여의도의 한식당 방안에서 안종관이 윤준호에게 말했다. 둘은 점심상을 앞에 놓고 소주를 마시는 중이다. 안종관이 말을 이었다.

"북한이 남한을 걱정해주는 상황이 됐어."

"뭘 말이야?"

둘은 말을 놓는 사이가 됐는데 국개위가 발족하면 둘 다 요직을 맡게 될 것이었다. 윤준호가 묻자 안종관이 쓴웃음을 지었다.

"중국의 선언에 북한은 의연한데 남한이 자중지란에 빠졌다는 말이야."

"참, 가관이야."

윤준호가 동의했다. 민족당에서 전향해온 윤준호의 눈에도 한국의 혼란상이 가관으로 보인 것이다. 어깨를 늘어뜨린 윤준호가 탄식했다.

"체질이 너무 약해졌어. 이런 상태에서 어떻게 한반도의 유라시아 꿈을 이룬단 말인가?"

윤준호는 어젯밤 박경수와 유한영이 서동수를 만난 것을 아직 모른다. 그때 안종관이 물었다.

"신의주특구가 만들어지기 전에 남북한 전쟁이 일어났다면 어떻게 됐을 것 같나?"

"빌어먹을."

대답 대신 투덜거린 윤준호가 머리를 들고 안종관을 보았다.

"선거가 나흘 남았어. 후보께선 어떻게 하시려는 거야?"

안종관을 향해 윤준호가 말을 잇는다.

"북한은 입 딱 다물고 있는 것이 우리더러 대신 나서라는 것 같은데, 가만있다가는 큰일 나겠어."

안종관이 들고 있던 소주잔을 입에 대고 한 모금을 마셨다.

"중국의 한마디에 사회가 사분오열되고 공황 상태가 되어 해외 탈출 소동까지 일어나는 것이 남한의 현실이야."

"……"

"북한 당국이 오히려 남한을 걱정해주는 상황이 됐어."

안종관이 얼굴을 찌푸리며 웃었다.

"어젯밤, 김 위원장의 특사를 만났어."

"……"

"물론 후보님하고 같이 말이야."

안종관이 윤준호를 보았다.

"후보께선 아침에 한랜드로 돌아가셨어."

"그, 그럼 어떻게 하신다는 거야?"

당황한 윤준호가 묻자 안종관이 외면했다.

"놔두라고 하셨어."

"놔두라니?"

"북한 정부, 북한 국민에게도 부끄럽다고 하셨어. 남한의 이런 모습이 말이야."

"……"

"이젠 선거 운동도 안 하겠다고 하셨어."

"아니, 그럼."

"자정(自淨)될 때까지 놔두시겠다는 거야. 그러니까 당신도 그런 줄 알고 있어."

윤준호가 천천히 머리를 끄덕였다.

"내던지셨군. 모든 것을 다."

중국의 제2차 경고는 공식 발표 형식이 아니었다. 남북한이 가장 우려했던 경제보복이었다. 우선 서동수의 동성그룹에 대한 대대적인 세무조사가 이뤄졌다. 국개위 투표 사흘 전이다. 중국 TV는 세무조사 장면을 여과 없이 방영했는데 과연 중국다웠다. 수백 명의 세무조사원, 공안이 칭다오의 동성 본사를 장악, 수백 개의 자료 상자를 실어 나르는 장면은 한국 TV에도 방영됐다. 붉은색 완장을 찬 관리들이 동성 본사의 현관에서 무더기로 나온다. 모두 붉은색 상자를 들고 있다. 엄숙한 표정, 오후 6시 반, 이곳은 서울역 대합실, 대형 TV 앞에 수백 명의 시민이 모여 있다. TV를 보는 시민들은 모두 입을 다물고 있다. 아나운서의 목소리도 들리지 않는다. 장면이 바뀌자 시민들은 일제히 흩어졌다.

"격세지감(隔世之感)을 느끼게 되는군."

이응호가 KTX 전주행을 타려고 계단을 내려가며 말했다. 옆에서 걷던 변기성이 묻는다.

"뭐가?"

둘은 70세 동갑으로 서울에서 열리는 총동창회에 참석하고 전주로 내려가는 길이다. 계단을 내려온 이응호가 발을 떼면서 말을 이었다.

"30년 전, 내가 중국에서 사업 시작할 때가 생각난단 말이다."

"또 그 소리."

변기성이 혀를 차면서 객차 번호를 보느라고 두리번거렸다. 이응호는 중국에서 사업을 하다가 3년 전에 그만두고 귀향했다. 벌어놓은 재산이 있는 데다 통이 커서 기부를 자주 했기 때문에 동창들의 인망을 얻어 동창회 회장이 되어 있다. 자리를 찾아 나란히 앉은 이응호가 말을 이었다.

"내가 웨이하이에 공장을 차릴 때 공산당 간부들이 다 나왔다. 아주 칙사 대접을 했지. 공항으로 영접 나온 적도 수십 번이다."

이제는 변기성이 잠자코 듣는다.

"공장이 조그마했어도 그래. 공장이 커지면서 대우도 더 좋아졌다. 한국인 투자자를 끌어 모으려고 아예 1년에 한 번 '한국인의 날'을 정해 행사를 치러 주었지."

"그래서 또 기고만장했구면."

초등학교 교장으로 정년퇴직한 변기성이 비아냥거렸다. 변기성은 입바른 소리를 잘하지만 사리를 분명히 따지는 터라 동창회 총무를 오래 맡고 있다. 어려서부터 이응호와는 절친이다. 그때 이응호가 말을 이었다.

"그때 우리는 착각했어. 니부티가 그들의 호의와 친절에 익숙해져서 건방지게 굴었으니까. 그러다가……."

이응호가 말을 그쳤을 때 변기성이 쓴웃음을 지었다.

"어느덧 정신을 차려보니까 세상이 변해 있더란 말이지?"

"우리가 이만큼이라도 살고 있는 것이 다행이다. 이것이 누구 덕이냐?"

"또 그런다."

"이제는 온갖 규제를 겪으면서도 공생하는 한국 기업들을 칭찬해줘야 돼."

"아까 동성 현관에서 쏟아져 나오는 붉은 박스를 보니까 가슴이 섬뜩했다."

어느덧 KTX가 출발해서 한강철교를 건너가고 있다. 변기성이 한강을 내려다보면서 말을 이었다.

186

"저것이 바로 현실이구나 하고."

"중국으로서도 어쩔 수 없었을 거야. 핵을 가진 남북한이면 당장 동북아의 강자로 부상할 테니까."

어깨를 늘어뜨린 이응호가 말을 이었다.

"어쨌든 한 번은 겪어야 할 일이다."

"국개위 투표는 압도적이 될 거다."

변기성이 혼잣소리처럼 말했다.

"동성 세무조사가 한국민의 감정을 건드려버렸으니까. 아까 보았지? TV 앞에서 침묵하던 시민들 말이야."

그때 이응호가 머리를 끄덕였다.

"맞아. 모두 속에서 불덩어리가 솟아오르고 있었을 거다."

"어, 김선영 씨, 어서 와."

자리에서 일어선 서동수가 여자를 맞았다. 이곳은 한시티 북쪽 교외의 별장이다. 다가온 여자가 두 손을 배 앞에 포개고 공손히 절을 했다. 머리를 든 여자의 얼굴에 수줍은 웃음이 떠올랐다. 서동수가 눈을 가늘게 떴다.

"TV보다 실물이 더 아름답군."

"감사합니다."

여자의 얼굴이 붉어졌다.

"다, 알아."

서동수가 소파 옆자리를 손바닥으로 가볍게 두드렸다. 오후 8시 반, 손님을 만나기에는 늦은 시간이다. 여자가 앉자 서동수가 숨을 들이켰다. 슬쩍 풍겨온 여자의 향내를 깊게 마시려는 것이다. 이 여자가 누구인가? 바로 TV에 나왔던 서동수의 51번째 여자, 지난번 박서현의 고발 프로가 방영된 후에 자진해서 51번째 여자라며 나타난 김선영이다. 치열했던 남한의 연방 대통령 후보 경선 때의 일이다. 별장 안은 조용하다. 이곳은 2층 거실이어서 부르지 않으면 아무도 올라오지 않는다. 서동수가 지그시 김선영을 보았다. 쇼트커트한 머리, 뒤쪽의 목덜미가 희다. 갸름한 얼굴, 눈은 가는 편이지만 눈웃음을 치면 심장 박동이 빨라질 만큼 귀엽다. 도톰한 입술, 날씬한 몸매, 46세, 지금은 신의주특구의 금성식당 사장이다. 이윽고 서동수가 입을 열었다.

"그때 말이야, 내가 정말 안 했어?"

"네?"

눈을 크게 뜬 김선영의 얼굴이 더 빨개졌다.

"네, 안 하셨어요."

"정말이야? 나한테는 사실대로 말해도 돼."

이런 경우는 드물 테지만 서동수는 정색하고 있다. 그러자 김선영이 눈을 흘겼다. 이제 얼굴에서 교태가 흐른다.

"정말 안 하셨어요."

"내가 그게 궁금해서 보자고 했어."

그래서 신의주에 있는 김선영에게 비행기 일등석 항공권을 보낸 것이다.

"내가 미쳤군, 돈만 주고 손도 대지 않다니."

혼잣소리처럼 말했던 서동수가 서둘러 말을 이었다.

"김선영 씨 같은 매력이 넘치는 여자를 그냥 둔 것을 말하는 거야."

"저도 기다렸거든요?"

마침내 김선영이 붉어진 얼굴로 서동수의 시선을 받으며 말했다.

"그런데 연락도 없으셨어요."

"애들이 그때 중3, 중1이었다면서? 지금은 다 컸겠네."

"둘 다 미국에서 대학 다녀요."

"남자는?"

"없어요."

"정말이야?"

"양에 안 차서 한두 번 만나고 끝냈어요."

"그렇다면 오늘밤 여기서 자고 가도 국개위 투표에 지장 없겠군."

그러자 김선영이 다시 눈웃음을 치며 물었다.

"오늘은 진짜 하시는 건가요?"

"왜 이번에는 했다고 방송 나갈래?"

"아유, 장관님도, 제가 미쳤어요?"

"이제 보니까 애교가 많구나."

"좋아서 그래요."

"그리 좋아해?"

"그럼요."

"이거 오늘밤 고생하겠는데?"

"빨리 끝내셔도 돼요. 저도 맞출게요."

"어이구, 이런 색녀를 놔두었다니."

마침내 서동수가 손을 뻗어 김선영의 어깨를 당겨 안았다. 기다리고 있던 김선영이 서동수 품에 안기더니 얼굴을 든다. 입맞춤을 기다리는 듯 눈이 반쯤 감겨 있다. 서동수가 김선영의 입술을 빨았다. 그 순간 김선영의 입이 열리면서 말랑한 혀가 꿈틀거리며 나왔다. 김선영의 알몸은 풍만했다. 날씬하게 보였던 몸매가 다른 모습으로 펼쳐지자 그것도 서동수를 감동시켰다. 침대에 오른 김선영이 시트 안으로 파고들더니 서동수의 허리를 끌어안았다. 서동수는 마침 휴대전화 문자를 읽고 있던 중이었다. 그러나 이미 알몸이었고 남성은 준비가 다 됐다.

"문자 읽으시는 동안 만져도 돼요?"

김선영이 묻더니 대답도 듣지 않고 시트를 걷고는 서동수의 몸 위로 엎드렸다. 그러고는 두 손으로 서동수의 남성을 감싸 쥐고 입에 넣었다. 놀란 서동수가 휴대전화에서 시선을 떼었다가 다시 읽는다.

'중국 정부, 중국에서 영업 중인 한국의 100개 대기업에 대한 세무, 근로, 환경조사 일제 실시.'

중국 정부가 한국 기업에 진면전을 선포한 것이다. 이러면 중국에 진출한 한국 기업은 다 망한다. 지금까지 한국 기업을 유치할 때 특혜를 주었던 몫까지 다 토해내게 만들고 귀국시키는 것이다. 그때 서동수가 숨을 들이켰다. 김선영이 남성을 혀로 핥기 시작했기 때문이다. 엄청난 자극이 왔으므로 서동수가 한 손을 뻗쳐 김선영의 머리칼을 움켜쥐었다.

"미안, 갑자기 문자가 와서."

"괜찮아요."

상기된 얼굴로 김선영이 말했다. 두 눈이 번들거리고 있다.

"이리 와, 거꾸로 엎드려."

서동수가 김선영의 손을 잡아당기며 말했다.

"내 위로."

이른바 69자세, 김선영이 두말 않고 서동수의 몸 위에 오르더니 거꾸로 엎드려 다시 남성을 물었다. 서동수는 눈앞에 펼쳐진 김선영의 골짜기를 보았다. 짙은 숲에 싸인 선홍빛 골짜기가 물기를 머금고 반들거리고 있다. 서동수는 김선영의 엉덩이를 한 손으로 움켜쥐고는 당겼다. 그러고는 다른 손에 든 휴대전화로 다음 문자 내용을 보았다.

'중국 정부, 남북한 수출입, 자금 입출금을 내일 오전 10시를 기해 전면 중단. 남북한 비자 발급 중지. 여행객 통제.'

휴대전화를 내려놓은 서동수가 입안에 든 골짜기를 거칠게 빨았다.
"아아."
김선영의 비명 같은 탄성이 터졌다.
"아유, 나 죽어."
몸부림을 치면서 김선영이 다시 외쳤고 과연 골짜기가 무섭게 요동쳤다. 이렇게 되면 남북한 경제는 치명상을 입게 될 것이다. 남한에서 중국의 수출입 비중은 30% 정도이고 북한은 한때 95%를 중국에 의존했지만 지금은 신의주특구, 남한과의 경제 교류로 50%대로 내려간 상태다. 그러나 그것만으로도 치명적이다. 회사라면 부도가 나고 파산 상태가 된다. 다시 김선영이 몸부림을 치면서 비명을 질렀으므로 서동수가 물었다.
"할까?"
"응."
듣기가 무섭게 김선영이 몸을 비틀더니 침대에 누워 가쁜 숨을 뱉으면서 서동수를 보았다.
"빨리, 저 지금 올라왔어요."

서동수가 위로 오르자 김선영이 허리를 들썩이며 기다렸다. 두 손으로 서동수의 어깨를 움켜쥐었고 치켜뜬 눈동자는 흐리다. 반쯤 벌어진 입에서 가쁜 숨이 뱉어지고 있다. 서동수는 남성을 골짜기 끝에 붙이고는 김선영을 내려다보았다. 이대로 한 달, 아니 보름만 지나도 '중국 동성'부터 망할 것이다. 표적으로 삼은 한국의 100대 기업도 마찬가지다. 이어서 심각한 타격을 받은 남북한 경제는 남미의 어떤 국가처럼 빈국(貧國)으로 전락해 버릴지도 모른다. 그리고 남북한연방의 시너지는 꺾이게 되고 유라시아 진출의 꿈은 다시 고구려 시대로 되돌아간다. 그 순간 서동수는 힘차게 김선영과 한 몸이 됐다.

"아아앗."

김선영의 외침은 환호성 같다. 뜨겁다, 넘친다.

"새바람 운동은 참기 운동으로!"

그 구호를 제안한 사람이 전(前) 민노총 위원장 최만철이다. 처음에는 극기, 극복 운동으로 제안했다가 홍보책임자 하선옥이 '참기'로 바꿨다. 쉬운 말로 바꾼 것이다.

"견딥시다! 견디고 이깁시다!"

밑에 쓰인 소(小)타이틀이다. 중국의 대규모 조사, 사찰, 중단 조처에 대항한 한국의 구호다. 그런데 이 구호가 국민의 가슴에 닿았다. 어려운 단어를 아주 멋있게 붙인다고 감동을 주는 것이 아니다. 윗사람 마음에 맞게만 했다가는 나라 말아먹는 역적이 된다. 몇 년 전에 미국산 소고기를 먹으면 '뇌송송구멍탁'해서 다 죽는다고 아이까지 유모차에 태우고 나와 악을 썼던 남녀들은 지금 다 잘 먹고 잘산다. 인천공항이 바다를 메웠기 때문에 땅이 꺼져 못쓰게 된다고 반대했던 교수가 나중에 문책되었다는 이야기를 들은 적이 없다.

"야, 동성 제품 구매 운동하자."

이응호가 뜬금없이 말했지만 변기성은 알아들었다. 전주 덕진동의 동창회 사무실 안이다. 여직원이 휴대폰으로 문자를 보다가 힐끗 시선을 주고는 두 손으로 번개같이 문자를 날린다. 변기성이 머리를 기울이며 물었다.

"신문 광고를 낼까? 이것도 새바람 운동에 들어갈까?"

"암, 당연하지. 중국바람을 맞받아치는 새바람이다."

"가져다 붙이기는."

"새바람은 이런 때 쓰는 거여, 이 병신아."

버럭 소리친 이응호가 눈썹을 모으더니 말을 이었다.

"그렇지, 우리는 경상도 기업 제품까지 같이 구매 운동을 하자."

"옳지."

사사건건 토를 달던 변기성이 대번에 호응했다.

"그래서 내수 소비를 늘려 위축된 경제를 활성화하잔 말이지?"

"우리가 바닥에서 나서야 해, 관(官) 주도로 하면 열기가 떨어져."

"장사꾼 출신이라 다르구먼."

"경상도 기업 제품을 우리가 적극적으로 구매하면 그쪽에서도 호응할 거다."

"부산 쪽 학교에 제의할까? 서로 바꿔 구매 운동을 하자고."

"이 자식은."

어깨를 부풀린 이응호가 변기성을 쏘아보았다.

"자식아, 자발적으로 터져야 새바람이지, 그쪽에서도 틀림없이 터져."

"이참에 미국 제품 구매 운동도 할까?"

불쑥 변기성이 물었으므로 이응호가 숨을 들이켰다. 이응호가 눈을 가늘게 뜨고 변기성을 보았다.

"야 똥통, 너 미쳤어?"

"왜? 허면 안 되냐?"

"되고 안 되고 갑자기 뜬금없이 뭔 소리여?"

"네 차가 독일산이지?"

"반쓰가 독일산인 건 초등학생도 안다, 왜?"

"근디 너 왜 미제는 안 사냐? 그전에는 시엠따불유였잖여?"

"그게 어쨌다고?"

그때 변기성이 어깨를 펴고 이응호를 보았다.

"미제는 한국을 자본주의 식민지로 삼으려고 했기 때문에 싫으냐?"

"얀마, 갑자기 왜 새똥빠진 소리는."

"그래서 미국과 전쟁한 독일에 대해서 너도 모르게 친근감이 드는 거 아녀?"

"이 미친놈이."

"너 아들 둘 다 미국유학 보냈지? 아들은 왜 독일로 안 보냈냐? 멀어서?"

"아이고, 시끄러워."

"니가 중국 좋아하다가 사업하고 돌아와서 정신 차린 것도 알아 인마, 우리 모두 정신 차려야 된다고."

"개소리 그만하고 구매운동 준비혀, 인마."

이응호가 결론을 냈다.

"광고비 내가 낼팅게, 미제 구매 운동도 고려해봐."

머리를 든 김동일이 포병사령관 최기철 대장을 보았다. 주석궁 회의실 안, 오후 2시, 원탁에 둘러앉은 당·군·정(黨·軍·政)의 간부 30여 명은 숨을 죽이고 있다. 회의실 좌측 가로 10m, 세로 5m짜리 스크린에는 중국 외교부장 우린(吳林)의 얼굴이 떠 있다. 화면을 중지시켜서 입을 절반만 벌렸고 눈도 반쯤 감았다. 바보 같은 모습이다. 방금 김동일은 간부들과 함께 우린의 발표를 들었다. 통상 금지, 비자 발급 및 출입국 제한 등을 외교부장 우린이 직접 발표했다. 그때 김동일이 입을 열었다.

"사령관, 준비되었소?"

"예? 예."

대답이 그렇게 나왔다. 무엇이 준비됐냐고 물으려다 그냥 대답해버린 것이다. 그것이 소장에서 1년 반 만에 대장이 된 비결이기도 하다. 머리를 끄덕인 김동일이 다시 물었다.

"핵이 장착된 미사일은 모두 몇 기야?"

"예, 24기입니다."

"중국에 다 쏘면 어떻게 되나?"

"큰일 납니다."

제꺽제꺽 대답했던 53세 대장 최기철이 큰일을 내버렸다. 이렇게 대답하는 것이 아니다. 집안에서 동생이 형한테 대답하는 것도 아니고 논리적 결론과 대책까지 내놓아야 했다. 그때 김동일이 만족한 얼굴로 머리를 끄덕였으므로 회의실 분위기가 풀렸다.

"큰일 난단 말이지? 물론 중국이겠지?"

"예, 위원장 동지."

"우리 숨통을 조이면 우리가 그냥 죽지는 않을 거라는 것을 저놈이 알까?"

김동일의 시선이 화면에 떠 있는 우린에게 향했다. 그때 그 대답을 선전선동부장 박경수가 했다.

"모르는 것 같습니다, 위원장 동지. 중국 고위층은 착각하고 있습니다. 남조선과 서동수 후보를 다그치면 우리 북조선이 핵을 포기할 줄 아는 모양입니다."

"바로 그거야."

김동일이 담배를 꺼내 물었다. 호위총국 소속 전문 경호관이 재빠르게 다가와 라이터를 켜 담배 끝에 불을 붙였다. 현역 소장, 장군이다. 담배 연기를 길게 뿜은 김동일의 얼굴에 웃음이 떠올랐다.

"그 사람들, 날 의도적으로 무시하는 것 아닌가?"

이 말에 대답할 수 있는 간부는 아무도 없다. 섣불리 네, 아니요 했다가 틀리면 기관총에 맞아 온몸이 수천 점의 회 조각이 된다. 다시 김동일이 말을 이었다.

"우리 북조선이 남조선에 종속되어 있단 말인가? 왜 우리 측에는 일언반구 연락도 없이 핵 폐기를 압박하는가?"

김동일의 시선이 다시 박경수에게로 옮겨졌다.

"조선인민군 총사령부 이름으로 성명을 발표하도록."

"예, 위원장 동지."

모두 일제히 펜을 쥐었을 때 김동일이 말을 이었다.

"조선인민군은 중국의 패권주의에 결사항전을 할 것이다. 특히 우리의 주권인 핵은 그 누구도 간섭할 수 없다."

김동일의 시선이 간부들을 훑고 지나갔다.

"한반도가 아직 연방이 되지도 않았는데 핵을 보유했다는 이유로 북남을 함께 징벌하려는 중국의 속마음은 무엇인가? 예전처럼 속국화하려는 의도인가?"

김동일의 목소리가 회의장에 울렸다.

"천만의 말씀, 만만의 콩떡이다. 왜냐하면 우리에겐 핵이 있기 때문이다. 청나라 이홍장 같은 놈이 조선에 와서 이래라저래라 하던 때가 다시 올 수는 없다. 왜 그런지 아는가?"

김동일이 묻자 30여 명의 노인이 일제히 소리쳤다.

"핵이 있기 때문입니다!"

머리를 끄덕인 김동일이 박경수를 보았다.

"그렇게 성명을 발표하라우."

아줌마 아나운서가 나왔다. 이제는 한국 국민에게 익숙해진 옆집 아줌마다. 촌스러운 한복도 친근감이 간다. 오후 3시 정각, 어제부터 예고를 한 터라 전 세계 언론이 주목하고 있다. CNN이 명성을 믿었는지 아니면 일부러 특종을 만들려고 했는지 이번 북한의 '특별성명'을 취재하려고 북한에 기자단을 밀파했다가 평양공항에서 체포됐다. 순안 감옥으로 끌려간 취재진 12명은 1시간 만에 열린 즉석재판에서 각각 1000만 달러씩의 벌금을 선고받았는데 벌금을 내지 않으면 15년형을 살아야만 했다. 어쨌든 특종은 만들었다. 이것으로 CNN 경영진이 대폭 해임될 것이었고 벌금은 내야만 할 것이다.

서동수는 한랜드 장관실에서 '평양 아줌마'를 보고 있었는데 주위에 유병선, 안종관, 윤준호, 최만철까지 둘러앉았다. 모두 긴장해서 얼굴이 굳어 있다. 북한 당국은 서동수는 물론이고 한국 정부 측에 어떤 정보도 주지 않은 것이다. 그때 아줌마가 엄숙한 표정으로 그들을 보았다. 이 방송은 한국위성을 빌려 전 세계로 동시 방송이 된다.

"조선민주주의인민공화국은 중화인민공화국의 이번 조처에 대해 검토한 결과, 이것은 국가 주권의 침해이며 경제적 침공이라는 결론을 내애렸다."

장관실 안의 모든 숨소리가 멈췄고 아줌마 목소리가 울려 퍼졌다.

"경제적 침공으로 한민족을 말살하려는 의도인 거어시다."

아줌마가 눈을 부릅떴는데 이제는 옛날 동네 입구에 세워진 지하여장군(地下女將軍) 같았다. 지하여장군의 목소리가 더 커졌다.

"중국은 수백 년 전처럼 조선을 청나라의 속국으로 삼으려는 것인가? 조선이 자위 수단도 갖추지 못하도록 하는 이유는 바로 그 의도가 있기 때문이 아닌가?"

어깨를 부풀렸다가 내린 아줌마가 똑바로 서동수와 그 일행들을 보았다.

"중국은 경제 봉쇄로 조선을 말살하려는 의도를 드러냈다. 따라서 조선민주주의인민공화국은……."

숨막힐 것 같은 정적이 3초쯤 흐르고 나서 아줌마가 선언했다.

"이 순간부터 중화인민공화국과 국교를 단절하고 동맹을 파기한다."

"아."

장관실 안에서 누군가 비명 같은 탄성을 뱉었는데 그 한마디에 모든 것이 함축됐다. 조·중 동맹이 깨졌다. 북한 핵은 중국도 겨누게 됐다.

그 순간 장관실의 전화벨이 울렸으므로 모두 다시 숨을 죽였다. 서동수의 직통전화다. 그때 유병선이 일어나 전화기를 귀에 붙이더니 곧 서동수를 보았다. 얼굴이 하얗게 굳어 있다.

"평양입니다."

서동수가 일어나 전화기를 귀에 붙였다. 유병선이 시선을 주었지만 서동수가 머리를 끄덕이자 어깨를 늘어뜨렸다. 모두 자리에 앉아 있어도 된다는 표시다.

"네, 서동수입니다."

서동수가 말했을 때 수화기에서 김동일의 목소리가 울렸다.

"예. 저, 김동일입니다."

"예, 방금 방송 봤습니다, 위원장님."

김동일은 방송이 끝나자마자 서동수에게 연락을 한 셈이다. 김동일이 말했다.

"그래서 말인데요. 평양에서 3자 회담을 했으면 합니다."

"3자 회담 말입니까?"

서동수가 되묻자 누군가 옆쪽에서 침 삼키는 소리를 냈다. 그때 김동일이 대답했다.

"예, 남북한 정상에다 연방 후보인 서 장관까지 포함한 3자 회담입니다."

"아아."

"내일 오후에 했으면 좋겠는데요. 서 장관께서 합의하신다면 바로 남조선 대통령께도 회담 제의를 하겠습니다."

"저는 합의합니다, 위원장님."

그리고 한국 대통령도 합의할 것이었다.

5장 국개위

다음 날 오전 10시, 청와대는 대통령 조수만이 사흘 후 평양에서 열리는 남북 정상과 한랜드 장관과의 3차 회담에 참석한다고 발표했다. 회담 목적을 밝히지는 않았다. 그리고 10시 5분 정각에 북한 아줌마 아나운서가 3차 회담 발표를 했고 10시 10분에는 한랜드다. 3국의 방송 내용이 거의 비슷한 데다 회담 목적도 밝히지 않았으며 발표 시간까지 비슷했으므로 3개 방송을 다 듣고 나서 글자 수까지 세어 비교한 실없는 사람도 많았다. 남북한, 한랜드의 글자 수는 각각 87, 88, 86이었다. 방송이 나가자마자 3국 정상회담은 즉각 세계의 톱뉴스가 됐다. 중국 정부는 침묵을 지켰지만 미국과 일본이 약속이나 한 것처럼 비판 성명을 냈다. 한반도의 자체 핵 보유는 아시아의 평화와 안정에 도움이 되지 않는다는 내용이다. 그때 묘한 사건이 일어났다. 나이지리아 조스 지역에서 보코하람에 납치됐던 한국인 선교사 둘이 갑자기 풀려나온 것이다. 근처에 있던 CNN이 둘을 인터뷰하는 특종을 잡았는데 풀려난 선교사 박수만 씨가 유창한 영어로 말했다.

"글쎄, 두 달 동안 굴속에 갇혀 있다가 갑자기 풀려나와서 무슨 영문인지 모르겠습니다. 그건 당신들이 더 잘 알 것 아닙니까?"

그리고 다음 날 한국에서 국가개혁위원회법에 대한 찬반 투표가 시작됐다. 투표 마감인 오후 7시가 됐을 때 투표율은 83%, 다시 기록을 경신했다. 여론조사가 불신을 받고 있었지만 고집을 피우는 방송사가 있기 마련이다. 틀려도 방송사 책임은 아니었으므로 종편 MKS의 아나운서가 7시 정각에 흥분된 표정으로 소리쳤다.

"예상외의 결과가 나왔습니다. 충격입니다!"

젊고 잘생긴 아나운서다. 아마 고참급이나 이름, 얼굴이 팔린 아나운서는 피한 것 같다. 아나운서가 다시 소리쳤다.

"여러분! 출구조사 결과가 나왔습니다. 국개위법 설치 찬성이 14%, 반대가 86%입니다. 여러분! 충격적입니다!"

민족당 당사 상황실에 앉아 있던 당 대표 고정규가 긴 숨을 뱉었다. 둘러앉은 100여 명의 당 관계자들도 앞쪽 대형 스크린에서 떠드는 아나운서를 보면서 침묵을 지켰다. 당(黨)의 운명을 걸다시피 하고 반대 운동을 해온 민족당이다. 반대가 86%가 됐는데도 박수치는 사람이 한 명도 없다. 그때 고정규 옆에 앉은 선대위 부위원장 박현웅이 말했다.

"이제 저게 코미디 프로에 들어갈 것 같습니다, 위원장님."

그때 아나운서가 흥분한 표정으로 이쪽을 보면서 말했다.

"그럼 이 결과를 민족당에서는 어떻게 받아들이고 있는지 마이크를 민족당에 나가 있는 조기수 기자에게 옮기겠습니다."

고정규는 다시 한숨을 쉬었다. 방송 기술은 날로 발전돼 스크린에 자신과 박현웅 등의 모습이 그대로 펼쳐졌다. 그때 옆으로 다가오던 기자가 당 관계자에 의해 제지됐다.

"아, 못 갑니다."

미리 지시를 받은 관계자들이 취재팀을 완강하게 제지했다. 이 장면은 화면에 나오지 않는다. 그러자 화가 난 기자가 소리치듯 말했다.

"아니, 출구조사에서 반대가 86% 나왔단 말입니다. 인터뷰해야지요!"

그때 뒤쪽에서 누군가 더 큰 소리로 말했다.

"아, ×까지 마라!"

좌중은 침묵했고 사내의 외침이 이어 울렸다.

"너희 코미디 프로에 우리까지 끌어들이지 말란 말이다!"

"내보내. 방송 안 해!"

다시 옆쪽에서 당 관계자가 소리쳤을 때 고정규가 박현웅에게 말했다.

"이제는 국민이 여론조사를 통해 정치를 조롱하는 세상이야."

"뉘우칠 점이 많습니다."

외면한 박현웅이 말했고 관계자들에게 밀린 기자가 밖으로 쫓겨났다.

밤 11시 반에 투표 결과가 나왔다. 국개위법 찬성이 75%, 반대가 25%다. 압도적인 찬성이다. 공생당의 선거대책 본부는 차분한 분위기로 결과를 받아들였다. TV 화면에 나온 관계자 표정도 담담하다. 인터뷰에 나온 선거본부 부위원장이며 전(前) 민노총 위원장 최만철이 짧게 말한 것이 시청자들의 머릿속에 남았다.

"나는 지금부터 25%를 위해 일할 겁니다."

반대자 25%를 말하는 것이다. 오전 1시 반, 서동수는 성북동 안가(安家)의 응접실에 앉아 있었는데 조금 전까지 관계자들과 회의를 마치고 돌아온 길이다. 예상은 했지만 압도적 승리다. 이제 국개위는 국가 개혁에 대한 절대적인 권한을 행사하게 됐다. 야당이 국개위법은 헌법 위에 군림한다고 비판했는데 맞는 말이다. 국가 개혁이다. 국민투표로 국민의 동의를 받았으니 당장 오늘부터 국개위는 활동할 수 있는 것이다.

"마사지 해드려요?"

하선옥이 물었으므로 서동수가 머리를 들었다. 음을 소거시킨 TV의 숫자만 보고 있던 참이었다. TV에는 투표율과 찬반 현황이 그래프로 표시돼 있었는데 말을 듣지 않고 그림만 보는 것이 더 나았다. 방해받지 않고 생각할 수 있기 때문이다.

"마사지는 거기만 하면 돼."

"거기라뇨?"

다가선 하선옥이 물었다가 그때야 깨닫고는 눈을 흘겼다. 요염하다. 20대쯤의 나이에서는 꾸미려고 해도 이런 모습이 만들어지지 않는다. 세파를 겪어 희로애락에 단련된 상태의 몸에서만 이런 교태가 만들어진다.

"저도 받고 싶어요."

옆자리에 앉은 하선옥한테서 비누 냄새가 났다. 방금 씻고 나왔기 때문이다. 같이 회의를 마치고 안가로 온 것이다.

"넌 마사지가 아니라 굴뚝 청소지."

서동수가 불쑥 말했더니 하선옥이 다시 눈을 흘겼다. 이번에는 새침하다.

"후보자께서 말하는 것 좀 봐."

"난 굴뚝 청소부고."

"내 그게 그을음만 낀 굴뚝이란 말이에요?"

"그 그을음을 내가 어떻게 하는데?"

"내가 말을 말아야지."

"이렇게 분위기가 조성되는 거야."

팔을 뻗친 서동수가 하선옥의 어깨를 당겨 안았다. 요즘은 하선옥과 자주 만난다. 그래서 하나를 시키면 둘을 가져온다. 서로 익숙해지면 필요 없는 낭비가 줄어드는 법이다. 안긴 하선옥이 바로 서동수의 파자마 바지 속으로 손을 넣는다. 그때는 이미 서동수의 한쪽 손도 하선옥의 골짜기를 들치고 있다.

"중국의 핵 폐기 요구가 국민들을 결집시켰어요."

서동수의 바지를 끌어내리면서 하선옥이 말했다. 숨결이 가빠졌고 얼굴은 상기됐다.

"천천히 해주세요."

가운이 젖히자 하선옥의 알몸이 드러났다. 희고, 풍만하고, 탄력이 넘치는 원숙한 몸. 노랗게 익은 논의 벼가 떠오른다. 그러나 서동수는 서둘러 하선옥의 몸 위에 올랐다. 개표가 끝나 국개위 법안이 국민들의 압도적인 지지를 받았다는 것을 확인한 순간부터 감동이 축적되고 있었던 것이다.

"아앗!"

아직 준비가 덜 되어 있었던 하선옥이 신음을 뱉더니 서동수의 어깨를 움켜쥐었다. 그러나 서동수는 거칠게 밀어붙였다.

"아이고, 아파."

그러면서도 하선옥이 서동수의 어깨를 당겨 안는다. 방안에 곧 뜨거운 열풍이 휘몰아치기 시작했다. 대한민국은 새바람이 불어야 한다. 포용하고 이해시키겠지만 그러느라고 멈출 수는 없다. 모두를 다 좋게 해준다면서 퍼주기만 했다. 10년 후 아니 5년 후의 앞을 보지도 않고 당장 눈앞만 무마시켰다. 이제는 그렇게 못한다.

이틀 후 평양 주석궁 안, 커다란 원탁에 남북한 정상과 한랜드 장관 서동수가 둘러앉았는데 언론에서는 3자회담이라고 했다. 오후 3시 반, 셋은 각각 좌우에 측근 둘을 대동하고 있었으므로 원탁에는 9명이 앉은 셈이다. 이런 3자회담은 처음이다. 그동안 남북한 정상회담이 몇 번 있었지만 경제, 평화 등을 주제로 모호한 합의를 내놓고 결과는 미미했다. 정상들의 실적 쌓기용이라는 평가만 받았다. 그런데 이번에는 목표가 확실하다. 핵 폐기 등 중국의 압박에 대항하려는 남북한, 그리고 한랜드 정상회담이다. 그래서 세계의 이목이 집중돼 있다. 지금 한국은 세계 3대 강대국(强大國)인 중국·미국·일본에 대항하고 있는 것과 같다. 중국과는 이미 국교가 단절되다시피 한 상태이고 미·일 양국은 남북한을 적국(敵國)처럼 대하고 있다. 그때 김동일이 먼저 입을 열었다.

"지난번 군부의 일부 친중(親中) 세력이 쿠데타를 일으키려다 실패했는데 이번에도 준동할 기미를 보였습니다."

김동일이 쓴웃음을 지으며 조수만과 서동수를 보았다.

"그래서 조금 전에 주모자를 모조리 체포했고 오늘 중으로 잔당들까지 소탕을 끝낼 예정입니다."

놀란 서동수와 조수만이 숨을 들이켰고 김동일이 말을 이었다.

"북조선은 쿠데타에 대비한 방지 장치가 철저하게 돼 있지요. 70년 동안 3대에 걸쳐서 발전시킨 기술입니다. 이건 노벨상감일 것입니다."

조수만과 서동수는 축하할 수도, 거들 수도 없는 내용이었기에 숨만 쉬었다. 그때 김동일이 말을 이었다.

"이번 평양 3자회담은 쿠데타 주동 세력을 주석궁으로 모으는 수단으로 사용됐지요."

서동수가 머리를 끄덕이자 조수만이 따랐고 곧 양쪽 수행원 넷이 이었다. 그러나 김동일의 좌우 측근들은 석상처럼 움직이지 않았다. 머리를 든 김동일의 얼굴에 다시 쓴웃음이 떠올랐다.

"우리 북조선의 학자, 군 전략가, 당 원로들의 의견을 종합한 결과를 말씀드려도 되겠습니까?"

"예, 말씀하시지요."

연징자인 조수만이 먼저 대답했고 서동수가 따랐다.

"예, 듣겠습니다."

어깨를 편 김동일이 앞에 놓인 서류를 읽었다.

"북조선에 핵이 있는 한 중국은 말할 것도 없고 미·일까지 3국이 압박해도 우리를 어떻게 할 수 없다는 결론이 나왔습니다. 핵을 가진 남북한연방은 아시아의 중심이 되고 새로운 역사를 쓰게 될 것입니다."

김동일이 말을 마쳤지만 조수만과 서동수는 한동안 입을 열지 않았다. 둘 다 만감(萬感)이 교차했기 때문이다. 그때 김동일이 시선을 서동수에게 돌렸다.

"그런데 중국 동성의 기반은 흔들릴 것 같군요. 대안이 있으십니까?"

"없습니다."

바로 말한 서동수의 얼굴에 웃음이 떠올랐다.

"중국법을 많이 어겼으니 어쩔 수 없지요. 하지만 중국 동성은 계속 번창할 것입니다."

중국 동성에서 일하는 중국인 사원이 20만 명 가까이 된다. 그들이 낸 세금으로 중국 정부가 운영되고 있는 것이다. 그때 조수만이 말했다.

"주변 정세가 급히 돌아가고 있습니다. 그러니 이 기회에 남북 대선을 2개월쯤 당겨서 3개월 후에 실시하는 것이 어떻겠습니까? 그때는 양국이 준비가 다 돼 있을 것 같습니다만."

김동일이 좌우 측근들을 둘러보더니 머리를 끄덕였다.

"긍정적으로 검토해 보겠습니다."

"그럼 이것을 정상회담의 합의문에 넣지요."

조수만이 밝은 얼굴로 말하더니 둘을 번갈아 보면서 웃었다.

"이제는 두 분 중 어느 분이 연방 대통령이 되셔도 마음이 놓입니다."

"김동일이야."

아베가 억양 없는 목소리로 말했다. 좌우 양쪽에 앉은 경제상 아소 다로와 방위상 이나다 도모미, 그리고 총리실 부속실장 도쿠가와의 표정이 모두 어둡다. 아베가 말을 이었다.

"지금까지 한반도에서 일어나는 모든 소동의 근원지는 김동일이라고."

의자에 등을 붙인 아소가 천천히 머리를 끄덕였지만 입을 열지는 않았다. 아소는 아베보다 연상인 데다 정치 경력도 선배이며 총리도 지낸 거물이다. 그러나 지금은 아베의 최측근 겸 조언자, 또는 견제 역으로 정국의 중심을 잡고 있다. 아베의 시선이 셋을 훑고 지나갔다.

"김동일은 처음부터 북한을 남한한테 넘기려는 수작을 부린 거야.

북한의 주류인 공산당 측에서 보면 매국노지. 신의주와 경제 발전을 내세우며 나라를 서동수에게 팔아먹은 놈이라고."

그때 아소가 입을 열었다.

"총리 각하, 이번 북한의 쿠데타가 또 불발로 그쳤다면 더 이상 제동장치가 없습니다. 서동수를 중국 동성으로 압박하는 카드도 애당초 기대할 것이 못 됐으니 이제 남북한연방의 핵 보유는 기정사실화될 것 같습니다."

아베가 호흡을 조절하자 이나다가 나섰다.

"총리 각하, 이 기회에 일본의 핵무장 필요성을 한번 띄우는 것이 어떻겠습니까?"

아베와 아소의 시선이 마주쳤다. 도쿠가와는 말석에 앉아 시선만 내리고 있다. 오늘 평양에서 개최된 3자회담 내용과 상황을 분석하고 보고하는 자리인 것이다. 도쿠가와는 아베와 아소 둘만 참석하는 줄 알았는데 이번에 신임 방위상으로 임명된 이나다가 참석한 것에 조금 놀랐다. 이나다는 57세, 여자지만 극우 인사다. 방위상은 국방장관에 해당한다. 방위성 경력도 전무한 이나다가 방위상에 임명됐지만 아무도 토를 달지 않았다. 총리의 권한인 것이다. 도쿠가와는 시선을 내린 채 아베의 용병술에 다시 감탄하고 있다. 이나다를 이 자리에 데려온 목적은 저 말을 유도해내기 위해서인 것 같다. 그때 아베가 입을 열었다.

"방위상의 사견(私見)으로 한번 띄워 보는 것도 나쁘지 않겠지."

"방어 개념으로 띄우겠습니다. 사견을 전제로 하고 말입니다."

이나다가 씩씩하게 말했을 때 도쿠가와는 소리 죽여 숨을 뱉었다. 손발이 맞는다. 이나다는 중의원 출신의 극우파이며 매년 야스쿠니 신사 참배에 빠지지 않는 인물이다. 제2차 세계대전에 대한 일본의 책임을 부인하고, 전범 재판의 당위성을 부인했으며 계속해서 핵무장 의욕을 내비친 전력이 있다. 이런 인물을 방위상으로 내세운 아베이니 손발이 맞을 수밖에 없다.

"도쿠가와."

아베가 불렀으므로 도쿠가와가 머리를 들었다.

"예, 총리 각하."

"서동수가 대마도를 수복하겠다고 여러 번 강조한 적이 있어. 그럴 가능성이 있다고 보는가?"

"예, 있습니다."

바로 대답한 도쿠가와가 어깨를 펴고 똑바로 아베를 보았다.

"현재 한국 측에서는 대마도에 대한 자료 수집이 거의 완료된 상태입니다. 지금은 대마도 관광객이 대마도에 관한 자료집을 들고 확인하고 다니는 상황입니다."

"망할 놈들 같으니."

그때 이나다가 나섰다.

"한국인의 대마도 출입을 금지하시지요, 각하."

그때 아베와 아소가 시선을 마주치더니 동시에 어깨를 늘어뜨렸다. 그것을 본 도쿠가와는 외면했다. 역시 경륜의 차이가 나는 것이다. 인간은 쓰이는 용도에 따라 인정을 받거나 매장을 당한다. 그래서 용인(用人)이 지도자의 가장 중요한 자질이라고 했던가?

"형님, 무슨 일이오?"

조치규가 불퉁스럽게 묻자 최만철이 입맛부터 다셨다. 오후 6시 반, 인사동의 삼겹살 식당 안이다. 이곳은 한때 최만철과 조치규가 단골로 다녔던 식당으로 주인은 그대로였지만 손님이 많이 바뀌었다. 최만철과 조치규도 오랜만에 오는 셈이다. 식당 안은 언제나 그랬듯 시끄럽다. 그리고 손님 대부분이 노조 간부들이다. 둘은 안쪽 칸막이 방에 마주보고 앉아 있었기 때문에 얼굴은 가려졌지만 소음은 다 들린다.

"할 이야기가 있어."

소주병을 들면서 최만철이 무겁게 입을 열었다. 조치규는 현(現) 민노총 위원장. 금속조노위원장으로 있다가 최만철이 민노총을 배신하고 서동수 측근으로 간 후에 선거로 뽑혔다. 강경파였던 최만철의 직속 후배로 '최후임'이란 별명까지 얻었다. 그러나 최만철이 공생당 국개위 위원이 되면서부터 조치규는 최만철을 '반역자'로 매도했다. 그런 상황에서 최만철이 만나자는 연락을 해왔으니 조치규는 긴장한 기색이 역력했다. 조치규의 잔에도 술을 채운 최만철이 술잔을 들고 말했다.

"너, 나한테 반역자라고 한다면서?"

"그럼 아닌가요?"

기다리고 있었다는 듯이 조치규가 바로 말을 받았다. 전 같았다면 벌써 귀싸대기를 맞았을 것이다. 나이가 50이라도 그렇다. 엄격한 위계, 서열은 군대 이상이다. 그때 최만철이 말했다.

"야, 니가 주관해서 각 노조 위원장을 모아놓고 납득시켜."

조치규가 심호흡을 세 번 했다. 무슨 개뼉다구 같은 소리냐고 묻고 싶었지만 꾹 참는 중이다. 그리고 나서 회심의 강편치를 날릴 작정이다. 정색한 최만철이 말을 이었다.

"각 사업장, 그렇지, 금속노조부터 시작하는 것이 낫겠다. 노조가 결의하는 형식으로 말이야. 사측하고 합의서 형식이 보기 좋겠다."

"……"

"10년 무분규 결의부터 해외사업장과 동급 수준으로 보수를 하향 조정하고 근로시간대 생산비율도 해외시장과 같이, 그리고……."

"잠깐만요."

마침내 말을 막은 조치규가 길게 숨을 두 번 뱉더니 최만철을 보았다.

"형님, 미쳤어요?"

"아니."

정색한 최만철이 고개를 저었다.

"나 안 미쳤다. 그렇지, 해외사업장 어디라고 비교할 것도 없이 현 보수에서 50% 수준으로 임금을 동결하는 게 좋겠다."

"정말 거기 가더니 미치신 것 같군."

"그럼 당장 임시직은 정규직으로 채용할 수 있을 것이고 10년 무분규 선언을 하면 사측이 마음껏 역량을 발휘할 수 있을 거란 말이야. 거기에다 근로자 임면권을 사측이 행사한다는 조항을 넣으면……."

"아이 씨, 이건……."

마침내 어깨를 부풀린 조치규가 엉덩이를 반쯤 들었을 때 최만철이 말했다.

"이대로 가면 1년쯤 후 북한 출신 고급 인력으로 너희 노조원이 싹 바뀔 거다."

조치규가 눈만 치켜떴고 최만철의 말이 이어졌다.

"아마 1년 반 후에는 현재 임금의 30% 수준으로 북한 노동자들이 90% 이상을 차지하게 될 거야. 남북연방법을 적용하면 그래."

"……."

"말 잘 듣고 머리 좋고, 책임감과 열의로 가득 찬 새 노동력이지. 너희들 어떻게 할래? 데모로 버틸 수 있을 것 같으냐?"

최만철의 눈빛이 강해졌다.

"국개위를 왜 만들었는데? 우리가 다시 새롭게 시작한다는 의미야. 기득권 다 버리고, 서동수 씨는 재산 다 버렸어. 남은 건 불알 두 쪽이야."

세상에, 서동수를 그렇게 말하다니.

"서울시청 앞 데모대 천막이 어제 철거됐습니다."

유병선이 굳어진 얼굴로 말했다.

"4개 단체에서 거의 3년 가깝게 설치해둔 건데 어제 갑자기 철거했습니다. 지금 시청 앞 사진을 보시지요."

서동수 앞에 사진 서너 장이 놓였다. 한랜드 장관실 안이다. 오후 2시 반, 서동수가 잠자코 책상 위에 펼쳐진 사진을 보았다. 깨끗하다. 항상 데모대 천막이 쳐졌고 머리띠와 구호가 찍힌 상의를 입고 앉아 있던 사람들이 다 없어졌다. 그때 유병선이 말을 이었다.

"다 알아서 철수한 것입니다."

유병선이 들고 있던 서류를 펼쳤다.

"군부대 이전을 반대했던 3개 지자체에서 반대를 철회한다는 공식 발표를 했지만 정부에서는 이미 늦었다고 통보했습니다."

서동수의 시선을 받은 유병선의 얼굴에 희미하게 웃음이 떠올랐다.

"국개위 국무위에서 이미 3개 지자체에 대한 행정조치를 끝냈거든요."

시범 케이스다. 정부는 정부 사업에 참여하기를 거부한 지자체에 정부 예산 지급을 동결시켰다. 자급 수준 20% 미만의 지자체들이었으니 당장 모든 사업이 중지되고 지자체 내 공무원 월급도 지불할 수 없을 것이다. 거기에다 '국민정서'라는 '국개위 지원세력'이 있다. 정부 사업에 지역 이기주의로 반발하는 그 지역의 상품 불매운동이 일어났다. 땅값 떨어질까 봐 군부대 이전을 반대했던 지자체들은 이미 땅값이 폭락하고 있다. 아뿔싸, 하고 반대를 철회했지만 이미 늦었다. 그때 서동수가 유병선에게 지시했다.

"그거, 국방부 장관의 발표, 자세히 못 봤는데 한번 보여주지."

"예, 장관님."

유병선이 서둘러 방을 나가더니 1분도 안 돼 비서실 직원 둘과 함께 들어섰다. 둘은 벽에 장치된 TV로 가더니 곧 디스켓을 넣고 버튼을 눌렀다. 그 순간 화면에 국방부 장관 한상태의 모습이 드러나면서 목소리가 울렸다.

"군(軍)의 이동과 군 장비의 배치를 일일이 지역 주민의 여론을 듣고 실행할 수는 없습니다."

눈을 치켜뜬 한상태가 서동수를 노려보았다.

"남북·평화 공존 시대가 됐다고 하지만 아직 연방이 되려면 몇 달이 남았습니다. 군은 그때까지 맡은 바 책임을 다할 것입니다."

심호흡을 한 서동수가 한상태를 보았다. 한상태는 누가 시켜서 저 말을 한 것이 아니다. 몇 년 전에는 미사일 기지 한 곳을 설치하는데도 지역 주민과 정치인들의 방해로 전국이 혼란에 휩쓸렸다. 지금은 달라졌다. 남북이 신의주특구 이후로 공존 시대가 됐는데도 군은 할 소리를 한다. 서동수가 입을 열었다.

"저런 군 지휘관이 있어야 돼."

서동수가 정지된 화면의 한상태를 보았다.

"저런 지휘관이 있어야 국격이 높아지는 거야. 군인이 정치인에게 휘둘리면 안 돼.”

직원 둘이 물러가고 유병선과 다시 둘이 남았을 때 서동수가 물었다.

“기업 분위기는?”

“좋아지고 있습니다.”

유병선의 표정이 밝아졌다.

“투자와 소비가 늘어나고 있습니다.”

그러나 통계를 대지는 않았다. 사회 분위기 여론조사를 할 수도 없는 것이다. 그리고 서동수는 여론에 따라 움직이지도 않는 인간이다. 그때 유병선이 서류를 들추더니 말을 이었다.

“최만철 위원장이 제안한 ‘참기 운동’이 번지고 있습니다. 미래를 위해 욕심을 참고 견디자는 갖가지 표어가 만들어졌습니다.”

서동수가 머리만 끄덕였다. 그러나 강요하면 안 된다. 자발적으로 번져야 한다. 그러기 위해서는 동기가 필요하다. 신의주특구, 한랜드, 유라시아 진출, 그것도 부족하다. 내가 할 일이 이것이다.

“술은 뭐로 하실까요?”

김광도가 물었으므로 서동수가 최만철부터 보았다.

“최 위원장은 뭘 마시렵니까?”

“소주가 좋은데요, 저는.”

최만철이 대답하자 서동수가 김광도에게 물었다.

“소주 있지?”

“물론입니다, 장관님.”

서동수의 시선이 안종관에게 옮겨졌다.

"안 위원은?"

"전 보드카로 하지요."

"나도 보드카로 하지."

서동수가 말하자 김광도가 웨이터처럼 몸을 돌렸다. 그때 서동수가 잊었다는 듯이 서둘러 말을 이었다.

"김 회장, 여자들도 부르고 당신도 들어와."

유라시아클럽의 주택 안, 앞쪽 유리창을 통해 시베리아의 황야가 보인다. 밤이었지만 눈 덮인 황야는 선명하게 드러났다. 서동수는 오늘 국개위 산업위원장 최만철과 회의를 한 것이다. 한시티 북쪽의 유라시아클럽은 이른바 신개념 룸살롱이다. 룸이 주택형으로 되어 있는 데다 클럽 단지 안에 병원과 학교, 세탁소에 백화점, 영화관까지 설치돼 있어서 '룸시티'라고 불리기도 한다. 룸살롱 종업원은 단지 내 아파트에서 출퇴근을 하는 터라 룸은 한 개의 회사나 마찬가지다. 곧 김광도가 술과 안주를 든 종업원들과 마담, 아가씨들을 인솔하고 들어왔다. 그들은 룸 주택까지 거미줄처럼 연결된 철도를 이용하고 있다. 소리 없이 빠르게 움직이는 전기 철도 차량이다.

"훌륭하구나."

서동수가 탄성을 뱉었는데 시선이 여자들에게 향하고 있다. 아가씨 넷은 동양, 서양, 흑인 혼혈과 중동계였으니 세계 미인을 다 모은 셈이다. 김광도가 정성을 다한 흔적이 보였다. 넷이 옆쪽에 나란히 섰을 때 서동수가 말했다.

"적어도 한랜드에서는 자신의 미모와 서비스를 파는 산업이 보장돼 있지."

서동수의 얼굴에 웃음이 떠올랐다. 룸살롱 사업을 말하는 것이다. 그때 옆쪽에 서 있던 마담이 아가씨들을 소개했다.

"중국, 러시아, 이집트, 에티오피아 태생의 아가씨들입니다. 여기서는 접대인, 또는 상담원으로 부르지요."

"나에겐 성(性) 상담원이 적당해."

서동수가 끼어들었지만 아무도 웃지 않았다. 마담이 말을 이었다.

"모두 한국어를 압니다. 한랜드에서는 한국어가 모국어니까요. 즐거운 시간 보내시길 바랍니다."

인사를 마친 마담이 방을 나갔을 때 서동수가 김광도에게 말했다.

"심지를 뽑아서 파트너를, 아니 상담원을 고르기로 하지."

"예, 장관님."

"자, 그럼 아가씨는 돌아서라고 하고 가진 물건 하나씩을 내도록."

누구 제의인데 거부하겠는가? 김광도가 여자들에게 돌아서라고 지시를 했고 각자 소지품 한 개씩을 내놓았다. 서동수는 지갑에서 5만 원권 한 장을 빼냈고 안종관은 볼펜을, 최만철은 엉겁결에 차고 있던 시계를, 김광도는 주머니를 뒤지더니 열쇠를 꺼내어 탁자 위에 놓았다.

"자, 돌아서서 하나씩 집도록 하지."

서동수의 말에 김광도가 아가씨들을 돌려세우더니 물건을 집도록 했다. 서동수의 5만 원권은 이집트 출신 하디가 집었다.

"네가 클레오파트라의 후손이구나."

하디의 허리를 당겨 안으면서 서동수가 감탄했다.

"어쩌면 이렇게 피부가 기름을 바른 것처럼 윤기가 난단 말이냐?"

하디는 웃기만 했고 서동수의 시선이 옆에 앉은 최만철에게로 옮겨졌다.

"최 위원장님, 이런 감동을 국민들에게 심어줄 수 없을까요? 미래에 대한 부푼 기대감 말입니다."

하디는 24세, 카이로 대학을 졸업한 후에 항공사에 입사해 2년 동안 승무원으로 일한 경력이 있다. 한랜드에 온 것은 6개월 전, 유라시아그룹 사원 모집에 합격한 후에 3개월간 언어 및 소양 교육을 받았다. 유라시아클럽이 보유한 2000여 명의 상담원 중에서 30명 정도인 특A급 상담원. 오늘 드디어 한랜드 장관의 상담⑴을 맡게 되었다. 장관이 클럽의 단골이며 그동안 특A급 3명, A급 3명, B급 2명하고 상담을 했다는 소문이 다 퍼져 있었다. 장관의 이런 급(級)을 가리지 않는 잡식⑴ 기호가 상담원들의 대중적인 지지를 얻기 위한 것인지는 모르지만 인기가 있는 것은 사실이다. B급 상담원은 하룻밤 상담을 하고 나서 한랜드 남쪽 여수시에 500실 규모의 모텔을 경영하고 있다는 소문도 있다. 그리고 오늘, 5만 원권 지폐를 집는 바람에 장관의 상담원이 되었다.

"네 꿈이 뭐냐?"

서동수가 물었을 때 하디의 심장박동이 빨라졌다.

"고향에 집을 사고 부자로 사는 것입니다."

하디가 한국어로 또렷하게 말했다. 검은 눈동자가 반짝였고 곧은 콧날 밑의 붉은 입술은 야무지게 다물어져 있다. 짧은 머리, 긴 목이 마치 아크나톤의 왕비 네페르티티 흉상을 보는 것 같다. 서동수가 하디의 허리를 안은 채 테이블을 둘러보았다. 안종관과 김광도는 즐기는 척하고 있지만 최만철은 불편한 기색이 역력했다. 최만철의 상담원은 중국 출신의 아란. 갸름한 얼굴형에 눈매가 요염했고 가는 체형이다. 역시 특A급 상담원이다.

"최 위원장의 참기 운동이 새바람을 일으키고 있는 건 확실합니다."

서동수가 최만철에게 말했다.

"불평불만을 참다 보니까 모르는 사이에 새바람이 일어나기 시작한 겁니다. 최 위원장이 기폭제 역할을 했어요."

"국민들의 압도적 지지가 바람이 될 겁니다."

정색한 최만철이 서동수를 보았다. 최만철은 아직 아란의 손도 잡지 않았다. 여기서도 참고 있는 것 같다. 최만철이 말을 이었다.

"욕심과 불만에 눈이 멀었던 세력들이 국개위의 힘에 저절로 꺾이기 시작한 것이지요. 지지가 없었다면 절대로 그칠 사람들이 아닙니다."

"그렇군요."

"그 지지의 바탕에 장관께서 계신 것이고요."

"아니, 최 위원장한테 그런 말을 듣다니."

쓴웃음을 지은 서동수를 향해 최만철이 정색했다.

"동성에서 신의주특구 개발, 한랜드로 이어지는 장관님의 발자취가 한국인들 가슴에 박혔기 때문일 것입니다."

최만철의 말이 이어졌다.

"실천하는 인간, 성취하는 한국인의 자세를 보이셨고, 또……."

최만철이 어깨를 부풀렸다가 내렸다.

"거침없이 내보이는 속물근성, 여성 편력, 물질 추구 분위기가 정치인들에게 물린 국민들을 감동시킨 것 같습니다."

"외람되지만 제가 한 말씀 더."

그때 안종관이 나섰다.

"저는 장관님의 가장 큰 장점이 보수성향이면서도 이념을 초월한 포용력이라고 봅니다. 그것이 인사에도 나타나지요."

"그렇군요. 내가 장관님의 최측근이 되어 있으니까요."

최만철뿐인가? 민족당의 중진들도 대거 중용되었다. 그때 서동수가 웃음 띤 얼굴로 말했다.

"국개위가 맨 마지막에 할 일이 있어요."

세 쌍의 시선을 정면으로 받은 서동수가 말을 이었다.

"그때는 새바람으로 대한민국에 신선한 분위기가 있을 테니 대한연방의 자랑스러운 지도자를 머릿속에 넣어 주십시다."

서동수가 엄지를 젖혀 제 얼굴을 가리켰다.

"나 말고."

밤 10시에 술좌석이 끝났는데 하디는 오늘밤 장관과 자는 것은 다음 기회로 미뤄야만 했다. 장관이 그냥 일어섰기 때문에 나머지 셋도 당연히 2차는 나갈 엄두를 내지 못했다. 그러나 앞으로 하디는 특A급 중에서도 특별대우를 받게 될 것이다. 장관의 상담원들은 우선 아파트 등급이 올라간다. 병원도 예약 없이 갈 수 있고 단지 내에서 운행되는 콜 열차 서비스도 무료다. 장관하고 잤건 안 잤건 상관없다. 이 대우를 만든 것이 클럽 회장 김광도다. 김광도가 무슨 마음으로 만들었는지 모르지만 장관을 존경하고 있는 것은 분명했다. 서동수가 클럽에서 30분 거리인 별장에 도착했을 때는 10시 40분이다. 응접실로 들어선 서동수를 맞은 여자는 후원(胡雲)이다. 중국 국무부 차관 후원이 기다리고 있었던 것이다.

"기다렸어?"

서동수가 웃음 띤 얼굴로 묻자 후원이 눈을 흘겼다. 교태가 몸 전체에 흐르고 있다. 40대 후반이지만 잘 가꾼 피부와 몸매는 30대로 보인다. 후원은 7시에 별장에 도착해 혼자 저녁까지 먹고 기다리는 중이었다. 서동수가 옷을 갈아입고 나왔을 때 후원이 물었다.

"저, 여기서 자고 갈까요?"

"그럼, 옷장에 갈아입을 옷이 있을 거야."

다가선 서동수가 후원의 겨드랑이에 손을 넣어 안아 일으켰다.

"더 아름다워졌군."

"그 유명한 유라시아클럽에서 마셨어요?"

"당연하지. 너 때문에 일찍 끝냈어."

서동수가 후원의 입을 맞추자 금방 입이 열리면서 혀가 나왔다. 후원의 혀에서 포도 맛이 났다. 서동수의 목을 감은 후원이 하반신을 밀착시키더니 비벼대었다. 잠깐 입을 떼었을 때 후원이 가쁜 숨을 뱉으면서 말했다.

"내가 당신과 이런 사이라는 것을 다 아는 사람들이 날 밀사로 보낸 것이니까요."

후원이 번들거리는 눈으로 서동수를 보았다.

"당연히 이런 줄 알 테지요."

"관음증이 있는 사람들이군."

후원의 스커트 호크를 푼 서동수가 손을 팬티 속으로 집어넣었다.

"맞아요."

허리를 비튼 후원이 서동수의 잠옷 바지 속으로 손을 집어넣더니 남성을 움켜쥐었다.

"당신하고는 항상 흥분돼요."

"달라졌는데?"

후원의 팬티까지 내린 서동수가 바로 옆의 소파 위로 밀어 눕혔다. 그러고는 바지를 벗어 던지고 나서 후원의 위로 올랐다.

"그래, 무슨 용건이야?"

"넣어줘요."

후원이 서동수의 남성을 잡아 골짜기에 붙이면서 말했다. 남성 끝에 닿은 골짜기가 젖어 있는 것이 느껴졌다. 그러나 서동수가 엉덩이를 뒤로 뽑으면서 다시 물었다.

"누가 보낸 거야?"

"시 주석."

"시 주석이?"

숨을 들이켠 서동수가 다시 엉덩이를 뒤로 물렸다. 지금까지는 제2인자 저커장과 산둥성 서기 리정산(李正山), 그리고 외교부장 우린(吳林)이 전면에서 대외정책을 주도해 왔던 것이다. 물론 주석 시진핑의 지시를 받았을 터이다. 그때 후원이 하반신을 번쩍 추어올리면서 신음했다.

"나, 미치겠어. 넣어줘요."

서동수가 후원의 셔츠를 벗겼다. 브래지어까지 벗기자 풍만한 젖가슴이 드러났다. 서동수가 젖가슴을 가득 입에 물자 후원이 비명 같은 신음을 뱉었다. 서동수는 후원의 젖꼭지를 혀로 굴리면서 생각했다. 후원이 서둘고 있다. 뭔가 충격적인 내용을 지시받고 온 것 같다. 그것도 시 주석의 지시다. 그때 후원이 서동수의 어깨를 당기는 시늉을 했다. 더 위로 올라오라는 것이다. 이윽고 서동수는 젖가슴에서 입을 떼고 후원의 몸 위로 올랐다. 후원이 하반신을 들썩이고 있다. 서동수는 후원의 이마에 입술을 붙였다가 떼었다. 다음 순간 후원이 입을 딱 벌리더니 서동수의 양쪽 팔을 움켜쥐었다. 강한 악력이다. 서동수는 뜨겁고 끈적이는 동굴 안으로 빨려 들어가면서 온몸에 전류가 흐르는 느낌을 받는다. 후원의 입에서 억눌린 신음이 터졌다. 가쁜 숨소리, 엉키면서 뒤틀리는 두 쌍의 사지.

"아아아."

후원의 신음이 높아지면서 서동수의 움직임에 맞춰 음색(音色)이 달라졌다. 허리를 들썩이던 후원이 소리쳤다.

"여보, 천천히, 천천히."

몸이 급격히 달아오르고 있기 때문이다. 그러나 서동수는 맞추지 않았다. 오히려 더 거칠게 부딪치자 후원이 곧장 절정으로 치솟는다. 후원의 몸은 새롭다. 안기고 뻗는 자세만 서로 익숙할 뿐이지 느낌은 언제나 다르다. 오늘 후원은 강한 자극을 받은 것 같다. 그것이 금방 달아오르게 만들었다.

"아이고, 여보."

후원의 외침이 단말마의 비명처럼 울렸다. 동굴이 와락 좁아지는 것 같더니 벽이 허물어지는 깃처럼 좁아졌다. 벽의 세포 하나하나가 불끈거리면서 박동했고 후원의 사지가 뜨거운 뱀처럼 휘감겼다. 딱 벌린 입, 치켜뜬 눈은 죽은 생선 같다. 이윽고 후원이 폭발했다.

"아아앗."

턱을 치켜든 채 온몸이 굳어진다. 자극을 극대화할 목적으로 다리를 한껏 벌렸기 때문에 후원의 몸은 기묘하게 뒤틀렸다. 상반신은 빈틈없이 엉킨 반면 하반신은 떼어진 것 같다. 그런 다음 두 쌍의 사지가 허물어지듯 엉키기 시작했다. 신음과 함께 가쁜 숨소리가 방안을 뒤덮고 있다. 서동수는 후원을 안은 채 귓불을 입에 물었다. 후원의 성감대 중 하나다. 얼마쯤 시간이 지났는지 모른다. 후원의 가쁜 숨소리가 가라앉기 시작할 때 서동수가 몸을 떼어 옆에 누웠다. 방안은 아직 열기가 식지 않았다. 둘은 이제 소파에 나란히 누워 있다. 그때 후원이 말했다.

"시 주석은 중·한 동맹을 원하고 계세요."

서동수가 심호흡을 했다. 북한은 중국과 동맹 관계다. 한국이 미국과 동맹 관계인 것과 마찬가지인 것이다. 그러나 대한연방이 되었을 때의 대중(對中)관계는 아직 결정되지 않았다. 이 분위기로 간다면 대한연방과 중국은 적국(敵國)이 된다. 몸을 돌린 서동수가 후원의 허리를 당겨 안았다. 후원이 한쪽 다리를 서동수의 하반신에 비스듬히 걸쳤다. 서동수가 물었다.

"조건은?"

"그렇게만 말씀드리면 된다시더군요."

"한·중 동맹? 핵은?"

"그 말씀은 없었습니다."

"지금 진행하고 있는 경제 압박은?"

"말씀 없었습니다."

서동수가 후원의 풍만한 젖가슴을 손으로 감싸 쥐었다.

"갑자기 한·중 동맹을 이야기하시다니 영문을 알 수가 없군."

"이 말은 하셨어요."

몸을 붙인 후원이 서동수의 가슴에 볼을 붙였다.

"중국은 5000년간 한반도와 가까운 나라였다고."

"시 주석 말씀인가?"

"네."

"저커장 총리나 리정산 서기는 만나지 않고 온 거야?"

"안 만났습니다."

가슴에서 볼을 뗀 후원이 눈동자의 초점을 잡고 서동수를 보았다. 정색한 얼굴이다.

"전, 시 주석의 밀사 역할이에요."

"……."

"참고로 말씀드리는데 제가 시 주석과의 통로 역할입니다. 리 총리, 리 서기는 통하지 않아요."

서동수가 다시 후원의 엉덩이를 당겨 안았다. 후원에게서 박하향 같은 살냄새가 났다. 전에 맡았던 냄새와 다르다.

"시 주석과 저커장의 갈등으로 보입니다만 양면 공격일 수도 있습니다."

서동수의 말을 들은 안종관이 말했다. 다음 날 오전, 장관실 안이다. 테이블에는 안종관과 유병선, 그리고 비서실의 중국 전문가 장석호까지 넷이 둘러앉아 있었는데 어젯밤 후원으로부터 들은 이야기를 해준 것이다. 그때 유병선이 조심스럽게 입을 열었다.

"결론적으로 해로운 일은 아닌 것 같습니다만, 시진핑이 새로운 길을 뚫어준 느낌입니다."

서동수가 머리만 끄덕였을 때 장석호가 나섰다. 47세, 중국에서 정치학 박사 학위를 받고 10여 년간 대학교수로 근무한 중국통이다. 지금은 비서실장 유병선의 보좌역으로 한랜드의 중국 관계 업무를 관장하고 있다.

"중국이 일사불란하게 당(黨)의 주도하에 움직이는 것 같지만 조직이 큰 만큼 허점이 많습니다."

장석호가 차분하게 말을 이었다.

"당정(黨政)이 분리되고 시 주석 중심으로 철통같은 권력구조가 만들어졌지만 세상은 저절로 움직이는 법입니다. 영원한 지배자는 존재하지 않으며 밤이 지나면 해가 뜹니다."

그때 안종관이 헛기침을 했다. 국정원 출신인 안종관은 이런 표현을 싫어한다. 정관계에 진출한 대학교수 출신도 신뢰하지 않는다. 그때 서동수가 말했다.

"시 주석이 우리한테 여유를 준 것은 맞아. 그래서 말인데."

심호흡을 한 서동수가 셋을 둘러보았다.

"이 내용을 미국 측에 알려주는 게 낫겠어."

셋이 입을 다물고 있는 것은 예상하고 있었다는 표시도 되었다. 서동수가 말을 이었다.

"내 생각인데 시 주석도 내가 그것을 미국 측에 알려주리라는 것도 예상하고 있을 것 같네. 시 주석은 뻔한 수를 놓았고 나도 마찬가지야. 당연한 수를 놓는 거야."

"……."

"잔재주를 부리는 자들은 제 앞쪽으로 여러 수를 건너뛰겠지. 그러도록 내버려 둬. 시 주석은 한·중 동맹을 제의했고 나는 그것을 미국 측에 알려주고, 이렇게 풀어버릴 거야."

그러고는 서동수가 어깨를 늘어뜨리며 웃었다.

"당신들도 이젠 내 특징을 알겠지? 쉬운 표현, 간단한 논리, 짧은 말, 그리고 단순한 접근, 이렇게 해야 상대한테 빨리 흡수되는 것 같네."

"제가 가겠습니다."

안종관이 말했으므로 서동수가 머리를 끄덕였다. 예상하고 있었던 것이다.

"바로 출발하도록."

"예, 한·미 동맹 이야기가 나올 텐데 어떻게 대답할까요?"

"나는 1950년 6·25 때 미국이 대한민국을 구해준 것을 잊지 않는 사람이라고 말해주면 대답이 될 거야."

"되고도 남겠지요."

안종관이 대답했을 때 서동수가 유병선을 보았다.

"한국에 들어가서 조 대통령한테도 이 이야기를 해줄 거야."

"알겠습니다, 그리고 다음은 평양입니까?"

"그래야지."

"오늘 출발하실 겁니까?"

머리를 끄덕인 서동수가 자리에서 일어섰다.

"동성제품 구매운동이 일어나고 있다는데 내가 인사라도 해야 하는지 모르겠군."

혼잣소리처럼 말했더니 유병선이 질색했다.

"하지 마십시오. 가만 계시는 것이 낫습니다."

"아니, 그렇다고 더 좋은 경쟁 제품이 있으면 그걸 사야지, 왜……."

"그런 것까지 개입하실 필요는 없습니다."

이번에는 안종관이 말했으므로 서동수가 입맛을 다셨다. 중국에 동결된 동성 재산이 80억 달러 가깝게 되는 것이다. 하지만 중국 동성은 중국에서 잘 돌아간다. 중국 회사가 되어 있기 때문이다.

"한반도가 분단 상태의 남북한이 아니라는 것을 깨닫게 된 것 같군요."

대통령 조수만이 말했다.

"다행입니다."

조수만은 곧은 성품이다. 중국 측의 반응을 대번에 정리했다. 조수만은 서동수가 미국 측에 통보한다는 것도 이해했다. 이심전심이다. 청와대 회의실 안이다. 오후 5시 반 서동수는 한랜드에서 날아오자마자 청와대로 들어온 것이다. 조수만이 말을 이었다.

"이제 연방 대통령 선거가 석 달 남았습니다. 남북한 통일이 석 달 남은 것이나 마찬가지 아닙니까?"

며칠 전 정상회담 합의문에서 남북한은 연방 대통령 선거를 석 달 후인 12월 15일에 치른다고 발표했다. 내년이면 대한연방이 된다.

"제가 다시 평양으로 가서 김 위원장께 말씀드리겠습니다."

서동수가 조수만에게 말하고는 웃었다.

"남북은 이미 호흡이 맞습니다, 대통령님."

청와대를 나온 서동수가 동행한 유병선에게 말했다.

"지금까지 한민족은 침략만 받아왔어. 고구려 시대에 만주 대륙까지 진출한 후부터는 한반도에 머물면서……."

말을 그친 서동수가 유병선을 보았다. 말을 이을 필요도 없다. 모두가 알고 있는 사실이다. 중국이 한반도를 속국 취급해 왔다.

"혹시 중국인들에게 그런 인식이 박혀 있는 것이 아닐까?"

"있겠지요."

유병선이 바로 대답했다.

"우리도 그러지 않습니까? 국민의 자긍심과 애국심 고취를 위해 지난 역사를 자랑하지요."

창밖으로 시선을 돌린 서동수가 심호흡하면서 말했다.

"다행이야. 시 주석이 융통성을 보여줘서."

"여유가 있는 것 같습니다."

"적절하게 대처해야 해."

의자에 등을 붙인 서동수가 말을 이었다.

"분위기는 익어가고 있으니까."

차가 도착한 곳은 인사동의 한식당 앞이다. 이미 한식당 방안에는 국개위 간부들이 모여 있었는데 서동수가 들어서자 분위기가 밝아졌다.

"대표님, 분위기가 썰렁하다고 불평하는 사람이 있습니다."

공생당 원내총무 출신의 오성호가 커다랗게 말하자 모두 웃었다.

"이런, 나만큼 밝히는 사람이 있는 모양이군."

이맛살을 찌푸린 서동수가 투덜거리자 다시 웃음이 터졌다. 분위기가 밝아지면 젓가락만 떨어져도 웃는 법이다. 이미 상 위에는 요리와 소주가 놓였으므로 소주잔을 든 서동수가 입을 열었다.

"내가 비공식 라인을 통해서 시 주석의 전갈을 받았습니다."

분위기는 순식간에 가라앉았고 서동수의 말이 이어졌다.

"방금 대통령님을 만나서 보고 드리고 오는 길입니다. 그리고 시 주석의 비공식 제의지만 그 내용을 미국 측에 전달하기로 했습니다."

서동수가 둘러앉은 국개위 간부들을 차례로 보았다. 모두 숨을 죽이고 있다.

"시 주석은 대한연방과 중국의 동맹을 제의했습니다. 다른 이야기는 없었고 동맹만을 제의한 것입니다."

서동수의 얼굴에 웃음이 떠올랐다.

"조건은 나중에 붙겠지요. 그리고 시 주석은 앞으로 당신하고의 직접 연락을 바란다고 했습니다. 이상입니다."

그때 누군가 바로 물었다.

"중국 내부에서 이견이 발생한 것입니까?"

"잠깐만요."

나서서 말을 막은 것이 유병선이다. 자리에서 일어선 유병선이 좌중을 둘러보며 말했다.

"지금 대통령님도 각료들과 이 문제를 협의하고 계실 것입니다. 그러니 여러분도 당분간 비밀을 지켜주시도록 부탁드립니다."

그러나 이것은 금방 소문으로 전국 방방곡곡으로, 세계로 번져 나갈 것이다. 그것을 예상하고 오늘 불러놓고 말해준 것이니까.

그 시간에 김광도는 여의도의 한식당 '양천옥'에서 국진건설의 회장 유정호와 저녁을 먹는 중이다. 오후 7시 반, 유정호는 48세로 2세 경영자였지만 부친으로부터 경영권을 받은 지 14년 만에 도급 순위 500위였던 회사를 30위권으로 성장시켰다. 특히 이란이 규제에서 풀리기 전부터 공을 들여 놓았다가 대규모 공사를 수주한 것은 국민에게 감동을 불러일으켰다. 유정호의 안목과 추진력이 뛰어났기 때문이다. 이곳은 방안이라 두 사람뿐이다. 각자 수행해온 간부들은 다른 방에서 식사하는 중이다. 그때 소주잔을 든 유정호가 김광도를 보았다.

"김 회장님, 사람들은 내가 발군의 영업실적을 올렸느니 어쩌느니 하지만 나보다 더 뛰어난 사람이 있지요. 그게 누군지 아십니까?"

유정호의 얼굴에 웃음이 떠올랐다.

"바로 김 회장님이시죠. 그건 부인하지 못하실 겁니다."

"아닙니다. 저는……."

당황한 김광도가 손까지 저었지만 유정호는 말을 이었다.

"6년인가요? 6년 만에 컨테이너로 만든 룸살롱 하나에서 시작한 사업체가 지금은 어떻게 되었습니까? 룸시티라고 부르는 새로운 유흥세계를 건설한 전설이 되셨지 않습니까?"

"아이고, 그만 하십시오."

쓴웃음을 지은 김광도가 멋쩍은 김에 소주잔을 비우고 내려놓았다. 하긴 여러 번 언론에도 보도된 것은 물론이고 지난번 대선후보 선거 때는 민족당 측에서 김광도를 무차별 공격했다. 서동수의 특혜를 받아 성장한 기업이며 유라시아그룹의 실소유주는 서동수라는 것이었다. 그때 유정호가 말을 이었다.

"이번에 유라시아그룹이 3개 지역에 룸시티 허가를 받으셨더군요."

김광도가 웃음 띤 얼굴로 시선만 주었다. 그렇다. 유라시아그룹은 한시티 외에 한랜드의 3개 지역에 룸시티 건설 허가권을 얻은 것이다. 3개 지역이 모두 제주도 면적만 한 규모였고 그곳에 온갖 위락 시설이 들어선다. '유흥의 도시'인 셈이다. 룸시티가 곧 유흥의 도시이며 그것이 또다시 룸살롱처럼 세계를 선도하고 있다. 미국이 네바다주에 제2의 라스베이거스를 세우겠다면서 만든 법안이 '룸시티 법안'이다. 유정호가 말을 이었다.

"짐작하고 계시겠지만 오늘 뵙자고 한 건 그 일 때문입니다, 김 회장님."

"그거야 입찰 방식이라서요."

김광도가 웃음 띤 얼굴로 말을 이었다.

"제가 상관했다가는 큰일 납니다."

"한국 기업을 대표해서 말씀드리려고 합니다."

정색한 유정호가 김광도를 보았다.

"3개 지역의 룸시티 공사는 우리 대한민국 건설업체뿐만 아니라 남북한 경제에 엄청난 효과를 가져올 것입니다. 따라서……."

"알겠습니다."

김광도가 머리를 끄덕였다. 수백억 달러의 대공사인 것이다.

"한국 기업들이 참여해야겠지요. 다만……."

김광도가 말을 이었다.

"경쟁력을 갖춰야 하지 않겠습니까?"

"그런데 저는 경쟁력이 모자라면 로비라도 해서 오더를 수주했지요."

김광도의 시선을 받은 유정호가 쓴웃음을 지었다.

"이란 오더도 그쪽 실력자들의 마음을 움직였기 때문이지 제 회사가 경쟁력이 있었던 것은 아니었습니다."

"……."

"국개위가 신바람 운동까지 시작한 마당에 이번 오더로 동참할 수 있는 방법을 강구했습니다. 기회를 주신다면 제안을 드리고 싶습니다만……."

김광도는 유정호의 시선을 받으면서 어깨를 늘어뜨렸다. 미국에서 박사까지 받고 기업을 물려받아 수십 배 성장시킨 관록이 보인다. 국개위에 기업을 동참시키자고 했는가? 과연 로비의 귀재다. 누가 이 제안을 거부하겠는가?

오늘밤 김광도는 고교 동기 양주만과 허성철 둘과 약속했다. 30대 중반의 나이에 대기업의 총수가 된 김광도의 인기는 빌 게이츠에게 뒤지지 않는다. 사사건건 시비를 거는 안티도 많지만 김광도는 한국 젊은이 대부분의 '멘토'가 되어 있다. 김광도의 성공 스토리가 다큐멘터리, 드라마로 만들어진 것도 여러 개여서 이제는 서울 오면 밤에 잘 안 나간다. 지난번 룸살롱에 갔다가 언놈이 몰카를 찍어 유튜브에 올리는 바람에 경을 친 적도 있다. 그래서 약속 장소를 호텔 근처의 중식당 '아서

원'으로 정한 것이다. 오후 9시, 김광도가 방으로 들어섰을 때 기다리고 있던 둘이 반색했다.

"어, 반갑다."

김광도가 자리에서 일어선 둘과 악수를 하면서 가슴 한쪽이 허전해지는 것을 느낀다. 둘은 고교 동기 중에서 잘나가는 부류에 속했던 친구들이다. 둘 다 일류대학에 들어가서 대기업에 취업했는데 양주만은 대성상사 과장, 허성철은 대기업 계열사인 백화점 팀장이다. 김광도가 미리 주문을 해 놓았기 때문에 곧 요리와 술이 나왔다. 유정호와 헤어져 바로 이곳으로 온 것이다.

"너, 요즘 바쁘더라."

김광도의 잔에 술을 따르면서 양주만이 말했다.

"이렇게 시간 내줘서 고마워."

"아냐, 바쁘다고 일만 할 수 있냐? 친구도 만나고 놀기도 해야지."

술잔을 든 김광도가 둘을 번갈아 보았다.

대학 다닐 때부터 둘은 귀족이었다. 3류대 출신인 김광도는 그들 그룹에 끼지 못했다. 그러다가 김광도가 개천에서 용이 된 것이다. 개가 범이 되었다고도 했다. 김광도 할아버지 묘를 이장한 덕분이라는 소문도 났다. 별놈의 뒷말이 다 생겼지만 김광도가 열심히 일했기 때문이라는 말은 들리지 않았다. 김광도처럼 유명해지면 별 인간이 다 모이는 법이다. 얼마 전에 동창 한 명이 꼭 만나자고 해서 서울 나온 길에 잠깐 만났더니 앞에 앉은 둘 이야기를 해주었다. 둘은 아직도 동기 중에서 귀족 행세를 하고 있었는데 김광도를 서동수의 대리인이라고 한다는 것이다.

"너희 만나니까 좋다."

김광도가 50도짜리 우량예(五糧液)를 한 모금 삼키고 나서 말했다.

"뭐니 뭐니 해도 고등학교 시절이 좋았지. 그땐 다 뭐가 될 것 같았으니까."

"그렇지."

허성철이 맞장구쳤다.

"그런데 나이 40이 다 되어가니까 '꿈은 사라지다'가 되더라."

"인마, 넌 그래도 동창 중에 귀족 축에 들잖아?"

김광도가 나무라자 양주만이 나섰다.

"너만큼 이루기가 쉽지 않지. 아니 너만큼 이룬 동창은 없어."

"이런."

입맛만 다신 김광도에게 양주만이 말했다.

"바쁜데 본론만 말할게. 너, 동창회장 좀 맡아주라. 우리가 그것 때문에 만나자고 한 거야."

"……."

"뭐, 솔직히 동창회장 하면 기부금도 내야하고 동창회 경비 등 만만치가 않아. 하지만 귀찮지는 않을 거야. 총무가 다 알아서 하니까."

"……."

"넌 직위만 걸고 있으면 되지. 재력이 있는 동창들한테 동창회장 맡으라고 권하는 건 삼국시대부터 있었던 일이니까 이상할 것 없다."

쓴웃음을 지은 김광도가 다시 술잔을 들었을 때 허성철이 말을 이었다.

"동창회도 새바람이 불고 있어."

"어떻게?"

김광도가 묻자 허성철이 어깨를 폈다.

"전에는 만나서 술 먹고 노래방이나 가고 끝냈는데 이제는 기마다 새바람 찾기 운동을 시작했어. 누가 시킨 것도 아냐."

"……"

"그래서 널 찾아온 거야. 네가 동창회장을 맡으면 새바람이 일어날 거다."

새바람 운동을 거부한 유라시아그룹이 유튜브에 뜰까?

"저 옷 갈아입고 와요?"

오수정이 묻자 서동수가 머리를 들었다. 성북동 안가의 응접실 안, 벽시계가 밤 11시를 가리키고 있다. TV를 보고 있던 서동수에게 오수정이 물은 것이다.

"응, 그래. 야하게 입고 와 봐."

술잔을 든 서동수가 다시 TV로 시선을 돌리면서 말했다. TV에는 새바람 운동의 사례가 발표되는 중이다. 처음에는 조작이라고 비난했던 사람들이 많았지만 지금은 시청률이 높다. 그리고 감동적이다. 국가개혁위원회의 활동도 새바람의 기반하에 진행돼야 한다. 지금 새바람은 이곳저곳에서 미풍으로 불고 있었지만 모이면 태풍이 돼 국개위를 반석 위에 올려놓을 것이다. 손에 쥐고 있던 술잔이 빈 줄도 모르고 술잔을 입에 털어 넣었던 서동수가 입맛을 다셨을 때 방에서 오수정이 나왔다. 그 순간 서동수가 숨을 들이켰다. 오수정이 알몸으로 나온 것이다.

"아아."

서동수의 입에서 저절로 탄성이 터졌다. 술잔을 내려놓은 서동수가 두 손을 벌려 맞는 시늉을 했다.

"그래, 갈아입고 왔구나."

"야하죠?"

3m쯤 앞에 선 오수정이 두 손을 허리에 짚은 자세로 서동수를 보았다. 오수정은 37세, 5년 전 이혼하고 한시티에서 여행사 매니저로 일하다가 서동수를 만났다. 유라시아클럽에 들렀던 서동수가 손님들을 안내해온 오수정을 만난 것이다. 그것이 열흘 전이고 오늘 서동수의 한국 방문에 오수정이 따라왔다. 물론 전용기에 탑승할 때는 유병선이 비서실 직원으로 등록시켰다. 리모컨으로 음소거를 시킨 서동수가 눈을 크게 뜨고 오수정을 보았다. 파마한 긴 머리가 알몸의 어깨를 덮은 오수정은 중세 서양화의 모델 같았다. 갸름한 얼굴에 섬세한 윤곽의 미인이었지만 젖가슴과 엉덩이는 풍만했다. 그러나 허리는 잘록했고 둥근 어깨 밑으로 미끈한 두 팔이 허리를 짚었다. 허리 아래쪽의 볼륨은 크다. 볼록한 아랫배와 큰 엉덩이, 그리고 허벅지 위쪽의 짙은 숲과 선홍빛 골짜기가 다 드러나 있다. 오수정은 서동수의 시선을 받은 채 움직이지 않는다. 오수정의 알몸을 훑어가던 서동수의 몸이 어느덧 뜨거워졌다. 두 다리를 벌리고 섰던 오수정이 자세를 바꿔 한쪽 다리를 모로 섰는데 그사이에 젖가슴이 출렁거렸고 아랫배가 가볍게 들썩였다. 마침내 참지 못한 서동수가 다시 두 손을 벌려 이제는 안으려는 시늉을 했다.

"이리 와."

"TV에 열중하신 거 보고 짜증났어요."

다가온 오수정이 옆에 앉더니 서동수의 바지를 벗겼다. 바지와 팬티까지 끌어 내리는 것이 너무 자연스러워서 서동수는 그냥 엉덩이를 들기만 했다.

"어휴."

서동수의 남성이 드러나자 오수정이 감탄하더니 손으로 감싸 쥐었다가 놓았다. 그러고는 다시 셔츠를 벗겼다. 이제 서동수도 알몸이 되었다. 그때 오수정이 서동수의 옆에 바짝 붙더니 물었다.

"제가 위에서 해드려요?"

"아니, 난 내가 위에서 하는 게 좋아."

"저도 그래요."

오수정이 서동수의 남성을 감싸 쥐면서 위아래로 마찰 운동을 했다.

"입에 넣을까요?"

"됐다."

"전 입으로 해주면 좋은데 해주실래요?"

몸을 밀착시킨 오수정이 상기된 얼굴로 서동수를 보았다.

"우리 오늘 처음이잖아요?"

"그래서?"

어느덧 서동수의 손이 오수정의 골짜기를 더듬고 있다. 오수정이 다리를 비틀면서 말을 이었다.

"저 잔뜩 기대하고 있는데 TV만 보고 계셔서 화가 났어요."

"그래, 내가 잘못했다."

서동수가 오수정의 젖가슴을 입에 넣었다.

"아."

오수정이 옅은 신음을 뱉더니 두 손으로 서동수의 머리를 감싸 안았다. 서동수는 입안에 든 오수정의 젖꼭지를 아이처럼 빨았다. 이로 조금씩 깨물기도 하면서 강하게 빨았더니 오수정이 몸을 비틀며 신음했다. 서동수의 남성을 감싸 쥔 손에 힘이 들어갔다.

"나, 거기 좀 만져 줘요."

하반신을 비틀면서 오수정이 숨 가쁜 목소리로 말했다. 골짜기를 애무해 달라는 말이다. 서동수가 손을 뻗치자 오수정이 다리를 활짝 열었다. 입에서 신음이 점점 커지고 있다. 그랬다. 유라시아클럽에서 처음 만났을 때 서동수는 가슴이 철렁 내려앉는 느낌을 받았다. 이것이 바로 감동(感動)이다. 러시아 여행자들과 함께 온 오수정이 활짝 웃고 있던 때다. 눈까지 함께 웃는 웃음, 벌린 붉은 입술을 본 순간 서동수는 강렬한 성욕을 느꼈다. 시도 때도 없이 그러면 미친놈이겠지만 인간이 기계와 다른 점이 바로 이것이다. 서동수가 거침없이 오수정에게 다가간 것은 성격 때문이기도 할 것이다.

"나하고 만날 시간 있어?"

다가선 서동수가 불쑥 그렇게 물었을 때 세 발짝 거리부터 알아본 오수정이 눈웃음을 치더니 바로 되물었다.

"언제요?"

"내 경호원한테 전화번호를 줘."

"알았어요."

머리를 끄덕인 서동수가 몸을 돌리면서 다시 한마디.

"대가는 줄게."

이렇게 해서 만난 사이인 것이다.

"아, 거기 좀 닦을까요?"

하고 오수정이 물었으므로 서동수가 젖가슴에서 입을 뗐다. 오수정은 골짜기에서 흘러나온 온천수를 닦자는 것이다.

"아니, 놔둬."

"물 많은 거 좋아하세요?"

"많을수록 좋아."

서동수가 오수정의 상반신을 밀어 눕히고는 입술을 아랫배로 가져갔다.

"아아."

기대에 찬 오수정의 신음이 방안을 울렸다.

"좋아요."

서동수의 상반신을 두 다리로 엉켜 감으면서 오수정이 몸부림쳤다. 얼굴은 붉게 상기됐고 반쯤 벌린 입에서는 끊임없이 앓는 소리가 흘러나왔다. 이윽고 서동수의 입이 골짜기로 내려왔다. 엉덩이를 들썩이던 오수정이 잠깐 움직임을 멈춘 것은 닿는 순간을 기다리는 것이다. 그렇다. 만나는 대가를 주겠다고 한 것이다. 장관이라고, 곧 연방 대통령이 된다고 다 줄줄 따르는가? 서동수는 장사꾼으로 사회생활을 시작했고 주고받는다는 의식이 몸에 밴 인간이다. 그러고 나서 오수정의 신상 조사를 했더니 서울에서 친정어머니가 초등학교 2학년짜리 딸을 키우고 있었다. 아이가 네 살 때 이혼했는데 남편이 직장에서 해직되고 3년간 무위도식하며 PC방에서 살았기 때문이라는 것도 알았다. 구타도 당했다고 했다. 한랜드로 온 것은 4개월 전. 3개월 전부터 친정어머니한테 한 달에 3000달러씩 보내주고 있다. 아주 평범한 이혼 사유이며 여자의 일생이다. 이런 사연은 쌔고 쌨으며 더 심한 경우도 많다.

"아아악."

서동수의 얼굴이 골짜기를 덮었을 때 오수정이 마음껏 탄성을 뱉었다. 오수정은 한랜드의 여행사 전용 숙소에서 산다. 여행사 사람이 지난주에 들러서 한 시간쯤 머물다 갔는데 그놈은 여자가 많다. 그때 다시 오수정이 허리를 번쩍 추어올리면서 비명을 질렀다.

"모두 들으셨지요?"

고정규가 묻자 둘러앉은 사내들이 모두 머리를 끄덕였다. 오전 7시 반, 여의도의 한정식당 '대운옥' 안이다. 요즘 고정규는 매일 아침에 각계 요인들과 조찬회동을 했는데 부지런한 그의 성품대로 거의 빠진 적이 없다. 고정규가 말을 이었다.

"시 주석이 서동수 씨한테 밀사를 보내 한·중 동맹을 제의했다는데……."

고정규의 얼굴에 쓴웃음이 떠올랐다.

"서동수 씨가 측근들에게만 알려준 정보라지만 하루 만에 초등학생들한테까지 다 퍼져 버렸단 말입니다."

하긴 그렇다. 하루 만이 아니라 한 시간이면 SNS를 통해 전 세계로 퍼 날라진다. 모두 침묵을 지켰고 고정규의 말이 이어졌다.

"퍼 나르라고 말한 것 같은데, 교묘한 수단 아닙니까? 시 주석의 밀사라니? 공식적으로 확인할 수도 없는 상황을 만들어 놓고 현실을 자신에게 유리한 방향으로 이끌어가고 있어요."

"……."

"그렇다고 시 주석한테 확인할 수도 없는 일 아닙니까? 확인해서 그런 일 없다고 해도 이제는 으레 그러는 줄 알고 믿지 않을 것이고 말이오."

그때 민족당 홍보위원장이며 고정규의 측근인 안동학이 말했다.

"그렇다면 우리도 유사한 사건을 하나 터뜨리지요. 고 대표께서도 시 주석의 밀사를 만났다는 소문을 퍼뜨리는 것이 어떻습니까?"

모두 움직임을 멈추고 안동학을 보았는데 그중 경솔한 성품의 두어 명은 피식피식 웃었다가 금방 그쳤다. 고정규가 이맛살을 모은 채 안동학을 주시하고 있었기 때문이다. 안동학은 홍보위원장으로 민족당의 브레인에 해당된다. 착상이 기발하고 민족당 '로고'도 안동학이 만들었다. 55세, 4선 의원, 안동학의 말이 이어졌다.

"이것도 시 주석한테 확인하지 못할 테니까요."

어깨를 편 안동학이 고정규를, 그리고 둘러앉은 참석자들을 훑어보았다.

"시 주석이 서동수 씨한테 했다는 말은 새빨간 거짓말이라고 밀사가 고 대표께 말했다는 내용을 퍼뜨리는 겁니다."

"……."

"그럼 서동수 씨가 퍼뜨린 소문하고 부딪쳐 효과가 반감될 것입니다."

"과연."

서너 명이 머리를 끄덕였고 다시 모두의 시선이 고정규에게 모였다. 그때 다시 안동학이 말했다.

"이 일은 고 대표가 모르시는 일입니다. 우리가 만든 일로 하십시다."

고정규는 여전히 입을 열지 않았고 이곳저곳에서 동의하는 목소리가 이어졌다. 조찬회가 끝나고 비서실장 이태준까지 셋만 남았을 때 안동학이 고정규에게 말했다.

"국개위 분위기가 이대로 뻗어 나가면 연대 선거에서 압도적인 표차로 서동수가 당선되는 것은 물론, 대한연방이 서동수 왕조가 될 가능성이 높습니다."

고정규가 시선을 준 채 침묵했다. 이것은 고정규를 중심으로 민족당 그리고 서동수 반대 세력 모두가 우려하는 일이었다. 안동학이 핵심을 짚어 표현했을 뿐이지 모두의 가슴속에 체증처럼 자리 잡고 있는 우려다. 안동학이 말을 이었다.

"우리가 서동수 왕국을 만들려고 수십 년간 민주화 투쟁을 한 것입니까? 수단과 방법을 가리지 않고 서동수 왕조를 막아야 합니다. 그것이 대한민국의 미래를 위한 길입니다."

히틀러도 명분이 있었고 국민의 선택을 받았다. 쿠데타가 아닌 이상 국민이 선택해야 한다.

"나만 왜?"

최만철이 불쑥 말하고는 얼굴을 일그러뜨리며 웃었다. 국가개혁위원회 산업위원장 최만철은 몇 달 전만 해도 민노총 위원장이었다. 어깨를 늘어뜨린 최만철이 말을 이었다.

"딱 그 두 마디 말에 상대는 할 말을 잃는 겁니다. 그것은 너는? 하고 되묻는 뜻도 있습니다."

최만철은 지금 자신이 주창한 '참기' 운동을 서동수에게 설명하고 있다. 최만철은 참기 운동을 조직적, 체계적으로 확산시켜 나갔는데 '새바람' 운동과 병행시켰다. 대한연방과 유라시아 진출에 대한 남북한의 기대가 곡절을 겪었지만 저변에 깔려 있는 것이다. 그것을 새바람으로 일으키고 참기 운동으로 이어가려고 기를 쓰는 중이다. 최만철이 똑바로 서동수를 보았다.

"기득권을 빼앗기지 않으려고 오히려 더 결속하는 경우도 많습니다."

서동수가 머리를 끄덕였다. 그것이 쉬운 일인가? 수십 년간 쥐고 있었던 권력이고 힘이다. 그것을 내려놓는다는 것은 생각해본 적도 없었을 것이다. 참는다고? 너나 참고 희생해라. 나는 최후의 순간까지 쥐고 있겠다. 머리를 돌린 서동수가 창밖을 보았다. 전용기는 지금 북한 상공을 날아가는 중이다. 곧 평양에 닿는다. 전용기 회의실에 둘러

앉은 네 명은 서동수와 유병선, 안종관과 최만철이다. 그때 서동수가 말했다.

"SNS에서 고정규 씨가 시 주석의 밀사와 만났다는 말이 퍼져 있던 데요."

화제를 바꾸자 셋의 어깨가 늘어졌다. 모두 읽은 것이다. 오후 4시 30분, 김동일 위원장하고의 약속은 6시 30분이다. 쓴웃음을 지은 서동수가 말을 이었다.

"내가 시 주석 밀사를 만나 전갈을 받았다는 내용을 물타기 하려는 것 같습니다."

"그렇게 매국노가 되는 것이지요."

안종관이 담담하게 말하는 바람에 충격적인 내용을 그냥 흘려들을 뻔했는지 뒤늦게 최만철이 흠칫했다. 누구와도 시선을 마주치지 않고 안종관이 말을 이었다.

"매국노도 다 명분이 있습니다. 이완용도, 독립운동가를 밀고한 밀고자도 다 핑계가 있습니다. 그런 위인들이 득세하다가 나라가 망한 것이지요."

"알고 있을까?"

불쑥 서동수가 묻자 기다렸다는 듯이 유병선이 대답을 했다.

"처음에는 아는지 모르지만 나중에는 합리화시킵니다. 그리고 주변 분위기에 휩쓸리게 됩니다. 그렇게 단체 매국, 단체 반역이 일어나는 것이지요."

그때 서동수가 입을 벌리며 소리 없이 웃었으므로 최만철의 기분이 나빠졌다. 그렇게 남의 일처럼 웃고 넘길 일이 아닌 것이다. 그래서 평양공항에 내려서 주석궁으로 달려갈 때까지 최만철의 찜찜한 기분은 풀리지 않았다. 김동일을 처음 만나는 셈이지만 감동도 별로 일어나지 않았다. 6시 30분에 주석궁 회의실에서 서동수와 김동일의 정상회담이 열렸다. 서동수가 실제로 정상은 아니지만 북한 측에서는 그렇게 불러 주는 것이다. 북한 측 참석자는 김동일과 최측근인 당 비서 겸 선전선동부장 박경수, 그리고 호위사령관 유한영이다. 서로 인사가 끝나고 장방형 테이블에 마주보고 앉았을 때 먼저 김동일이 웃음 띤 얼굴로 서동수에게 말했다.

"그거, SNS에서 다 떠돌고 있던데요. 뭐, 장관께서 말씀 안 하셔도 되겠습니다."

시진핑의 밀사 이야기를 하려고 온 것이다. 서동수가 얼굴을 펴고 웃었다.

"그럼 고정규 씨도 시 주석 밀사를 만났다는 SNS를 보셨겠군요?"

"아, 그거 물타기 하는 겁니다."

바로 김동일이 말했을 때 저도 모르게 최만철이 숨을 들이켰다. 김동일은 적(敵)이다. 불과 몇 년 전만 해도 서로의 목숨을 노리는 원수였다. 그리고 지금은 어떤가? 석 달 후에 서동수와 김동일은 연방 대통령 선거에서 대결하게 되는 적이다. 선거전(戰)의 상대는 최만철이 겪어 보았기 때문에 잘 안다. 그것은 전쟁터의 상대보다도 더 치열하게 싸워야 하는 적인 것이다. 그 적이 이렇게 위로의 말을 뱉다니, 최만철은 이것이 현실 같지가 않았다. 김동일과 서동수가 서로 통하는 사이라는 것은 모두가 안다. 그러나 직접 양측을 대면하고 보니까 말로 표현하지 못할 만큼 감동이 일어난다. 김동일의 몇 마디 말만 들었어도 그런다. 그때 김동일이 말을 이었다.

"신경 쓰지 마세요. 연방이 되면 그런 부류들은 저절로 자멸(自滅)할 테니까요."

"내가 김 위원장님한테서 위로를 받게 되는군요."

"위로받으시려고 오신 것 아닙니까?"

김동일이 벙글벙글 웃었고 좌우의 측근들도 따라 웃었다. 그러나 이쪽은 다르다. 서동수는 숨만 들이켰고 유병선과 안종관은 시선을 내렸으며 최만철은 가슴이 미어지더니 목까지 막혔다. 그때 서동수가 말했다.

"남북한연방 과정에서 가장 큰 장애물은 남한 내부에 있다는 것이 확인된 셈입니다."

"그건 70년 전부터 우리가 알고 있었던 일이지요."

다시 김동일이 웃음 띤 얼굴로 말을 이었다.

"그래서 내 조부께서 남조선으로 내려가신 것이고요."

좌우 측근들을 둘러본 김동일이 의자에 등을 붙이더니 다시 웃었다.

"미국 때문에 실패했지만 말입니다."

"제가 만일……."

숨을 고른 서동수가 정색하고 김동일을 보았다. 이제 김동일도 차분해진 표정으로 서동수를 보았고 좌우 측근도 마찬가지다. 유병선, 안종관, 최만철도 서동수의 다음 말을 기다리고 있다. 서동수가 말을 이었다.

"석 달 후에 대한연방 대통령에 당선되면 위원장님 도움이 절실하게 필요합니다. 그 말씀을 드리려고 왔습니다."

서동수의 시선을 받은 김동일이 머리를 끄덕였다.

"무슨 말씀인지 이해합니다. 오시기 전에 저도 상의를 했지요."

김동일의 시선이 말석에 앉은 최만철에게로 옮겨졌다.

"최 동무께서 국개위 산업위원장이지요?"

"예, 위원장님."

놀란 최만철의 목소리가 컸다. 머리를 끄덕인 김동일이 다시 물었다.

"참기 운동을 주창하셨지요?"

"예, 위원장님."

"난 그 운동을 보고 우리 '천리마운동', '새벽별보기운동'이 생각나더라고요. 지난 이야기지만."

"……."

"훌륭한 계획이십니다."

"감사합니다, 위원장님."

"그래서 우리도 '참기' 운동을 시작하기로 했습니다. 아마 우리 북조선의 참기 운동은 남조선보다 몇 배 더 성과를 낼 겁니다."

숨도 안 쉰 채 최만철은 굳어졌고 김동일의 말이 이어졌다.

"최 동무께서 당분간 북조선의 참기 운동을 지도해주시지요. '석 달 참기' 운동이라고 이름 지어도 됩니다."

최만철은 숨이 막혔지만 기어이 참았다. 서 후보가 날 데려온 이유가 이것이구나. 두 지도자가 짰다. 이 얼마나 무서운 참기인가? 석 달 참은 후에는?

대충격. 국개위 산업위원장 최만철이 평양에서 발표한 '석 달 참기' 운동만큼 대한민국 국민에게 충격을 준 사건은 없었을 것이다. 또한 최만철이 국개위 산업위원장이기는 해도 일개 위원회의 분과위원장 신분이다. 그 최만철이 평양에서 방송하는 '국영 북한' TV에 떡하니 나타난 것이다. 그것도 어디서? 주석궁의 대회의장에서. 그 장면을 본 대한민국 국민은 모두 넋을 놓았다. 한국 국민들에게 익숙한 그 대회의장이다. 밀랍인형 같은 수만 명의 군인이 꽉 찬 대회의장. 진시황릉의 '병마총'보다 10배는 더 위압적인 군상(軍像). 그 군상들을 내려다보는 연단에 수십 명의 장군과 정치국 위원들이 3열로 늘어앉았다. 그 '맨' 앞 열의 '정' 중앙에 최만철이 자리 잡고 앉아 있는 것이다. 김정일이 앉아 있던 위치다. 그 자리에 앉아서 최만철이 한마디씩 힘주어 말한 것이었다. 수만 명의 군인은 숨소리도 내지 않는다. 거대한 홀. 수만 쌍의 치켜 뜬 눈동자. 그때 최만철의 목소리가 대회의장을, 서울역과 부산역 광장을, 광주 고속버스터미널을, 여수 KTX역 대합실을 울렸다.

"위대하신 김동일 위원장의 절대적인 지지를 받은 남조선 국가개혁위원회 산업분과위원장 최만철은 오늘 이 자리에서 선언하안다."

대회의장은 말할 것도 없고 남북한 7500만이 숨을 죽였다고 해도 과언이 아니다. 그 순간에 한국에서 수천 건의 교통사고가 일어났다. 방송과 차 안의 TV를 보느라고 부딪쳤기 때문이다. 자, 최만철의 말이 이어진다.

"조선민주주의공화국은 지금부터 '석 달 참기' 운동을 개시하안다."

그러고는 최만철이 똑바로 화면을 보았다. 북한은 말할 것도 없고 남한의 모든 시선이 최만철과 마주쳤다.

"석 달만 참으면 여러분은 현재 임금의 10배를 받으며 남조선의 모든 산업장에서 일할 수 있게 될 것이다. 이것은 누가 석 달 후에 연방 대통령이 되더라도 보장되도록 합의하아였다."

그 순간이다. 대회의장에 모인 군중(軍衆)이 우레와 같은 함성을 지르면서 일제히 일어났다. 모두 박수를 치면서 '만세'를 외치고 있다.

"만세! 만세! 만세!"

그때 최만철이 김동일처럼 한쪽 손을 들자 만세 소리가 뚝 그쳤다.

손뼉을 치던 모든 군인이 다시 밀랍인형이 되었다. 다시 최만철의 말이 이어졌다.

"북조선의 '석 달 참기' 운동과 남조선의 '새바람' 운동이 결합하면 대한연방의 기세는 유라시아로 뻗어나가 세계 정상으로 우뚝 서게 될 거어시다!"

이제 최만철의 두 눈도 이글거렸고 목소리도 흥분으로 떨렸다.

"만세! 만세! 만세!"

다시 군중이 만세를 외쳤는데 이제는 더 컸다. 대회의장이 무너질 것 같다.

"야, 그만 쳐라!"

옆에서 변기성이 소리쳤으므로 이응호가 박수를 멈췄다. 전주 동창회 사무실 안이다. 사무실 안에는 동창 넷이 모여 있었는데 박수는 세 명이 쳤다. 박수를 안 친 조용만은 가는귀가 먹어서 고함을 쳐야 알아듣는다. 변기성이 TV 음량을 줄이더니 이응호에게 물었다.

"임금 10배를 주면 도대체 얼마여?"

"그려도 지금 대기업 임금 수준의 30%도 안 되여."

이응호가 금방 대답했다.

"북한 노동자들한테 15배를 준다고 해도 될 것이다."

주먹구구로 계산해도 알 수가 있다. 북한 노동자 월급은 월 50달러 수준이다. 한국 대기업 임금 수준은?

6장 대세

"이 모든 변화의 근원이 뭔지 압니까?"

아베가 아소에게 물었다. 오후 6시 반, 총리관저 안 응접실에는 아베와 아소, 총리실 정보책 도쿠가와까지 셋이 둘러앉았다. 일본 최고위층의 비밀회의인 셈이다. 셋은 방금 평양에서 방송된 이른바 '석 달 참기' 운동 테이프를 세 번째 봤다. 아소는 잠자코 시선만 주었고 아베가 말을 이었다.

"김동일 한 놈의 변심이 한민족 7500만의 운명을 바꿔 놓은 겁니다."

"8000만이오."

잠자코 TV 화면을 응시하던 아소가 말했다. TV에는 군인들이 함성과 함께 박수를 치는 장면이 비치고 있었지만 화면을 정지해 놔서 사진 같았다. 아소가 말을 이었다.

"남북한 7500만에 해외의 한국인까지 합하면 8000만이 넘지."

"내가 숫자 이야기하려는 게 아니오."

아베가 이맛살을 찌푸리고 말했다.

"김동일이 이 정도로 미칠 줄은 아무도 예상하지 못했다는 말을 하려는 겁니다."

"3대째 내려오니까 권력에 대한 집착이 흐려진 모양입니다."

아소가 말을 맞췄을 때 아베가 시선을 도쿠가와에게 옮겼다.

"이번 최 아무개의 '평양선언' 효과가 어떨 것 같나?"

"핵폭탄 급입니다."

매사에 신중한 도쿠가와가 좀처럼 쓰지 않는 표현을 했다. 둘의 시선을 받은 도쿠가와가 말을 이었다.

"민노총위원장 출신 최만철의 평양선언은 한국의 노조, 기업 전반에 대한 선전포고와 같습니다. 너희가 먼저 '새바람'으로 변하지 않으면 석 달 후에 붕괴할 것이라는 선전포고였습니다."

그때 아소가 물었다.

"한국 측 반응은? 여론조사 결과는?"

"없습니다."

대번에 대답한 도쿠가와가 두 거두(巨頭)를 차례로 봤다.

"조사할 필요도 없는 일이라고 생각한 것 같습니다. 만일 잘못된 보도를 했다가는 엄청난 대가를 치러야 할 테니까요."

"……."

"한국 국민도 최만철의 선언에 압도적으로 공감하고 있습니다."

"……."

"그렇게 '함께' 나간다는 공감대가 급작스럽게 형성되는 것 같습니다."

"이런 빌어먹을."

참다못한 아베가 다시 혼잣소리처럼 투덜거렸다.

"서동수가 차기를 김동일에게 넘긴다는 소문이 더 확실해졌겠군."

그러자 머리를 끄덕인 아소가 말했다.

"그러고 보면 김동일이 권력욕이 없는 것이 아니라 참을성이 강한 것 같습니다."

아소가 눈을 좁혀 뜨고 아베를 보았다.

"교활하고 말이오."

"중국이 핵 폐기를 내걸고 남북한을 압박한 것이 쇼라는 게 사실인가?"

다시 아베가 도쿠가와에게 물었다. 서동수가 시진핑의 밀사를 만났다는 소문이 돌더니 고정규가 바로 역소문을 퍼뜨렸다. 중국 측에서 양측에 긍정도 부정도 안 해주는 바람에 북한의 핵 폐기 문제는 허공에 뜬 상태가 됐다. 둘의 시선을 받은 도쿠가와가 입을 열었다.

"핵 폐기를 압박한 것은 사실인 것 같습니다. 그러다 그것이 오히려 남북한을 결속하는 계기가 되자 내부에 이견이 있는 것처럼 보이게 해 대화 창구를 만들어 놓으려는 작전 같습니다."

아베와 아소가 서로 얼굴을 봤다. 둘도 가끔 그런 공작을 해 왔던 것이다. 중국이 그런 공작을 모를 것인가.

김광도는 동창회장직도 맡았고 새바람 운동에도 적극적으로 참여했다. 김광도는 누구보다도 서동수가 주도하는 '국가개혁' 운동에 공감하고 있다. 한국에 머무는 동안 절반 가까운 시간을 새바람 운동으로 보냈다. 동창회 총무와 운영부장을 맡고 있는 양주만과 허성철이 바늘에 달린 실처럼 수행했는데 오늘도 셋은 동창회 일을 마치고 돌아온 참이다.

"자, 한 잔."

인사동의 삼겹살 식당 안, 테이블에 둘러앉은 사람은 다섯, 김광도 일행과 여자 둘이다. 김광도는 동창회장 이름으로 학교 기숙사 건축 기금 60억 원을 기부했고 장학금 20억 원을 전달했다. 양주만 등은 동창회 기금을 바랐지만 김광도가 직접 전달한 것이다. 술잔을 든 김광도가 소주를 한입에 삼켰다.

"너희가 고생했다."

"아니, 우리야 뭐, 너 따라다니기만 했지, 한 일이 있나?"

양주만이 말했다. 1주일이 넘도록 함께 지내다 보면 자연스럽게 서로의 환경을 알게 되는 법이다. 기부금과 기금을 전달할 때도 김광도는 그룹 기조실을 통해 적법한 절차를 거쳤고 안전장치도 완벽하게 마련했다. 그것도 전혀 선전을 하지 않아 학교 관계자와 관계 기관만 알도록 했다. 이를 광고하고 싶었던 양주만과 허성철은 무색했지만 그룹 기조실의 처리에 기가 질려서 입도 뻥긋하지 못했다. 그들도 대기업에 근무하는 터라 기조실의 위력을 아는 것이다. 김광도가 시선을 옆쪽 여자들에게 옮겼다. 김광도가 졸업한 대전 동일고교의 동계 학교인 동일여고 동창회 간부들이다. 말만 동계 학교이지 졸업할 때까지 동일여고 학생과는 말 한마디 해본 적이 없는 김광도다. 하지만 동일여고도 이번 기숙사 건축 기금과 장학금 혜택을 받게 된 것이다. 그래서 며칠 전부터 둘과 자주 만났다. 둘 다 35세로 김광도와 같은 해에 졸업했고 오정원은 중학교 교사, 한석화는 제약회사 과장이다. 두 번째 만날 때부터 서로 반말을 하기로 합의한 터라 김광도가 불쑥 물었다.

"그동안 너희도 애썼다. 난 돈만 내놨지, 한 일이 없어."

"그게 제일 큰 일이지."

한석화가 웃음 띤 얼굴로 말했다.

"일할 사람은 널렸다."

"거 참, 사람 앉혀 놓고 병신 만드네."

허성철이 눈을 부릅떴다.

"야, 우리가 광도 꾀어서 이렇게 만든 거야. 일등공신은 우리다."

"그래. 이등은 한석화·오정원이고, 삼등이 나다."

김광도가 순위를 매겼다. 삼겹살 식당 안은 소란해서 목소리를 높여야 한다. 이제 한국에서 새바람 '기부운동'도 끝난 터라 김광도는 이틀 후에 다시 한랜드로 돌아갈 예정이다. 한국은 사흘 전, 최만철의 '평양선언'의 후폭풍이 일어나고 있다. 선언 당시의 충격이 해일처럼 밀려오는 형국이다. 언론이 연일 그 후폭풍의 예견 기사를 쏟아내고 있는데 최만철의 '석 달 참기' 운동 선언에 대해 북한발 핵폭탄이 남한에 떨어졌다는 표현도 있다. 그때 한입에 술을 삼킨 한석화가 김광도를 봤다. 오정원이 화장실에 간다며 자리에서 일어섰다.

"넌 언제 돌아가?"

"모레."

"그럼 높으신 분 한동안 못 보겠네."

"네가 와. 내가 잘해줄게."

그때 핸드폰이 울렸으므로 김광도가 꺼내 보았다. 문자가 와있다.

"나, 정원이야. 오늘밤 시간 있어?"

방금 화장실에 간 오정원이다. 김광도는 숨을 들이켰다. 새바람 활동 보너스인가. 화장실에서 돌아온 오정원은 시치미를 뚝 떼고 시선도 주지 않는다. 그동안 대충 들은 개인사는 결혼 2년 만에 이혼했고 혼자 산지 3년째 되었다는 것이다. 자식은 없고 친정집에 들어가 산다는 것, 갸름한 얼굴에 콧날이 반듯하게 섰고 눈이 맑다. 날씬한 체격에 수줍어하는 편이라 말은 한석화가 다 했다. 오정원의 개인사도 한석화가 알려줬다. 술기운이 오른 양주만이 말했다.

"야, 네가 동창회장이 되어서 나한테 좋은 점이 두 가지 있다."

"그것밖에 안 되냐?"

김광도가 농담처럼 물었지만 양주만은 정색하고 손가락부터 꼽았다.

"첫째는 널 내세워서 동창들한테 내 얼굴이 섰다는 것이고."

양주만이 두 번째 손가락을 꼽았다.

"내가 목이 잘렸을 때 너한테 부탁할 수가 있다는 것이지."

"이 자식이 노골적으로 달라붙네."

김광도가 눈을 치켜떴지만 양주만의 처신이 오히려 솔직해서 좋았다. 그때 한석화가 말했다.

"나, 내년쯤 남편하고 한랜드로 갈 거야. 물론 애 데리고."

한석화 남편도 약대를 나와 약국을 한다. 웃음 띤 얼굴로 한석화가 김광도를 보았다.

"나도 회사 그만두고 남편하고 같이 한랜드에서 약국을 할 작정이야."

"잘 되었구나. 내가 도와주지."

정색한 김광도가 말을 이었다.

"네가 남편하고 헤어져서 혼자 온다면 더 좋을 텐데."

"미쳤니? 너 하나 바라보고 그 추운 곳에 가게?"

"너 고생시키지 않으면 되지."

"아이고, 여기도 새바람 부는구나."

허성철이 소리치는 바람에 시선이 모였다. 그때 머리를 들었던 김광도가 오정원과 시선이 마주쳤다. 둘의 말을 들으면서 오정원은 웃고 있었지만 눈빛이 강했다. 어깨를 늘어뜨린 김광도가 술잔을 들었다. 한석화는 밝고 적극적이다. 함께 차를 타고 갈 때 가끔 정신없게 떠들 때도 있지만 분위기가 밝아졌다. 둥근 얼굴, 조금 통통한 몸, 그러나 드러난 종아리와 팔은 탄력이 느껴졌고 젖가슴이 컸다. 특히 도톰하게 솟은 아랫배를 보면 시선이 잘 떨어지지 않는다. 유라시아클럽에서 너무 잘빠진 몸매의 미녀만 보아서 그런지 평범한 용모에 더 끌리는 것 같다. 그때 한석화가 오정원에게 물었다.

"너, 광도한테 부탁해 보지 그래? 오늘밤 아니면 시간 없겠다."

"뭘?"

양주만이 나섰다.

"남자 문제라면 나한테 부탁해라. 내가 요즘 두 달 굶었다."

양주만의 부인이 지난달 출산을 했다는 것이다. 한석화가 코웃음을 쳤다. 그때 오정원이 김광도에게 말했다.

"나, 임시 교사야. 다음 달에 계약이 끝나고 실업자가 돼."

모두의 시선을 받은 오정원의 얼굴에 쓴웃음이 떠올랐다.

"기숙사도 좋지만 나한테도 새바람 좀 보내줘. 네가 조금만 신경을 써주면 나한테는 큰 도움이 될 거야."

"아이고야."

양주만이 감탄했다.

"오정원이가 이렇게 말 길게 하는 것 처음 보았다."

그때 김광도가 머리를 끄덕였다.

"내가 연락할게."

술잔을 든 김광도가 덧붙였다.

"하긴 주변 관리부터 하는 것이 순서지."

"술 한 잔 더 할래?"

김광도가 묻자 오정원은 머리만 저었다. 밤 11시 반. 오정원은 김광도의 호텔방에 들어와 있다. 물론 방은 스위트룸이다. 회의실, 응접실, 침실도 2개에다 테라스에서는 시내 야경이 내려다보였고 욕조는 동네 목욕탕만 했다. 엉덩이 반쪽만 걸치고 소파에 앉은 오정원은 머리도 크게 돌리지 않는다. 저고리만 벗고 다가온 김광도가 앞쪽에 앉았다.

"자고 갈래?"

김광도가 불쑥 묻자 오정원이 시선을 내리면서 대답했다.

"고마워."

"자고 간다면 내가 고맙지."

"정말 생각 있는 거야?"

"무슨 생각?"

"할 생각."

자리에서 일어선 김광도가 선반으로 다가가면서 말했다.

"어렵게 이야기할 것 없어. 옷 벗고 가운으로 갈아입어. 욕실에서 씻든지."

술병과 잔을 집은 김광도가 말을 이었다.

"너 같은 여자 싫다는 놈 있겠냐? 뭐가 고맙다고 그래? 서로 주고받으면 되는 건데."

김광도의 뒤를 지나 욕실로 다가가던 오정원이 주춤 걸음을 멈췄다.

"넌 나보다 한석화 같은 스타일을 더 좋아해. 내가 모를 줄 알아?"

"귀신 같군. 어떻게 안 거냐?"

"잠깐 스쳐 가는 시선만 보고도 알아."

"네가 훨씬 잘빠졌고 섹시하다는 건 너도 알지?"

"남자가 그런 것에 끌리지 않는다는 것도 알지."

"그럼 뭐에 끌리는데?"

"여자가 풍기는 색기(色氣)."

"넌 안 풍겨? 그놈의 색기를 말이야."

"석화는 젊었을 때도 그랬어. 남자를 끌었다고. 난 그렇게 안 돼."

몸을 돌린 김광도가 오정원을 보았다.

"같이 씻을래?"

"원하다면."

몸을 돌린 오정원이 욕실 문을 열다가 김광도를 보았다. 여전히 정색하고 있다.

"내가 열 받게 한 것 아냐?"

"맞아, 그것도 재주다."

"내가 욕조에 물 받아놓을게. 조금 있다가 들어와."

오정원이 욕조로 들어가자 김광도의 얼굴에 쓴웃음이 떠올랐다. 오정원을 호텔로 데려온 것은 이야기를 들으려는 것이었다. 자고 갈 것이냐고 물은 건 오정원에게 부담을 덜어주기 위해서였다. 이쪽에서 바라는 것이 있었다는 것을 보이면 저쪽에서 부탁할 때 부담이 덜어질 것 아닌가? 그런 맥락이다. 그랬더니 대뜸 고맙다고 인사를 하는 바람에 김이 빠졌다. 이것도 김광도를 피곤하게 만드는 요소다. 자고 갈 거냐고 물었다면 응, 한마디면 충분했다. 옷을 벗어 던진 김광도가 욕실로 들어섰을 때 샤워기 밑에 서 있던 오정원이 놀란 듯 몸을 돌렸다. 오정원의 알몸은 그린 것처럼 선이 고왔다. 엉덩이에서 허벅지로 내려온 곡선과 아랫배, 그리고 숲만 보이는 옆모습을 보면서 김광도는 순식간에 발기했다. 다가간 김광도가 오정원의 허리를 감아 안고 몸을 돌렸다. 샤워기의 물이 김광도의 등에 쏟아졌다.

"여기서 한번 할래?"

"마음대로."

오정원이 똑바로 김광도를 보았다.

"해줘. 그래야 내가 좀 덜 부끄러워질 것 같아."

"넌 말이 많은 게 흠이야."

김광도가 오정원의 한쪽 다리를 추켜올리며 말했다. 그러자 오정원이 잠자코 김광도의 남성을 쥐더니 골짜기에 붙인다. 밤, 김광도가 오정원을 껴안고 생각에 잠겨 있다. 오전 1시쯤 되었다. 침대 위에 엉켜 누워 있는 둘은 알몸이다. 이미 한바탕 격렬하고 질펀한 정사를 나눈 후여서 오정원은 김광도의 팔을 베고 고른 숨을 쉬는 중이다. 김광도가 턱을 오정원의 머리 위에 붙이고는 길게 숨을 뱉었다. 따뜻하고 부드러운 오정원의 몸은 빈틈없이 안겨 있다. 말랑한 촉감은 편안했고 숨결에서 방금 우유를 마신 아이의 입 냄새가 났다. 김광도가 오정원을 깨우지 않으려는 듯이 등을 안은 손을 슬그머니 내려 엉덩이를 덮었다. 오정원은 날씬한 몸매였지만 엉덩이와 젖가슴의 볼륨이 컸다. 섹스도 열정적이어서 제가 먼저 체위를 바꾸자고 했다. 만족한 섹스였다. 행위가 끝나고도 몸을 떼고 싶지 않을 정도였으니 김광도로서는 드문 경우다. 그때 자는 줄 알았던 오정원이 입을 열었다.

"좋았어?"

"그런 거 물어보는 거 아냐."

"확인하고 싶어."

김광도가 오정원의 엉덩이를 움켜쥐었다. 전에는 갑자기 호의적이 된 주변 분위기에 거부감이 일어났지만 지금은 당연하게 받아들인 다. 그것이 오히려 자연스럽다고 믿게 된 것이다. 성공한 자는 존중받 아야 한다. 그때 오정원이 김광도의 물건을 쥐면서 물었다.

"뭘 생각해?"

"널 도와준다는 생각."

숨을 들이켠 오정원이 움직임을 멈췄다. 김광도가 오정원의 머리를 턱으로 조금 젖히고는 이마에 입술을 붙였다가 떼었다.

"내 주변에 사람들이 모이는 건 당연한 일이야."

"……."

"챙기기만 하는 놈은 장래성이 없어. 다 이루고 베풀겠다는 놈들은 사기꾼이다."

다시 오정원이 남성을 주무르기 시작했다. 김광도가 오정원의 머리 를 젖히고는 입술에 키스했다. 오정원이 금방 입을 열어 혀를 내밀어 준다. 방안에 다시 가쁜 숨소리가 울렸다.

"넌 뭘 하고 싶어?"

입을 뗀 김광도가 오정원의 젖가슴을 주무르면서 물었다.

"취직."

오정원이 김광도의 발기된 남성을 움켜쥐고 대답했다. 얼굴이 상기 되었고 반쯤 벌린 입에서 가쁜 숨결이 뱉어지고 있다. 김광도의 남성을 제 골짜기에 문지르면서 오정원이 말을 이었다.

"임시직은 질렸어. 안정된 직장, 애들 가르치는 직장."

김광도가 오정원의 젖가슴에 얼굴을 묻었다. 젖꼭지를 입에 문 김광도는 감동했다. 그쯤은 일도 아니다. 이 얼마나 소박한 바람인가? 그것을 해줄 수 있다는 자신의 능력에 김광도는 행복했다.

"해주지."

김광도가 말하자 오정원이 눈동자의 초점을 잡았다.

"정말?"

"여기 당장 정리하고 한랜드로 와."

오정원의 몸 위에 오르면서 김광도가 말을 이었다. 이미 남성은 터질 것처럼 부풀어 있다. 오정원이 두 손으로 김광도의 어깨를 움켜쥐었다. 가쁜 숨결이 김광도의 턱에 닿는다.

"언제?"

"언제든지."

"거기서 살 집도 알아봐야 하는데……."

그 순간 김광도의 몸이 오정원의 동굴로 빨려 들어갔다. 입을 딱 벌린 오정원이 두 다리를 한껏 벌리면서 신음했다.

"아, 여보."

"집도 내가 구해줄 테니까."

이렇게 구제한 인생이 도대체 몇이냐?

"별일 없으시지요?"

근대자동차 사장 윤백만이 앞쪽에 앉은 노조위원장 박차랑에게 물었지만 건성이다. 윤백만은 63세, 근대자동차에만 37년을 근무했으니 산증인이나 같다. 그리고 오늘의 주인공 중 하나인 박차랑 또한 55세, 근대자동차에 31년째 근무하고 있다. 물론 둘이 30여 년 동안 매일 얼굴을 맞댄 것이 아니다. 큰 회사여서 죽을 때까지 얼굴 안 보고 지낸 사람도 많다. 둘은 5년쯤 전부터 노사 문제로 얼굴을 익혔다가 이제 주장이 된 셈으로 비슷한 성향이다. 하나가 강골이면 하나는 온건파가 되는 것이 바람직한 조합인데 둘이 동시에 대표이사 사장과 노조위원장으로 선출됨으로써 세상을 긴장시켰다. 그러고는 예상했던 대로 회사는 파업의 연속, 작년에 이어 올해도 파업 일수가 100일을 돌파할 예정이다. 이제 숫자로 손실 따지는 것은 없고 세인들의 관심도 끌지 못한다. 노조 데모도 일상사가 되어서 주변 상인들은 소리 없이 떠나갔고 소비자들도 지쳐 있다.

곧 노사 양측 대표들이 장방형 테이블에 자리 잡고 앉았다. 문이 닫히면서 수십 명의 기자도 밀려 나갔다. 오늘의 회의 주제는 상여금 10% 인상과 해외 공장 인력계획을 노사 공동으로 결정한다는 내용이다. 즉 한국 본사의 노조가 해외 공장의 인력관리까지 맡겠다는 것이다. 이 문제로 노조는 27일째 부분 파업을 계속하고 있었는데 타협이 될 리가 없다. 사측은 노조 측이 해외 인력관리 카드를 내밀면서 상여금을 따내려는 작전으로 보았다. 항상 이런 식이었기 때문이다. 정보원을 대리 동원하고 있는 사측은 또한 지난번 전(前) 민노총위원장인 '배신자' 최만철의 '평양선언'으로 노조가 흔들리자 민노총의 주력인 근대자동차 노조가 '맞불작전'을 펼칠 것이라는 정보도 받았다. 그때 박차랑이 똑바로 윤백만을 보았다. 적(敵)이다. 지금까지 수십 번 전투를 치렀지만 명분에서 진 적은 단 한 번도 없다. 근대자동차는 노조원의 피와 땀으로 일어났고 성장한 기업이다. 박차랑이 입을 열었다.

"우리는 열린 마음으로 이 자리에 와 있습니다."

윤백만이 숨을 들이켰다. 저 번지르르한 말에 항상 넘어갔다. 저 잘

난 언변 뒤에는 엄청난 '힘'이 도사리고 있다. '펜과 칼'을 다 가졌다. 저러다가 박차고 나간다고 별명이 '박차라'다. 박차랑이 말을 이었다.

"우리는 한국 최대의 기업 노조로서 오늘 사측에 중차대한 선언을 하려고 합니다."

'해라' 이 자식아, 윤백만이 눈에 힘을 주고는 어금니를 물었다. 그래, 같이 죽자. 나도 이제 예순셋, 정년이 다 되었다. 내 평생, 노사가 나란히, 회사 발전을 위해 서로 희생하고 분발하는 세상을 꿈꿔 왔다. 우리 아버지들이 중동, 아프리카에서 공사하면서 달러를 벌어들일 때처럼 말이다. 그때를 떠올리면 지금도 눈물이 난다. 우리 작은아버지는 리야드 공사장에서 트럭 운전을 하며 보낸 돈을 작은어머니가 카바레에서 다 날렸다. 제비를 만났던 것이다. 그런데도 두 분은 지금도 잘 산다. 작은아버지가 돌아가시기 전에 내가 꼭 물어보려고 한다. 왜 용서하셨느냐고. 그렇게 번 돈을 다 제비한테 빼앗겼는데도 왜 받아들이셨느냐고. 갑자기 눈이 뜨거워진 윤백만이 어깨를 부풀렸을 때 박차랑의 목소리가 회의실을 울렸다.

"우리 근대자동차 노조는 내일 오전에 투표를 할 예정입니다. 내용은 단 하나, 노조의 모든 권한을 당분간 사측에 위임한다는 내용의 찬반 투표입니다."

서동수가 한랜드 장관실에 앉아서 한국방송을 보고 있다. 오후 3시 반, 한국은 5시 반이다. 아나운서가 담담한 표정으로 말을 이었다.

"근대자동차는 노조원 88%의 압도적 찬성으로 사측이 운영의 권한을 위임받게 되었습니다. 또한 28일간 계속되던 파업도 오늘 자로 종식되고 전 사업장은 정상가동이 되고 있습니다."

옆쪽에 앉아 있는 유병선과 안종관, 그리고 하선옥은 숨을 죽이고 있다. 아나운서의 목소리가 다시 울렸다.

"이것은 물론 국개위 최만철 산업위원장의 '평양선언'의 영향입니다. 그러나 그 바탕은 한국 전역에서 일기 시작하는 '석 달 참기' 운동과 '새바람' 운동인 것입니다."

서동수가 앞에 놓은 커피 잔을 들고 한 모금을 삼켰다. 커피가 식어 있었지만 서동수는 입맛을 다셨다. 그때 아나운서가 똑바로 서동수를 보았다.

"이 '새바람' '석 달 참기' 등 운동에는 조국에 대한 자랑, 긍지가 바탕에 깔려 있어야 하는 것입니다. 우리는 지금 그것을 발견하고 있습니다."

서동수가 머리를 끄덕이자 하선옥이 리모컨으로 TV를 껐다. 한 시간 전의 녹화 필름이다. 그때 안종관이 말했다.

"민주노총과 한국노총이 곧 무분규 선언을 할 예정입니다, 장관님."

하선옥이 말을 잇는다.

"전국 각 사업장에서 근대자동차 식으로 사측과 공존 체계를 만들어 갈 것입니다."

서동수가 식은 커피를 한 모금 더 마시고 내려놓았다.

"내가 할 일이 없는데."

불쑥 말을 뱉은 서동수가 하선옥을 보았다.

"신바람이 일어나는데 내가 나서면 오히려 바람만 막지 않을까?"

"예, 장관님."

하선옥이 똑바로 서동수를 보았다.

"바람이 일기 시작했으니까 장관께선 뒤로 물러나 계시는 게 낫겠습

262

니다."

"그런가?"

머리를 돌린 서동수가 유병선과 안종관을 차례로 보았다.

"예, 그러시는 게 낫겠습니다."

안종관이 바로 말했지만 유병선은 웃기만 했다.

"유 실장은 왜 웃어?"

확인하듯이 서동수가 묻자 유병선이 정색하고 대답했다.

"장관께선 불씨만 일으키고 나서지 않는 성품이지요. 생색은 실무 책임자가 내도록 놔두셨습니다."

"날 잘 안다고 생색을 내는군."

"예, 장관님."

"대선이 두 달 반 남았어."

"연방이 두 달 반 남은 것입니다."

유병선의 두 눈이 번들거리고 있다. 심호흡을 한 서동수가 다시 하선옥을 보았다. 시선을 받은 하선옥의 눈동자가 흔들렸다. 하선옥은 국개위 3개 분과위와는 별도로 홍보위원장을 맡고 있다.

"김동일 위원장의 위대성을 홍보해."

놀란 하선옥이 숨을 죽였고 유병선과 안종관의 표정도 굳어졌다. 서동수가 말을 이었다.

"그래, 믿기지 않지만 대한연방은 김동일 위원장 한 사람의 희생과 의지로 되는 것이나 같아. 김 위원장의 결단이 없었다면 신의주특구에 이어서 남북한의 화해, 한랜드도 성립되지 못했어. 그것을 남북한 국민에게 알려줘야 돼."

"알겠습니다."

하선옥이 정색하고 대답했다.

"진심이 담긴 홍보 계획을 수립하겠습니다."

서동수가 숨을 들이켰다. 몸을 섞은 사이라 그런지 호흡이 맞는다.

블라디미르 푸틴, 1952년 10월 7일생(生), 2018년 대통령에 재선되면 2024년까지 다시 6년 동안 권좌를 지킨다. 1990년 옐친으로부터 총리에 임명된 후부터 후계자로 권한을 행사했으니 무려 30년이 넘는 '권력'이다. 도중에 3대 대통령 메드베데프에게 대통령 직을 넘겨주었지만 '섭정 총리'로 권한을 장악했다가 대통령 직에 오름으로써 뉴차르(New Tsar), 새로운 황제가 딱 맞는 별명이 되었다. 푸틴이 한시티의 별장에 도착했을 때는 오후 6시 무렵이다. 오늘도 비공식 방문이어서, 공항 영접을 원하지 않았기 때문에 서동수는 별장에 먼저 와서 기다렸다가 맞았다. 객(客)이 주인을 맞는 셈이다.

"어, 오늘은 분위기가 색다르군."

저택의 홀 안으로 들어서며 푸틴이 서동수의 어깨를 툭 쳤다. 홀은 100평쯤 되었는데 이미 유라시아그룹의 VIP 전속 파티 팀이 연회장을 만들어 놓았다.

"예, 저도 좀 색다른 분위기를 즐기고 싶어서요."

서동수가 얼굴을 펴고 웃었다. 오늘 푸틴은 항상 보좌관처럼 자신을 수행하던 메드베데프를 데려오지 않았다. 대신 시베리아 주둔군 사령관 소브차크 대장을 대동했다. 소브차크는 푸틴의 KGB 시절 동료로 성향이 같고 입이 무겁다. 서동수하고도 두 번 파티를 즐긴 적이 있어서 어색하지 않은 관계다. 푸틴이 안쪽 상석에 앉더니 웃음 띤 얼굴로 말했다.

"장관, 우리 머리 위로 미국 위성은 지나지 않아요. 그러니까 마음 놓고 놀아도 돼요."

물론 농담이다.

"예, 각하."

건성으로 대답한 서동수가 손짓으로 파티 담당 책임자를 불렀다.

"지금 준비해."

"예, 장관님."

여러 번 푸틴과의 파티를 맡은 터라 한국 룸살롱 지배인 출신의 강 사장이 서둘러 몸을 돌렸다. 셋은 푸틴을 중심으로 벌려 앉았는데 소파는 말굽 모양이다. 홀이 컸지만 좌우에 칸막이를 쳐서 아늑한 분위기를 연출했다. 푸틴은 밝고 트인 환경을 싫어한다. 조금 어둡고 아늑한 환경을 선호하는 것이다. 곧 앞에 푸틴이 좋아하는 랍스터와 연어, 송아지 다리 구이와 돼지고기 절임이 놓였다. 푸짐했고 먹음직스럽지만 푸틴은 한두 점씩만 먹는다. 철저한 다이어트를 했고 과식하는 법이 없다. 술은 모스크바 근교에서 소량만 제한 생산되는 보드카, 55도짜리로 약간 레몬 향이 나는 것이 특징이다. 순식간에 산해진미가 차려지자 푸틴이 감탄했다.

"역시 연회는 한국인이야, 이건 미국이 발버둥을 쳐도 안 되죠."

"감사합니다, 각하."

"장관, 여자들은 조금 있다가 불러요."

"예, 각하."

"술 취하기 전에 중요한 이야기를 좀 해야겠어요."

긴장한 서동수가 푸틴을 보았다. 갑자기 한랜드로 온다는 연락을 받고 놀러 오는 건 아닐 것이라는 생각은 했다. 그때 푸틴이 입을 열었다.

"핵을 가진 대한연방을 누가 가장 경계할 것 같습니까?"

"중국입니다, 각하."

머리를 끄덕인 푸틴이 앞에 놓인 보드카 병을 집더니 잔에 술을 따르며 말했다.

"중국은 이번에 시 주석 밀사를 장관에게 보내 사태를 무마시켰지만 단숨에 북한 땅을 점령할 수 있어요. 북한만 점령하면 핵은 없어집니다."

한입에 보드카를 삼킨 푸틴이 서동수를 노려보았다.

"순식간에 진입해오면 끝이죠. 더구나 일본과 미국의 지원을 받으면서."

푸틴이 말을 이었다.

"한반도는 고려라는 강국이 만주 벌판을 장악했던 이후로 1500년간 반도 안에서 열강의 침략만 받았어요, 그렇지 않습니까?"

서동수는 숨을 들이켰다. '고구려'를 고려로 발음한 것 외에는 맞다. 고구려는 서기 668년, 보장왕 때 당에 멸망했다. 그 이후로 한반도 끝인 압록강 두만강 위쪽으로 진출한 적이 없다. 푸틴의 시선을 받은 서동수가 머리를 끄덕였다.

"그렇습니다, 각하."

"장관, 잘 들으세요."

보드카 빈 잔을 든 푸틴이 지그시 서동수를 보았다.

"지금 상황을 19세기 말, 그러니까 100여 년 전의 조선과 청, 일본, 러시아 관계로 비교하는 사람들이 있지만 열강의 압력은 비슷해도 조선이 달라졌어요."

"그렇지요."

이제는 서동수도 적극적으로 나섰다. 그 사이에 소브차크는 보드카를 넉 잔이나 따라 마셨다. 서동수가 말을 이었다.

"한국은 1500년 전의 고구려도 아닙니다. 이제는 전혀 다른 대한민국입니다."

일부러 대한연방 대신 대한민국을 또박또박 말했는데 푸틴은 알아들은 것 같다.

"맞아요. 왜 그런지 압니까?"

"남북한의 국력을 합치면 더 이상 고래 싸움에 낀 새우가 아닙니다."

"물개 정도는 되지요."

"경제력으로 중·일에 의지하지 않아도 얼마든지 뻗어 나갑니다."

"타격은 좀 받겠지요."

"남북한 군사력을 합치면 누구도 넘볼 수가 없습니다."

그때 푸틴이 잔에 보드카를 채우면서 소브차크에게 말했다.

"대장, 술만 마시지 말고 이젠 자네가 말할 차례야."

그러자 소브차크가 술잔을 내려놓고 똑바로 서동수를 보았다. 그동안 보드카를 여섯 잔 마셨는데 눈동자가 또렷했고 자세가 반듯했다. 다만 콧등이 조금 붉어져 있을 뿐이다.

"장관님, 시베리아 주둔군 정보부의 보고에 의하면 곧 신의주에서 폭동이 일어나고 중국군이 진입할 예정인 것 같습니다. 중국군 3개 군단이 비밀리에 단둥과 신의주 북쪽 중국 국경 지대에 배치되었고 신의주에는 이미 중국 공작대 1000여 명이 파견되어 있습니다."

또렷한 발음으로 소브차크가 말을 이었다.

"이번 중국군 이동과 공작대 파견은 미군, 일본군의 협조가 있었습니다. 남북한군은 전혀 눈치 채지 못하도록 미·일 양국이 지원해준 것입니다."

숨을 들이켠 서동수가 푸틴을 보았다.

"각하, 중국군의 의도는 무엇입니까?"

"신의주를 점령하면 대한연방은 한쪽 팔쯤 잃은 불구가 되지 않겠습니까?"

잔에 술을 채우면서 푸틴이 말을 이었다.

"한랜드로 이어지는 대한연방의 허리가 언제 잘릴지 모르죠."

이제는 서동수가 보드카 잔에 술을 채우고는 한입에 삼켰다. 그러고는 굳어진 얼굴로 푸틴을 보았다.

"감사합니다, 각하."

"10분 시간을 주겠습니다, 장관."

푸틴이 빈 팔목을 들어 시계를 보는 시늉을 하면서 웃었다.

"한반도의 위대한 지도자에 대한 홍보가 요즘 쏟아지고 있더군요."

서동수는 주머니에 든 핸드폰을 꺼냈다. 핸드폰의 연락처 명단에서 1번이 김동일이다. 1번 버튼을 누르면서 서동수가 긴 숨을 뱉었다. 이것이 푸틴의 과장된 상황 설명이라고 해도 좋다. 어쨌든 푸틴은 우호 세력이다.

"여보세요."

김동일과 서동수의 직통전화다. 그래서 김동일이 바로 전화를 받는다. 서동수가 숨을 들이켜고 나서 말했다.

"위원장님, 신의주에서 폭동이 일어날 것이라는 정보를 들었습니다."

대뜸 말하니 김동일은 듣기만 했고 서동수가 쏟아붓듯이 말을 이었다.

"방금 소브차크 시베리아 주둔군 사령관한테서 들었습니다. 그리고 푸틴 대통령도 옆에 계십니다."

"……."

"중국군 3개 군단이 단둥과 조·중 국경지대에 집결해 있고 신의주에는 중국 공작대 1000여 명이 파견돼 있다고 합니다. 그리고 이것은 미·일의 협조하에 이뤄졌다는 것입니다."

서동수는 머리끝이 서는 느낌을 받는다. 이곳은 시베리아지만 위쪽에 도청용 위성이 떠 있을지도 모른다. 그러나 이 통화는 도청을 예상한 것이다. 그때 김동일이 물었다.

"지금 푸틴과 소브차크하고 같이 계신다는 말입니까?"

"예, 방금 듣고 같이 앉아 있는 자리에서 전화를 하는 것입니다."

"알겠습니다."

통화는 간단하게 끝났다. 핸드폰을 귀에서 뗀 서동수가 쓴웃음을 지으며 푸틴을 보았다.

"각하, 연락했습니다."

"오늘밤 안으로 북한군이 신의주에 진입하면 될 거요."

푸틴이 소파에 등을 붙이면서 말했다.

"기선을 제압하는 것이죠."

"감사합니다, 대통령 각하."

그때 푸틴이 주위를 둘러보는 시늉을 했으므로 서동수가 벨을 눌렀다. 그러자 5초도 안 돼서 강 사장이 나타났다.

"자, 아가씨들을."

"예, 장관님."

기운차게 대답한 강 사장이 돌아설 것도 없이 손을 들어 보이자 곧 뒤쪽에서 마담이 아가씨 셋을 데리고 다가왔다.

"오오."

머리를 든 푸틴이 숨을 들이켜면서 감탄했다. 보라, 자주색 실크 드레스를 입은 세 아가씨는 천상의 선녀 같다. 앞에서 시녀 격인 마담의 인도로 드레스를 출렁거리며 다가오고 있다. 둘은 금발, 하나는 흑발인데 모두 백인, 피부가 눈처럼 흰 데다 유리처럼 매끈한 시베리아 미녀, 유라시아클럽이 비장해 둔 최고급 파트너, 푸틴과 소브차크는 숨을 쉬는 것 같지도 않다. 셋이 나란히 서자 그제야 정신을 차린 푸틴이 셋 중 가운데 선 금발을 손으로 가리켰다.

"너, 이리 오너라."

"감사합니다, 각하."

"내가 고맙지."

아가씨의 낭랑한 목소리에 들뜬 푸틴의 응답이 어울렸다.

"자, 대장도."

서동수가 말하자 소브차크는 말없이 흑발 미녀를 가리켰다. 눈동자의 초점이 흐려졌고 입은 반쯤 벌어져 있다. 자연히 남은 금발 미녀가 서동수의 옆자리에 앉았을 때 한국인 마담이 물었다.

"여흥을 시작할까요?"

"응, 그래. 그리고 마담이 잠깐 여기 앉아서 분위기를 맞춰."

"예, 장관님."

자리에서 일어선 서동수가 푸틴에게 양해를 구하고는 파티장을 나왔다. 그러고는 복도에 서서 다시 핸드폰을 꺼내 들었다. 김동일에게 확인하려는 것이다. 오늘밤 안으로 북한군이 신의주에 진입해야 된다고 했다. 그 말이 과장됐더라도 매사는 불여튼튼이다. 한민족의 대통합이 조금이라도 어긋나면 안 된다.

술좌석 분위기가 무르익어가고 있다. 유라시아클럽 전속 악단과 가수가 흥을 돋웠고 파트너들도 나가서 노래했다. 흥이 나면 노래를 하는 터라 번갈아 부르지는 않는다. 잠깐 쉬는 시간이면 은근한 음악이 깔리면서 파티장은 조용해진다. 어느덧 푸틴은 분위기에 빠져들었다. 아름다운 여자와 술, 그리고 안락한 환경은 시름을 지우고 호의를 불러일으킨다. 그때 술잔을 든 푸틴이 서동수를 보았다.

"이봐, 장관. 내가 궁금한 것이 있어요."

"예, 각하. 말씀하시지요."

서동수가 술잔을 든 채 푸틴을 보았다. 푸틴은 60대 중반이지만 젊다. 성형수술을 했다는 말도 있었지만 어쨌든 50대로 보인다. 푸틴이 말을 이었다.

"한국에서는 아직도 1950년 한국전쟁이 북한의 남침이 아니라고 믿는 사람들이 있다면서요?"

"지금은 없을 겁니다."

서동수가 바로 대답했다. 러시아가 오래 보관한 기밀문서를 공개했기 때문이다. 그래서 김일성과 스탈린, 마오쩌둥과의 기밀회담이 다 드러났다. 머리를 끄덕인 푸틴이 말을 이었다.

"하지만 지금도 한국에서는 미국 때문에 남북한 통일이 안 되었다고 생각하는 사람이 많다던데, 그런가요?"

"예, 그런 것 같습니다."

"북한에 그런 사람이 많다는 건 이해가 가는데 남한에도 많다면서요?"

"남한은 민주국가니까요."

그러고는 서동수가 심호흡했다. 말이 막힐 때 이렇게 덮는 수가 많았던 것이다. 귀찮아서도 그랬다. 그때 푸틴이 입술을 일그러뜨리며 웃었다.

"남한에서 그런 사람들을 처벌하지 못했지요?"

"예, 생각이 다를 수도 있으니까요."

"증거가 있는데도 그런가요?"

서동수가 대답 대신 들고 있던 술을 한 모금 삼켰을 때 푸틴이 말을 이었다.

"그런데 내가 알고 싶은 요점은 이겁니다, 장관."

"말씀하십시오, 각하."

"한국전쟁 때 미군이 북쪽까지 거의 다 점령했었죠? 나도 한국전쟁 기록을 다 읽어보았어요. 그렇죠?"

"그렇습니다, 각하."

"그런데 중국군 수십만이 밀고 내려와서 다시 서울을 빼앗겼고 결국은 38선으로 갈라진 후에 지금까지 70년 동안 분단되었죠?"

"그런 셈이지요."

"그런데 내가 알기로는 남한에서 중국 때문에 한반도가 분단되었다는 반중(反中) 의식은 별로 없는 것 같아요. 그렇죠?"

"남한은 민주국가니까요."

다시 말한 서동수는 푸틴과 소브차크의 얼굴에서 동시에 떠오르는 웃음을 보았다.

"그래, 맞아. 한국은 민주국가야."

푸틴이 술잔을 들면서 말했다.

"가장 빠른 기간에 경제성장을 이룩한 국가, 세계 역사상 전무후무한 기록을 세운 국가지."

서동수가 잔에 술을 채웠고 푸틴의 말이 이어졌다.

"치열하게 이념 전쟁을 치르면서도 고속 성장을 이룬 민족이야, 한국인은."

"이번에 다시 대도약을 할 겁니다, 각하."

서동수가 어깨를 부풀리며 말했다. 푸틴의 칭찬이 꾸짖은 후에 어르는 것처럼 느껴졌기 때문이다. 그러나 두고 보아라. 한국인은 다시 '새바람' '참기' 운동으로 다시 일어난다. 남북한연방이 되면서 이제 낡은 이념 갈등은 폐기할 때가 되었다. 왜냐하면 김동일이 가장 든든한 동반자가 되어 있기 때문이다.

나디아, 서동수의 파트너 이름이다. 금실 같은 금발이 불빛을 받으며 반짝였고 하얀 볼에 솜털이 드러났다. 나디아의 얼굴은 하얀 대리석을 조각해 놓은 것 같다. 곧은 콧날과 약간 도톰하면서 단정한 입술, 눈동자는 짙은 하늘처럼 푸르다. 서동수가 옆에 앉은 나디아의 얼굴을 응시한 채 한동안 움직이지 않았다. 넋을 잃고 있다는 상태가 바로 이 경우다. 나디아는 서동수의 시선을 받더니 처음에는 웃다가 곧 긴장으로 굳어졌고 입술을 달싹여 뭔가 말을 할 것 같다가 이내 체념한 듯 앞쪽 탁자를 응시한 채 어깨를 늘어뜨렸다. 밤 11시 반, 이곳은 서동수의 별장이다. 푸틴과의 파티를 끝내고 서동수는 나디아와 함께 별장으로 돌아온 것이다. 서동수가 팔을 뻗어 나디아의 어깨에 얹었다. 긴장한 나디아의 어깨가 치켜 올라가는 것 같더니 늘어졌다. 나디아는 24세, 하바롭스크 출신이라고 했다. 유라시아클럽에 입사한 지는 2개월, 그 전에 무엇을 했는지는 묻지 않았다. 서동수가 나디아에게 물었다.

"나디아, 파티에 오기 전에 어떤 교육을 받았는지 말해 봐."

"네, 장관님."

나디아가 고분고분 대답했다.

"자연스럽게 서비스하면 된다고 했습니다. 배운 대로만 하면 된다고도 했어요."

"뭘 배웠는데?"

"응대 방법, 술좌석에서의 매너, 그리고 침실에서의 요령 같은 것을요."

"침실에서의 요령을 말해 봐라."

"시킨 대로 하고 요란스럽게 하지 않는 것이 낫다고 했습니다."

"그것뿐이냐?"

"즐기는 자세로 섹스를 하라고도 했습니다. 굳이 있으면 안 된다고요."

"넌 지금 굳어 있어."

"풀어지고 있어요."

나디아의 얼굴에 옅은 웃음기가 떠올랐고 서동수의 심장 박동이 빨라졌다. 수백 명을 겪었지만 언제나 새롭게 감동이 일어난다. 아름답다. 저도 모르게 나디아의 어깨를 당겨 안은 서동수가 긴 숨을 뱉었다. 더운 숨결이 나디아의 목덜미를 덮었고 나디아의 상반신이 서동수의 품에 안겼다. 이제 나디아는 소파에 비스듬히 누운 자세로 서동수에게 안겨 있다. 서동수가 손을 뻗어 나디아의 드레스를 추어올렸다. 그 순간 나디아의 알몸 하반신이 드러났다.

"으음."

서동수가 탄성을 뱉었다. 나디아의 대리석 조각 같은 하반신의 중심에 황금색 숲이 덮여 있는 것이다. 그리고 숲 중심에는 선홍색 골짜기

274

가 펼쳐져 있다. 너무 선명해서 서동수는 눈을 가늘게 떴다. 골짜기 위쪽으로 수줍게 솟아오른 작은 지붕까지 다 드러났다. 나디아는 팬티도 입지 않은 것이다.

"나디아, 아름답구나."

서동수가 나디아의 턱에 입술을 붙이면서 말했다. 그 순간 서동수의 손이 나디아의 숲을 덮었고 골짜기를 문질렀다. 옅은 신음을 뱉은 나디아가 다리를 벌리더니 엉덩이를 들썩였다. 서동수의 입술이 가슴으로 내려오자 나디아가 몸을 비틀더니 드레스의 위쪽 지퍼를 내리려는 시늉을 했다. 서동수가 지퍼를 내리자 드레스가 순식간에 벗겨져 내려갔다. 서동수는 숨을 들이켰다. 나디아의 알몸이 눈앞에 펼쳐져 있는 것이다. 풍만한 젖가슴은 단단하게 솟았고 잘록한 허리와 적당하게 도톰한 아랫배가 가쁜 숨에 맞춰 오르내리고 있다. 그때 나디아가 서동수의 가운 깃을 벌리는 시늉을 했다. 어느덧 얼굴이 상기됐고 눈동자는 흐리다. 자연스럽다. 서동수의 두 팔을 움켜쥔 나디아가 기다리고 있다. 방안은 열기로 뒤덮였고 비린 냄새가 났다. 나디아가 분출한 생명수다. 거친 숨소리에 섞여 옅게 앓는 소리가 들린다. 애무의 결과가 이렇다. 서동수는 끈질기게 나디아를 가열시킨 것이다. 찬 대리석 같은 나디아의 몸은 뜨겁게 달구어졌다. 사지는 쉴 새 없이 뒤틀려서 대리석이 물기로 번들거리고 있다. 서동수의 혀는 나디아의 머리끝에서 발가락 끝까지 핥고 지나갔다. 한 곳도 빠지지 않았다. 그래서 나디아의 성감대가 발가락 사이, 무릎 뒤, 허벅지 안쪽과 등뼈, 그리고 겨드랑이와 팔 안쪽, 귀 뒤쪽이라는 것까지 다 알았다. 나디아는 서동수의 혀끝만으로도 폭발했다. 절정에 올라 생명수를 쏟아낸 것이다. 나디아는 평소의 두 배는 더 강한 자극을 받았다. 자연스럽게 대하라는 교육을 받았지만 상대는 한랜드의 장관인 것이다. 보통 상대보다 두 배는 더 긴장하고 있다가 두 배가 넘는 애무를 받고 터졌으니 그 강도가 컸다. 이제 서동수는 몸을 합칠 준비가 다 되었다. 흰 대리석의 비너스, 아니 그 어떤 조각가나 화가가 표현한 적이 없었던 나디아다. 나디아가 밑에서 꿈틀거렸다. 두 다리를 구부린 채 벌린 것은 자극을 가득 받겠다는 본능의 표현이다. 가쁜 숨, 반쯤 벌어진 입, 흐려진 눈에서 푸른 눈동자는 먼 곳을 보고 있다. 그때 나디아가 가쁜 숨을 몰아쉬면서 혀를 내밀어 입술을 적셨다. 그 순간 서동수는 천천히 진입했다. 이미 골짜기 끝에 붙였던 남성이 동굴 안으로 밀고 들어간다. 서동수는 숨을 들이켰다. 나디아의 황금 동굴이 꽉 닫혀 있다가 열리는 것이다. 강한 탄력이 느껴지면서 저절로 어금니를 물었다. 동굴은 뜨겁고 잔뜩 젖어있었기 때문에 남성을 빨아들이는 것 같다.

"아아아."

나디아의 탄성이 방안을 울렸다. 참고 있다가 터지는 탄성이었다. 서동수의 팔을 쥔 손에 힘이 가해졌고 허리가 자꾸 뒤틀렸지만 다리는 오므리지 않는다. 마침내 서동수는 나디아의 몸 끝까지 들어섰다. 그렇다. 몸의 끝이다. 그때 나디아가 두 손으로 서동수의 허리를 감싸 안으면서 소리쳤다.

"아이구, 나 죽어."

러시아어다. 나디아의 얼굴도 붉게 달아올랐고 딱 벌린 입, 치켜떴으나 먼 곳을 보는 동공은 현실을 떠난 인간의 모습이다. 꿈속을 떠다니는 천사다. 서동수는 몸을 숙여 나디아의 눈에, 입술에 키스했다. 이제 나디아가 서동수의 목을 두 팔로 감아 안더니 헛소리처럼 말을 뱉기 시작했다. 외침도 이어진다. 그 외침을 따라 서동수의 몸이 움직이는 것 같다. 둘은 함께 꿈속을 나는 것이다. 얼마나 시간이 지났는지 모른다. 서동수는 나디아의 몸을 안고 침대에 모로 누워 있다. 어느새 둘은 침대로 옮겨와 있는 것이다. 곧 가쁜 숨을 가라앉힌 나디아가 서동수의 가슴에 볼을 붙이고 말했다. 사지가 서동수에게 엉켜진 자세다.

"앞으로 제가 대통령 각하의 말씀을 전해드리겠습니다."

서동수가 듣고 나서 숨을 들이켰다. 그때 나디아가 말을 이었다.

"자주 오실 수도 없는 관계로 저에게 그 역할을 맡기신다고 했습니다."

"전언이 자주 있으면 좋겠구나."

서동수가 나디아의 엉덩이를 손으로 움켜쥐면서 당겨 안았다. 나디아가 어떻게 유라시아클럽에 들어왔는지는 알 필요가 없다. 러시아 정부의 능력이라면 그쯤은 일도 아닐 것이다. 푸틴이 나디아를 파트너로 고르지 않았던 이유를 알겠다. 서동수가 다시 나디아를 눕히고 위로 올랐다.

반란 진압이라면 북한군을 당해낼 군대가 없을 것이다. 그날 밤 자정을 기하여 신의주로 진입한 북한군은 2개 모병사단에 1개 기갑사단, 그리고 평양의 호위사령부 소속 1개 공정사단이었다. 이것이 진압군이었고 신의주 북방의 조·중 국경에는 1개 군단이 재배치되었으므로 전면전이 일어나도 문제가 없을 정도였다. 신의주 장관 유도성은 한국의 행정자치부 장관을 하고 광주광역시장을 지낸 행정가다. 신의주 장관이 되고 나서 외자를 적극 유치했고 투자이민을 끌어들여 한랜드와 경쟁할 만큼 분위기를 활성화했다. 그러다가 이 '난리'를 만난 셈이다. 오전 1시, 공정사단이 신의주특구 중심부인 행정시에 대거 낙하하는 바람에 시내는 대소동이 일어났다가 잠잠해졌다. 그러고 나서 검거 선풍이 시작된 것이다.

"반란은 끝났습니다. 못 일어납니다."

신의주 장관실 안이다. 유도성에게 오종창이 말했다. 오종창은 진압군 사령관으로 상장 계급장을 붙이고 있다. 오종창이 말을 이었다.

"일단 저희가 진입해온 것이 의미가 있단 말입니다. 만일 반란을 일으킨다고 해도 중국군은 들어오지 못합니다."

밖에서 탱크 캐터필러 소음이 울렸다. 위협적이다. 그때 유도성이 물었다.

"중국인이 반란을 일으킨다는 겁니까?"

"조금 전 국경 지역에 중국군 3개 사단이 신의주에 진입하려고 대기 중인 것이 확인되었습니다."

오종창의 얼굴에 웃음이 떠올랐다.

"그 뒤에 전차사단, 보병사단까지 1개 군단이 대기 중이고요."

숨만 들이켠 유도성에게 오종창이 말을 이었다.

"우리가 한발 빨랐지요. 우리가 들어온 이상 전면전을 치를 각오를 하지 않고는 못 들어옵니다."

"도대체 왜……."

"남북한연방이 되면 위험하니까요."

오종창의 목소리가 열기를 띠었다.

"신의주에 중국인 폭동이 일어나면 곧 중국인을 구해낸다는 명분으로 중국군이 진입, 신의주를 점령하면 북조선은 흔들리게 됩니다."

유도성의 몸이 굳어졌다. 북한군 고위 장성한테서 충격적인 내용을 듣게 된 것이다. 지금까지 그 누구도 이런 표현을 한 적이 없다. 오종창이 말을 이었다.

"남조선도 마찬가지지만 우리 북조선은 더욱 친중(親中) 세력이 많은 편이지요. 중국도 끊임없이 공작을 해왔고요."

"……."

"남조선의 친중 세력과 연합하면 금방 거대한 조직이 될 겁니다."

"그렇군요."

오종창의 시선을 받은 유도성이 헛기침을 했다. 그 자신도 중국을 미국보다 가까운 우방(友邦)으로 간주하고 있었기 때문이다. 과연 중국은 우방인가? 6·25전쟁 때 인민군 수십만 명을 지원해준 것을 보면 그렇다. 아니 그것은 북한을 지원한 것이 아닌가? 그렇구나. 남한은 미군의 지원을 받았다. 어리둥절한 표정이 된 유도성을 물끄러미 바라보던 오종창이 다시 입을 열었다.

"이번에 중국은 신의주를 강점할 계획이었지요. 우리 북조선은 중국에 뒤통수를 맞을 뻔한 겁니다."

유도성의 시선을 받은 오종창의 얼굴에 다시 쓴웃음이 떠올랐다.

"그것을 미·일 양국이 지원했다는 정보가 있습니다. 이제 세상이 달라진 것입니다."

그때 유도성이 머리를 들었다. 머리 회전이라면 유도성도 남한테 뒤지지 않는다.

"대한연방이 영향력에서 벗어날 테니까요."

시진핑이 잠자코 앞에 앉은 국방전략위원장 왕문 교수를 보았다. 오전 10시 반, 긴급 국무회의를 마치고 회의실 옆쪽의 상담실로 들어와 왕문으로부터 정세 보고를 듣고 있다. 이미 국무회의에서 필요한 조치는 다 해놓은 터라 조금 여유가 있었다. 아침 7시부터 긴급 소집된 국무회의는 3시간이 넘도록 진행되었던 것이다. 왕문 교수는 베이징대 교수로 국방위 소속 위원이다. 국방전략위원회는 현 정세를 연구 검토해 국방과 외교부에 조언을 해주는 조직으로 중국의 대외 관계에 큰 영향력을 행사한다. 시진핑이 자주 왕문을 불러 주변 정세에 대한 보고를 받기 때문이기도 할 것이다. 왕문이 말을 이었다.

"오늘 회의에서 일부 인사들이 이번 신의주 사건을 1896년에 조선왕이 러시아 공사관으로 거처를 옮긴 것에 비유했는데 그건 과장된 발언입니다."

왕문은 66세, 역사학자다. 시진핑은 틈만 나면 왕문을 불러 역사 공부를 하는 것이다. 오늘은 저커장과 산둥성 서기 리정산, 외교부장 우린까지 넷이 듣고 있다.

"현재 푸틴이 서동수에게 신의주 정보를 알려준 것과 아관파천 당시의 조선 상황은 전혀 다릅니다."

"러시아에 의존하고 있는 것은 맞지 않소?"

시진핑이 묻자 왕문이 대답했다.

"그때는 조선이 자력(自力)으로 일어날 수 없는 상황이었지요. 그 전해인 1895년 8월에 조선 왕비 민비가 왕궁에서 일본인들에게 살해되는 기가 막힌 사건까지 벌어졌습니다. 그 전해인 1894년, 일본은 청·일 전쟁에서 청에 승전했지요."

시진핑이 어금니를 물었고 모두 숨을 죽였다. 왕문이 말을 이었다.

"조선왕은 친일 내각을 피해 러시아 공사관으로 도망가서 1년 동안 그곳에서 정무를 보았지요. 그건 나라도 아니었습니다."

"……."

"지금은 다릅니다. 푸틴과 서동수는, 아니 한국은 거의 대등한 동맹국 수준입니다. 남북한 병력과 핵까지 보유한 군사력은……."

왕문이 입을 다물었다. 위협적이다. 그래서 일본이, 중국이 긴장해서 남북한의 연방으로의 통합을 견제하고 있는 것이 아닌가? 그때 시진핑이 물었다.

"왕 위원은 앞으로 동북아 정세가 어떻게 될 것 같으시오? 학자적인 의견을 들읍시다."

이미 국무회의에서 이번 신의주 사태에 대한 대응책은 결정된 것이다. 시진핑의 시선을 받은 왕문이 어깨를 부풀렸다가 내리고는 입을 열었다.

"지금 남북한 분위기를 보면 기운이 솟아나고 있습니다."

저커장과 우린, 리정산이 서로의 얼굴을 보았다. 이런 표현을 공식 석상에서 듣기는 처음이다. 기운이라니? 주석 앞에서는 숫자로 표시된 통계를 말해야 옳다. 시진핑이 가만있었으므로 왕문이 말을 이었다.

"그 기운이 점점 강력해져서 어설프게 눌렀다가 역효과가 날 가능성이 많습니다, 주석동지."

"……."

"그것을 역사적으로 말하면 대세(大勢)라고 하지요. 예, 한반도에서 일어나는 이 기운은 청(淸)이 건국할 당시의 기운, 그 전에 몽골 대제국이 발흥했던 때의 기운과 흡사합니다. 따라서……."

"그만."

말을 자른 시진핑이 웃음 띤 얼굴로 머리를 끄덕였다.

"무슨 말씀인지 잘 알겠습니다, 그럼."

다시 시진핑이 머리를 끄덕이자 왕문이 자리에서 일어섰다. 어깨를 펴고 있는 것이 할 말은 했다는 표시 같다.

"재빠르군요."

미국 국무부 아시아 담당 차관 제임스 매케넌이 말했다. 55세, 국무부 실세로 대통령이 주재하는 국가안보회의의 고정 멤버이며 작년 초에 설치된 동북아시아 안보회의 부의장이다. 의장은 물론 대통령이 맡는다. 매케넌의 앞에 앉은 사내는 일본 외무장관 다케시마(竹島). 6선 의원 출신인데 극우파로 분류되는 인물. 본래 이름이 나카무라였다가 다케시마로 바꿀 정도다. 다케시마가 입맛을 다셨다.

"중국이 몇 시간이라도 빨리 진입했다면 신의주를 점령했을 텐데요."

"글쎄요."

소파에 등을 붙인 매케넌이 방안을 둘러보았다. 이곳은 도쿄의 리버티호텔 객실 안이다. 매케넌은 도쿄에서 열린 미·일 안보 포럼에 참석하러 방일 중이었는데 실제는 신의주의 중국군 진입을 현장 근처에서 지켜보려는 의도였다. 매케넌이 입을 열었다.

"중국군이 일시적으로 신의주를 점령했더라도 다른 변수가 발생할 수도 있지요. 그렇지 않습니까?"

다케시마는 대답하지 않았다. 이번 중국군 신의주 진입 작전은 중국이 주도했지만 미·일의 암묵적인 지지를 받았다. 그러나 그 지지도 등급이 있다. 일본이 적극적인 반면에 미국은 수동적이었다. 중·일·미 3국의 생각이 다 같지가 않은 것이다. 매케넌이 말을 이었다.

"지금 분위기로 보면 중국군이 먼저 진입했더라도 북한이 바로 공수사단을 투입했을 것입니다. 그럼 신의주에서 전쟁이 일어나게 되겠지요."

"……."

"조·중 동맹을 파기한 것은 중국 쪽이 되는 데다 시간이 지나면 중국군이 밀린다는 우리 군 관계자의 의견입니다."

커피 잔을 든 매케넌의 얼굴에 쓴웃음이 떠올랐다.

"지금쯤 국무회의를 끝낸 중국 지도부도 어쩌면 안도하고 있는지도 모르겠습니다."

"안도하다니요?"

볼멘 표정으로 다케시마가 묻자 매케넌이 말을 이었다.

"중국은 집단 지도 체제 형식을 유지하고 있어서 일사불란하게 전쟁을 길게 끌고 가기 힘들어요. 알고 계시겠지만 말입니다."

"……."

"북한에 이어서 한국군까지 치고 올라가면 미국은 한·미 동맹을 따라 한국을 지원해줘야 합니다. 그리고……."

매케넌의 시선이 다케시마를 스치고 지나갔다. 일본은 미·일 동맹에 따라 미군을 지원해야 하는 것이다. 물론 그것도 사전에 예상하고 있던 일이었지만 상황이 너무 쉽게 종결되어 버렸다. 다케시마로서는 허무함을 지울 수가 없다. 그때 다케시마가 물었다.

"총리께서 오늘 오후에 동북아의 평화를 바란다는 성명을 발표하실 겁니다. 미국도 성명을 내시겠지요?"

"아니, 우린 국무부 대변인이 짤막하게 논평을 할 겁니다."

한 모금 커피를 삼킨 매케넌이 말을 이었다.

"신의주가 북한령이고 북한군이 진입한 것을 갖고 떠드는 것은 우습거든요."

"아니, 그럼 우리만 우습게……."

"한국 정부도 가만있는데 좀 그렇지 않습니까?"

다케시마의 눈동자가 흔들렸다.

"알았습니다. 그럼……."

자리에서 엉거주춤 일어선 다케시마의 얼굴이 일그러졌다. 다시 미국과 생각의 차이를 느낀 것이다. 다케시마를 배웅하려고 문까지 따라나간 매케넌이 목소리를 낮추고 말했다.

"예전의 한반도가 아닙니다, 장관."

오후 6시 반, 평양 대동강이 내려다보이는 제17 초대소 안. 베란다에 나란히 앉은 김동일이 서동수에게 말했다.

"긴장을 풀 수가 없군요."

"대선이 끝나도 마찬가지일 겁니다."

서동수가 웃음 띤 얼굴로 김동일을 보았다.

"통일된 대한연방은 더 큰 위협이 될 테니까요."

서동수는 오후에 평양으로 날아온 것이다. 만 하루도 안 되어서 신의주는 평정을 되찾았다. 다만 중국인 폭동 용의자 색출이 대대적으로 실시되고 있어서 검문검색이 심해졌다. 황혼이 대동강 위로 덮이고 있다. 의자에 등을 붙인 서동수가 말을 이었다.

"아직도 갈 길이 멉니다, 위원장님."

"남조선에서 이제 새바람 운동이 탄력을 받았다고 하더군요."

김동일이 화제를 바꿨다. 대동강을 응시한 채 김동일이 말을 이었다.

"대기업들이 1년 안에 25만 명을 더 채용한다면서요?"

김동일의 얼굴에 웃음이 떠올랐다.

"그렇게 되면 연방이 되었을 때 우리 북조선 인력이 일할 곳도 없어지는 것 아닙니까?"

"그럴 리가요."

따라 웃은 서동수가 말을 이었다.

"신의주, 한랜드로 이어지는 유라시아 로드에도 얼마든지 인력이 필요해질 테니까요. 우리는 세계로 뻗어 나갈 겁니다."

머리를 끄덕인 김동일이 다시 대동강을 내려다보았다.

"요즘 조선의 역사 공부를 좀 합니다. 역사학자들을 불러 한두 시간씩 강의를 듣는 식으로 말입니다."

"……."

"당하기만 한 역사였습니다. 왜놈들이 36년 동안이나 조선을 지배하면서 역사를 바꿔 놓았는지 모르지만 당파 싸움으로 이어진 조선의 역사를 보면 낯이 뜨거워지더군요."

"……."

"몽골은 10만 정도밖에 안 되는 군사로 대륙을 정복했습니다. 여진족도 몇십만밖에 안 되는 군사로 청나라를 세웠어요."

김동일이 머리를 돌려 서동수를 보았다.

"남조선의 새바람이 북쪽으로 불어와야지요. 그럼 우리도 가능합니다."

김동일의 두 눈이 번들거리고 있다.

"이번 대선에 형님이 당선되실 테니 한번 뻗어나가 보시라고요."

"다음에는……."

심호흡을 한 서동수가 마침내 가슴에 품어둔 말을 꺼냈다.

"위원장님이 대한연방의 지도자가 되시지요. 제가 적극 지원하겠습니다."

"권력은 중독된다지만 저는 마음을 비웠습니다."

서동수의 시선을 받은 김동일이 빙그레 웃었다.

"제가 이런 말을 하게 될지 몇 년 전만 해도 누가 예측이나 했겠습니까?"

"이 모든 것이 오직 김 위원장 한 분이 마음을 비우시면서 이루어진 것입니다."

그렇다. 몇 년 전만 해도 누가 상상이나 했겠는가? 만날 핵실험과 미사일 발사로 한국은 물론 세계 각국으로부터 '가장 위험한 지도자' 취급을 받던 김동일이다. 하나가 마음을 비움으로써 '신의주특구'가, 그리고 한랜드로 뻗어 나갈 '대한연방'이 만들어지고 있는 것이다. 그때 김동일이 웃음 띤 얼굴로 말했다.

"우리 이야기를 듣는 사람들이 많겠군요. 그렇지 않습니까?"

서동수가 웃음만 띠었을 때 옆으로 여자 관리인이 다가왔다. 파티 시간이다. 서동수가 '잡놈'인 것은 세상 사람들이 다 안다. 지난번 남한 측 연방 대통령 후보 선거에서 경쟁자인 민족당 캠프에서 하도 떠들었기 때문에 영국의 어느 신문사는 서동수 이름 대신에 'Jab Nom'이라고 썼을 정도였다. 오늘의 초대소 파티에는 서동수와 김동일, 그리고 수족이나 같은 측근 박경수와 유한영까지 넷이 둘러앉았다.

김동일은 유라시아클럽을 보고 감동했는지 초대소의 파티장을 룸살롱 식으로 만들었다. 그것이 전에 열었던 파티보다 뭔가가 싸게 먹힐 것이었다. 30평쯤 되는 방에 소파가 둥그렇게 배치되었으며 중앙의 원탁에 온갖 술과 안주가 차려졌다. 물론 벽 쪽에는 커다란 스크린이 설치되었고 노래방 기계가 있다. 뒤쪽 문은 화장실과 침실로 연결된 것이었다. 대리석 바닥, 은근한 조명, 아늑한 분위기 그리고 서동수가 지금

286

까지 겪은 그 누구보다도 더 예쁜 여자가 옆에 앉아있다.

"내가 장관님이 이 분위기를 낙으로 삼고 계시다는 것을 압니다."

김동일이 술잔을 들고 빙글빙글 웃었다.

"장관님은 이렇게 몇 시간을 즐기시고 나면 새 에너지가 충전되시지요. 이건 습관이 되면 삼림욕을 하는 것 같은 효과가 있다고 합니다."

"아니, 누가 그럽니까?"

놀란 서동수가 묻자 김동일이 다시 웃었다.

"북조선에도 박사들이 많습니다."

"잡놈에 대한 연구를 하셨군요."

"당연하지요."

"어쨌든 오늘도 감사드립니다."

서동수가 옆에 앉은 아가씨의 손을 잡으면서 사례했다.

"여기서 파티를 할 때마다 저는 신의 무한대한 능력에 감탄합니다."

김동일은 웃기만 했고 서동수가 아가씨를 응시하며 말을 이었다.

"전혀 다른 모습으로 또 이런 절세의 미인을 창조하시다니요? 이런 자리를 마련해 주신 위원장께도 감사드립니다."

"앗하하."

소리 내어 웃은 김동일이 박경수와 유한영을 번갈아 보았다.

"인사를 하시는 것도 노련하시지 않소? 장관께서는 파티의 지도자시오."

"잡놈의 지도자보다는 낫습니다."

"그나저나 옆에 앉은 동무도 한랜드로 데려가실 생각이십니까?"

그래 놓고 김동일이 주춤하더니 서동수를 보았다. 서동수가 머리를 끄덕였다.

"위원장께서 허락하신다면 저야 고맙지요."

옆자리의 아가씨가 시선을 내리면서 얼굴이 붉어졌으므로 서동수가 얼른 말을 이었다.

"저는 대가를 주고 싶다는 생각에 그런 것입니다만 본인이 싫다면 할 수 없지요."

"본인이 좋다면 데려가시지요."

소파에 등을 붙인 김동일이 호기 있게 말했다.

"북조선 인민은 이제 어디든 갈 수 있습니다."

룸살롱에서 서비스 받은 대가를 지불하는 것은 당연한 일이다. 그것이 버릇이 된 서동수는 어떤 경우건 간에 봉사료를 지급했다. 그것이 초대소에서 만난 여자한테도 적용된 것이다. 쇼트커트한 머리, 맑은 눈, 흰 대리석 같은 피부에 건강한 팔다리, 곧은 콧날과 단정하게 닫힌 입술, 저절로 숨을 들이켠 서동수가 여자에게 물었다.

"이름이 뭐냐?"

"최미정입니다."

"네 꿈이 무엇이야?"

베풀어 줄 수 있다는 것이 얼마나 행복한가.

"거기 서라."

서동수가 말하자 최미정이 세 걸음쯤 간격을 둔 채 멈춰 섰다. 최미정이 알몸으로 서 있다. 방안의 불을 환하게 켜놓아서 알몸에 눈이 부실 정도다. 서동수가 반쯤 입을 벌린 채 최미정을 응시했다. 눈동자가 흔들리는 것은 최미정의 온몸을 훑고 있기 때문이다. 예전에는 알몸을 세워 두고도 얼어서 제대로 보지 못했다. 그런데 지금은 샅샅이 훑는 것처럼 본다. 아름다운 몸, 그 몸을 가진 여인을 실컷 봐 주는 것이 칭찬이요, 예의라는 생각까지 들었기 때문이다. 여인의 몸처럼 아름다운 구조가 없다. 더구나 감정이 차오른 상태에서의 몸은 세상의 그 어떤 것보다도 황홀하다. 감정 없이 아름다움을 논할 수가 있는가? 컴퓨터가 채점하는 아름다움은 무미건조한 조형물일 뿐이다.

"으음."

서동수의 입에서 저절로 탄성이 터졌다. 보라, 최미정이 다리를 조금 벌린 자세로 눈앞에 서 있다. 어느 곡선 하나 비뚤고 어긋나지 않았고 마르지도 넘치지도 않는다. 충실한 몸, 허벅지 안쪽의 근육이 특히 충실했다. 골짜기를 훑은 서동수가 숨을 들이켰다. 맑고 부푼 골짜기, 숲이 없다. 그러나 골짜기는 선홍색으로 벌어졌으며 위쪽의 입구도 완두콩만큼 잘 발달되었다.

"아아."

벌어진 입에서 다시 탄성이 흘렀고 어느새 혀 밑에 고인 침이 넘어갔다. 그때 서동수의 시선 끝을 본 최미정이 얼굴을 붉히면서 말했다.

"저는 본래 없습니다."

부끄러운지 최미정이 조금 몸을 비틀었다. 그러자 볼록한 아랫배가 드러났다. 음모가 없다는 말이다. 그때 다시 침을 삼킨 서동수가 물었다.

"네 몸을 누구한테 보인 적 있어?"

"없습니다."

얼굴이 더 빨개진 최미정이 다시 몸을 비틀었다.

"네 몸처럼 아름다운 모습은 내 평생에 처음이다."

서동수의 목소리가 감동으로 떨렸다.

"그래서 물은 거야."

"감사합니다."

"이리 와."

서동수가 부르자 최미정이 다가왔다. 시선이 내려졌고 얼굴이 이제는 굳어 있다. 서동수가 팔을 벌려 최미정을 맞는다. 어색한 동작으로 침대에 오른 최미정이 몸을 비틀면서 서동수의 팔에 안겼다. 서동수의 심장은 터질 것처럼 뛰었다. 입안이 바짝 말랐으며 눈에서 열이 나서 익을 것 같다. 서동수는 최미정을 안고 침대에 모로 누웠다. 최미정의 몸은 서동수의 품에 안기더니 더 굳어졌다. 서동수가 최미정의 이마에 입술을 붙이면서 말했다.

"그래, 내가 너한테 해줄 것이 있으니까 이렇게 안는 거다."

가슴에 안긴 최미정은 가쁜 숨만 쉬었고 서동수의 말이 이어졌다.

"내 소문 들었겠지만 난 잡놈이란다. 잡놈이란 여자만 보면 침을 질질 흘리면서 달려드는 사내놈을 말한단다."

품에 안긴 최미정의 몸이 조금 풀리는 느낌이 왔다. 서동수가 팔을 뻗어 최미정의 허벅지 안쪽을 슬슬 쓸었다. 최미정이 다리를 오므리는 것 같더니 조금씩 열어주었다. 서동수가 한 손으로 최미정의 손 하나를 잡아 제 남성에다 붙이고는 말을 이었다.

"봐라. 이놈이 아까부터 인사를 하겠다고 기다리고 있구나."

그때야 최미정이 서동수의 남성을 조심스럽게 쥐었다. 서동수는 행복했다. 그렇다. 이렇게 나는 에너지를 생성한다.

"새바람은 맞아, 이제 시작됐어."

국개위 산업위원장 최만철이 둘러앉은 위원들에게 말했다. 오전 10

시 반, 여의도의 국개위 회의실 안이다. 오늘도 회의실에는 10여 명의 위원이 모여 있는데 요즘 국개위에서 가장 활기찬 조직이 산업위다. 산업위의 활기가 국무위와 민생위로 번져 나가는 상황이다. 한번 불기 시작한 새바람은 이제 탄력을 받아 순풍(順風)이 됐다. 잔뜩 바람을 먹은 돛단배가 순항(順航)하고 있는 것이다. 최만철이 말을 이었다.

"우리는 바람이야. 바람 같은 존재라는 것을 명심하라고."

최만철의 얼굴은 전보다 야위었지만 눈은 맑았고 눈빛도 강해졌다. 끝자리에 앉은 이경훈이 옆에 있는 강명구에게 낮게 말했다.

"야, 표현 멋있다. 우리가 바람이란다."

이경훈은 공기업인 투자공사 노조위원장으로 있다가 국개위로 차출된 위원이다. 그때 최만철이 이경훈에게 시선을 돌렸다.

"그래, 바람은 돛에 부딪히고 사라지는 거야. 이 위원, 우리는 부딪히고 사라지는 존재라네."

"예."

깔끔한 이경훈이 대답부터 했지만 곧 어깨를 늘어뜨렸다. 최만철이 귓속말을 들은 것 같지는 않다. 최만철이 말을 이었다.

"50년 전에 새마을운동이 일어나서 새바람이 불었지만 그땐 먹고사는 일이 가장 중요했어. 보릿고개를 넘기지 못하고 굶어 죽는 사람이 많았던 시기라네."

"아니, 저 양반이 그때를 어떻게 안다고."

이경훈이 다시 귓속말을 했다.

"그때는 열 살도 안 됐을 텐데."

"시끄러워, 자식아."

철도노조 출신의 강명구가 마침내 이 사이로 말했다.

"날 끌어들이지 마, 이노무시키야."

그때 최만철이 말했다.

"당시에는 거의 관(官)이 주도했고 국민이 호응하는 분위기였지만 지금은 아냐."

최만철이 고개를 절레절레 흔들었다.

"지금은 관이 나서도 국민이 따를 수준도 아니고, 이것은 마치……."

머리를 든 최만철이 번들거리는 눈으로 좌중을 둘러보았다.

"뭐라고 표현해야 되나……."

그때 이경훈이 불쑥 말했다.

"곪았던 고름이 툭 터진 것이지요."

모두의 시선이 모였고 최만철도 입을 반쯤 벌린 채 이경훈을 보았다. '뭔 소리여?' 하는 표정이었으므로 이경훈이 어깨를 폈다.

"우리는 부풀어 오른 고름 덩어리 위를 송곳으로 콕 찍은 셈입니다, 위원장님."

최만철은 여전히 시선만 주었고 주위 위원들이 서로 눈치를 보며 꾸물거리는 것에 이경훈은 반발심이 일었다.

"참기 운동이 그 시발이었지요. 저는 한두 개 조직, 단체가 제 욕심을 참는 것에서 이 바람이 전염병처럼 번지기 시작했다고 생각합니다."

최만철이 똑바로 이경훈을 보았는데 숨도 죽이고 있는 것 같다. 이경훈의 목소리가 회의실에 울렸다.

"우리는 그 계기를 만들어준 것입니다. 그리고 이는 신의주특구에서 한랜드로 이어지는 새 기운이 마침내 썩은 종기처럼 고였던 한민족의 이기심, 배타성, 파벌성을 터뜨린 것입니다."

그때 최만철이 갑자기 박수를 쳤으므로 한두 명이 따라 치다가 곧

회의장이 박수 소리로 뒤덮였다. 이윽고 손을 내린 최만철이 이경훈에게 말했다.

"맞다. 이게 다 우리 공적이 아냐. 마침내 터질 것이 터진 거야."

<3권 계속>